Walter Langohr

Schlitzohren, Langohren und Trakto(h)ren

Walter Langohr

Schlitzohren, Langohren und Trakto(h)ren

Dieses neue Buch entrückt Sie in eine andere Welt!

Spannend, amüsant und doch voller Originalität erfahren Sie viel ländliches aus den 50er, 60er und 70er Jahren!

Dinkelsbühl – der Inbegriff für Romantik und Gemütlichkeit.

Impressum

Verlag: Walter Langohr
An der Mainleite 12
97828 Marktheidenfeld
Tel./Fax 09391-4740

Einbandgestaltung: Christian Langohr

Gesamtherstellung: Druckerei Kögler
Gleiwitzer Straße 11
91550 Dinkelsbühl

2. Auflage Oktober 2010

ISBN: 978-3-00-029222-4

Printed in Germany

Vorwort

Mein großer Erfolgsroman „Hurra, wir haben einen Porsche!“ ist bereits in der fünften Auflage erschienen! Die Nachfrage nach diesem mittlerweile bundesweit bekannten Werk ist ungebrochen. Viele begeisterte Dankesbriefe aus Nord- und Süddeutschland, aber auch aus Übersee, erreichen mich in regelmäßigen Abständen.

Besonders freut mich, dass sich der Leserkreis aus unterschiedlichsten Bevölkerungsschichten, also „bunt gemischt“, zusammensetzt – von der Hausfrau über Landwirte, Winzer, Lehrer bis hin zu Universitätsprofessoren!

Ihnen allen danke ich sehr herzlich für Ihre Wertschätzung und Weiterempfehlung!

Ich verspreche Ihnen, dass ich mit großer Freude weiter schreiben werde. Vieles gibt es in meinem neuen Buch zu erzählen, so zum Beispiel von der mühevollen, aber dennoch wunderschönen Kindheit in Franken auf dem Bauernhof der Eltern.

Dann geht es urig weiter mit lustigen Streichen, ein wenig Romantik und dem rustikalen Landleben meiner Jugendzeit.

Begleiten Sie mich beim Krautstampfen, Kartoffelklauben oder Maibaum umsägen! Nehmen Sie teil an den einzigartigen Dorfkirchweihen unserer Region!

Im Kapitel „Hurra, wir bauen ein Haus“ erleben Sie, wie aus dem „Schlitzohr Langohr“ ein Mann und verantwortungsvoller Vater wird. Der Bau unseres Heimes mit viel Eigenleistung wird Sie begeistern.

Folgen Sie mir in die „Tierwelt“, wo es um bittersüße Tiergeschichten geht, die wir als junge Familie erlebt haben.

Anschließend nehme ich Sie mit auf Geschäftsreise nach Schleswig-Holstein. Sie lernen liebenswürdige Originale und eine bezaubernde Gastfreundschaft samt Wilfried vom „Dörps-Krug“ und dem „Frühstücksmeier“ kennen.

Kaum zurück in Franken, geht es mit meiner Frau Magda nach Wien, dann nach Budapest. Dort erwarten Sie Operettenseligkeit und Romantik pur!

Budapest ist die frühere Heimat von Magda. Wir verbinden mit dieser prächtigen Stadt einzigartige und unvergessliche Erinnerungen und Träume!

In vielen meiner Texte spielen Traktoren eine wichtige Rolle. Sie faszinieren und begleiten mich schon von Kindheit an. In der Erzählung „Der Porsche-Junior und das Rotkehlchen“ erleben Sie einfühlsam, wie ein alter kleiner Porsche-Traktor vor dem Verfall gerettet wird und sogar noch zu besonderen „Oldtimer-Ehren“ gelangt.

Gleich nach meinem ersten Bucherfolg erfüllte ich mir einen lang gehegten Jugendtraum: Ich kaufte einen roten Porsche-Traktor. So darf ich nun mit Freude verkünden: „Hurra, wir haben (wieder) einen Porsche!“
Muss im Leben alles vernünftig sein und sich rentieren? Nein! Wir sollten uns auch unsere Wünsche und Träume erfüllen!
Gerne fahre ich mit meinem Traktor zu Oldtimertreffen und zu landwirtschaftlichen Ausstellungen. Mein neues Buch „Schlitzohren,

Langohren und Trakto(h)ren“ soll Sie, geschätzter Leser, in eine andere Welt entführen.

Spannend, amüsant und voller Originalität erfahren Sie eine Menge „Ländliches“ aus den 50er, 60er und 70er Jahren. Ich wünsche Ihnen viel Vergnügen beim Lesen!

Herzlichst, Ihr Walter Langohr

Inhalt

Der Frühling kommt wieder!

Es war Ende Februar, Anfang März. Nachts hatte es nochmals arg geschneit. Der Schneepflug musste schon wieder fahren, vorne sogar mit vier Pferden bespannt. Endlich konnten die Verkehrswege von den riesigen Schneemassen frei geräumt werden. Schließlich mussten die Kinder morgens regelmäßig und pünktlich zur Schule. Mühsam stapften sie fast täglich durch den Schnee. Viele waren von den einigen Kilometer entfernten Dörfchen und Weilern, manche sogar von Einzelhöfen. Müde, meist durchfroren, manchmal aber auch schwitzend, kamen sie in der großen, gut beheizten Dorfschule an.

Als Verkehrsmittel gab es Ende der 40er Jahre nur das Milchauto, Busse waren selten. Täglich brachten spezielle LKWs die frische Milch von den Bauernhöfen in die Stadt zur Molkerei. Wenn man sich mit dem Fahrer gut stellte, konnte man schon mal bei ihm im gut beheizten Führerhaus mitfahren. Manche setzten sich auch, ohne lange zu fragen, hinten auf die offene, zugige Ladepritsche des LKWs zwischen die rumpelnden Milchkannen.

Die Straßen waren in der Nachkriegszeit schlecht und die Schlaglöcher groß. Es war jedenfalls kalt und ungemütlich, kostete aber nichts. Schließlich war man schnell in der Stadt!

Wieder zu Hause. Vater zog langsam und bedächtig an seiner Pfeife. Es stank und qualmte fürchterlich. Schließlich war der Tabak aus eigener Produktion. Er wurde heimlich hinter unserem Obstgarten angebaut. Die Qualität war zwar schlecht, es kostete aber nichts. Das war letztendlich ausschlaggebend.

Sorgenvoll schaute Papa mich an. Dann starrte er auf den vielen Schnee und meinte: „Jetzt hammer über drei Monate Schnee gehabt. Dezember, Januar, Februar. Jetzt langt's. Nun wird es Zeit, dass mal ein warmer Regen kommt. Dann taut es endlich einmal und der ganze Schnee wird weggeschwemmt. Weißt du, Walterla, eine alte Wetterregel sagt: Märzenschnee tut den Saaten weh! Doch bald, und zwar am 3. März, ist ‚Kunigund' (Namenstag der Kunigunde), da kommt die Wärm von unt'! Spätestens dann, du wirst schon sehen, wird es Frühling!"

Vater hatte Recht behalten. Am Tag vor Kunigund setzte ein heftiger

Frühlingssturm ein. Dazu ein warmer Regen. Die Schneeschmelze begann!

Es gab Hochwasser. Die Bäche schwollen an. Sie wurden zu kleinen, reißenden Flüssen. Auf Äcker und Wiesen bildeten sich kleine Seen. Meine Freunde und ich waren davon begeistert. Wir schnitzten aus Rinde Schiffchen.

Dazu nahmen wir kleine Stecken, bohrten Löcher in die Rinde und setzten diese darauf als Schiffsmast. Vom alten Lumpen oder Mutters verschlissenem Spültuch aus der Küche schnitten wir Segel. Es sah zwar nicht ganz so aus, aber in unserer Fantasie, und die war unerschöpflich, waren es richtige Miniatursegelboote. Jeder von uns, auch einige gleichaltrige Mädchen, waren dabei, hatte natürlich sein eigenes Segelboot. Dank des fast fachmännisch ausgewählten tiefen Schwerpunktes kippte unser Boot aus Kiefernrinde selten um. Jubelnd begleiteten wir alle unsere immer schneller werdenden Schiffchen am Bachrand. Wenige von uns trugen richtige Gummistiefel. Die meisten, so wie ich, hatten schon jetzt patschnasse Füße. Doch was machte das schon! Die Begeisterung für unser Schiffchen, den kommenden Frühling und das eiskalte Schmelzwasser hielt trotzdem an. Ja, alle von uns waren abgehärtet. Eine richtige Rotznase störte keinen, es stärkte die Abwehrkräfte und somit das Immunsystem. Außerdem konnte man sich abends am großen Kachelofen im Wohnzimmer wärmen. Die nassen Socken konnten an den Ofentürchen trocknen.

Auch wenn es mal ein wenig „duftete“, Hauptsache, es wärmte und trocknete! Vater und der große Bruder, der schon häufig auf dem Bauernhof der Eltern mitarbeiten musste, waren beim Entwässern der Felder. Sie mussten auf den Äckern, wo Weizen und Roggen angesät war, mit Hilfe von Schaufel und Hacke kleine Entwässerungsrinnen in den Boden graben. Dadurch konnte man erreichen, dass das Wasser von den kleinen Seen, das sich durch die Schneeschmelze und die reichlichen Niederschläge gebildet hatte, schneller abfließen konnte. Ansonsten wären die jungen Weizen- und Roggenpflänzchen durch das stauende Wasser geschädigt worden oder schließlich sogar verfault.

Auch das Vieh in den engen, oft dunklen und schlecht gelüfteten Stallungen der Nachkriegszeit wurde unruhig. Es spürte rein instinktiv die milde Frühlingsluft nach dem Motto: „Veronika, der Lenz ist da!“

Die Sonne schien nun Tag für Tag und wurde zusehends stärker. Der Schlamm auf den seinerzeit noch ungeteerten Dorfstraßen trocknete, schließlich staubte es. Das war ein gutes Zeichen! Auch der Gänsehirt kam zurück.

Schon damals gab es Teilzeitarbeit, etwa um 1947/48. Im Winterhalbjahr betrieb der clevere Deutschrumäne im Raum Stuttgart/Nürnberg seine Schwarzmarktgeschäfte. Doch ab Ende März/Anfang April hütete er wieder getreu und brav die vielen Gänse in unserem Dorf. Ja, es war ein wahres Frühlingserwachen. Überall krähte, gackerte und muhte es. Die Leute lachten und freuten sich des Lebens.

Die Gänschen schlüpften aus ihren Eiern, von der stolzen Gänsemama sorgsam ausgebrütet! Bald darauf gab es die ersten Küken und Entchen. Ja, es war lustig anzusehen, gab aber auch viel zu tun! Nach der Schule musste ich aufs Feld. Dort, im Schutze der Hecken und an den Feldrainen pflückte ich nach Mutters Anweisung junge, sehr vitaminreiche Brennnessel.

Mama hackte diese zu Hause klein, mischte altes Weißbrot und gekochte Eidotter bei. Das fütterte sie zu meinem Erstaunen an die kleinen Küken und Gänschen. Die gediehen bei dieser Kraftnahrung vorzüglich. Bald danach begann das Gänsehüten. Das war, als Jüngster der Familie, mein Privileg. Denn diese kleinen Gänschen, erst wenige Wochen alt, konnte man noch nicht dem dörflichen Gänsehirten anvertrauen!

Komischerweise erinnere ich mich nur noch an die sonnigen und schönen Tage, an denen ich unsere Gänschen hütete. Ich glaube, das Negative, auch die Regentage, vergisst man relativ schnell. Etwa ab Ende April begann für mich die Zeit des Gänsehütens. Sofort nach der Schule und dem Mittagessen ging es los. Die Hausaufgaben mussten bis zum Abend warten.

„Allez, allez“, rief ich den damals auf fränkischen Dörfern bekannten Lockruf und die kleinen Gänse folgten mir brav. Erst später erfuhren wir von unserem Lehrer, dass dieser Lockruf „allez“ Französisch wäre und auf Deutsch „vorwärts“ bedeute. So zog ich laut rufend mit meinen rund 20 halbwüchsigen Gänschen zu dem am Dorfrand liegenden „Hegenweiher“. Dieser malerisch gelegene Hegenweiher diente gleichzeitig als Feuerschutzteich. Im Hochsommer badeten wir oft darin.

Das junge saftige Gras am Ufer galt als ideale, vitaminreiche Nahrung für unsere Gänschen! Meinen Freund „Helm“ (Helmut) und mich kümmerte das wenig. Wir kletterten in den Bäumen herum und stromerten am Ufer des Weihers entlang. Manchmal schauten wir sogar nach unserer Gänseschar, aber das war selten. Freund „Krummrei“, ein Jahr älter als ich, zeigte mir, wie man aus der Hecke kleine Hölzer schneidet. Daraus fertigte er „Pfeiferle“ an, ja sogar Trillerpfeifen und kleine Flöten baute der Mesnersohn! Außerdem konnte ich vom Helm viele, kleine Schlingeleien lernen. Ich bewunderte ihn sehr, denn er war recht begabt auf diesem Gebiet.

Außerdem hatte der Freund in seiner Provianttasche meist „echt synthetischen“ Sprudel. Dieser war damals recht teuer, schmeckte aber besonders gut. Dazu hatte er noch frisch geräucherte Blut- und Leberwürste dabei, manchmal sogar Schinken, alles aus der eigenen Räucherkammer! So aßen wir unter schattigen Bäumen, denn auch selbstgebackenes Schwarzbrot gab es und dazu den synthetischen Sprudel.

Ja, mit Helm Krummrei gemeinsam Gänsehüten, das war unterhaltsam und außerdem recht nahrhaft. Doch abends zum „Betläuten“, bevor die Abenddämmerung einsetzte, trieben wir unsere Gänschen mit den Rufen „allez, allez“ wieder nach Hause. Wir freuten uns schon auf den nächsten Tag.

Nein, nicht auf die Schule! Aber auf die kleinen, meist doch recht harmlosen Schlingeleien beim Gänsehüten am Dorfweiher. Dort spielten wir, genossen die Natur, den Frühling und das freie Leben. Keiner störte uns bei unseren Träumereien. Ja, wir waren glücklich!

In der Schule lernten wir Frühlingslieder und sangen „Kuckuck, Kuckuck ruft ’s aus dem Wald“ oder „Der Frühling kommt wieder“. Der Helm brummte dazu: „ Der Frühling kommt wieder, es stinkt auf den Aborten, kurz Frühling aller Orten“. Das hatte der Schlawiner irgendwo gehört und sich gleich gemerkt.

Zugegebenermaßen, die Landluft duftete manchmal mehr als „würzig“. Denn durch den überaus langen Winter waren nicht nur die Jauchegruben der Stallungen am Überlaufen. Auch der Inhalt der Fäkaliengruben quoll manchmal über. Mit langstieligen Schöpfkellen wurden diese in mühseliger

Handarbeit ausgeleert und in Jauchefässern aufs Feld gebracht. Dort diente dies als wertvoller Dünger.

Jedes Haus und jeder Bauernhof hatte sein eigenes Plumpsklo, in Franken „Abort“ genannt. Nur in den Städten hatte man schon das „WC“ und die dazugehörige Kanalisation. Heute, gut 50 Jahre später, ist auch auf den Dörfern alles kanalisiert und die Straßen sind geteert! Es staubt nicht mehr.

Gänse, Schafe oder Kühe müssen die Kinder heute auch nicht mehr hüten. Dafür gibt es leider die Massentierhaltung. Alles kostengünstig, fabrikartig und wohl organisiert? Erfreulicherweise gewinnt nun die biologische Landwirtschaft an Bedeutung!
Doch die Schulkinder sitzen immer mehr am Computer, statt sich in der freien Natur aufzuhalten und zu spielen!

Erleben wir den Frühling, das Erwachen der Natur oder die Maienzeit noch so intensiv wie früher? Ich glaube, nein! Freilich ist das Leben bequemer geworden, aber auch viel unnatürlicher.

Viele von uns schirmen sich immer mehr ab: große Wohnung, Zentralheizung, Klimaanlage. Das Erleben aus zweiter Hand (mittels Fernseher und Computer) ist die Regel. Jetzt im Frühling bietet sich die Gelegenheit: raus in die Natur! Denken Sie an Goethes „Osterspaziergang“: „Vom Eise befreit sind Strom und Bäche!“
Gerade im Fränkischen gibt es malerische Radfahrwege und Spaziermöglichkeiten - oder wie wäre es mit einer zünftigen Wanderung samt Picknick?

Was wären wir ohne Brot?

Manchmal denke ich zurück an die Zeit, als Brot noch Mangelware war und kein „Wegwerfartikel“. Auch heute noch bringe ich es (wie viele andere Mitmenschen) nicht übers Herz, Brot, auch wenn es ausgetrocknet ist, in den Biomüll zu werfen oder sonst wie zu „entsorgen“. Unwillkürlich kommen mir dann die Kriegs- und Nachkriegsjahre in den Sinn. Damals konnte ein Stück Schwarzbrot, wenn auch alt und vertrocknet, geradezu lebensrettend sein!

Mein väterlicher Freund und Nachbar „August“ hatte noch 1942/43 die Hölle von Stalingrad erlebt. Erst nach Jahren russischer Kriegsgefangenschaft durfte er in die Heimat, in unser geliebtes Frankenland, zurück. Der August ging nicht mehr in die Kirche, nur noch an ganz hohen Feiertagen. Warum, erzählte er mir während der Roggenernte bei einer gemeinsamen Brotzeit.

Der Nachbar hatte während der russischen Kriegsgefangenschaft seine Zigaretten („Machorka“) gegen altes, vertrocknetes Brot eingetauscht. So ein kleines, heimliches Brotdepot konnte das Überleben bedeuten! Täglich aß er ein wenig davon, ging aber ansonsten sparsam damit um. Doch plötzlich war das alte, vertrocknete Brot verschwunden, einfach geklaut!

Der Dieb fand sich rasch. Es war ein Pfarrer, der ebenfalls, wie viele Kriegsgefangene, einfach am Verhungern war. Für August brach eine Welt zusammen! Er machte dem lieben Gott heftige Vorwürfe und zweifelte an ihm. Oft diskutierten wir darüber. Der Nachbar wollte nicht begreifen, dass ein Geistlicher genauso voller Schwächen und Fehler sein kann wie ein normaler Mensch. Das sah letztendlich, aber erst viele Jahre später, auch Freund August ein. So machte er doch noch Frieden mit unserem Herrgott!

Brot, aber auch Kartoffeln, waren um 1945 selbst bei uns auf dem Bauernhof Mangelware! Es war während der Kriegs- und Nachkriegsjahre Zwangsbewirtschaftung angesagt. Die Ernteerträge (und die Getreidevorräte auf dem Speicher) wurden von Fachleuten geschätzt und taxiert. Auch das Vieh (einschließlich der Hühner, Gänse, Enten, Schafe und Ziegen) wurde amtlich gezählt. Nur ein überlebenswichtiges Minimum durfte auf dem Hof verbleiben. Alles Andere musste an die staatlichen Erfassungsstellen abgeliefert werden. Zuwiderhandlungen wurden streng bestraft!

Meine Eltern, Großmutter und wir fünf Kinder waren wegen unserer Güte und Gastfreundschaft in die Zwickmühle gekommen. Unsere polnische Magd Hanna, ihr Mann und die beiden Kinder, Halina und Dieter, blieben nach Kriegsende erstmal für einige Monate auf dem Hof. Denn bei „Langohrs“ gab es Wohnung und Brot. Woanders hätten die Armen hungern und frieren müssen.

Dazu kamen die vielen Heimatvertriebenen, von uns „Flüchtlinge“ genannt. Die kamen aus dem verloren gegangenen deutschen Osten, aus Ostpreußen, Pommern und Schlesien. Jeder wollte essen, alle hatten Hunger! Zwölf Personen, manchmal auch 15 bis 20 Leute, wurden von unserer geplagten Mutter täglich verköstigt! Sie schaffte es! Einmal, als Mama Brot in unserem großen Backofen buk, hörte ich, wie sie betete: „Lieber Gott“, flehte sie, „hilf mir, all die hungernden Mäuler satt zu machen. Hilf, dass mein Brot reicht!“ Das beeindruckte mich sehr. Von da an hatte ich vor Mutter noch mehr

Dinkelsbühl, meine Heimatstadt und die Kinderzeche! Beides ist für mich unlösbar verbunden mit vielen Kinderträumen.

Respekt.
Doch unsere Mehlvorräte gingen unweigerlich dem Ende entgegen. Getreide zur Mühle konnte man nur bringen, wenn man ein „Mahlkontingent“ hatte. Doch das war bereits erschöpft. „Für was“, meinte die resolute Mutter, „haben wir eine Schrotmühle. Wir schroten! Aus dem Getreideschrot backen wir so eine Art Vollkornbrot. Das muss klappen!“

Doch weit gefehlt! Die uralte Schrotmühle, ein englisches Fabrikat aus Großvaters Zeiten, hatte schon längst ihren Geist aufgegeben. Die Mahlsteine, schon x-mal geschärft und dann wieder vom vielen Schroten abgenutzt, waren untauglich geworden.

Neue hätten wir aus England erst schicken lassen müssen. Das war 1945 unmöglich und auch unbezahlbar. Mutter wetterte: „Hätte Großvater eine deutsche Schrotmühle gekauft, eine vom „Schmotzer“ aus Bad Windsheim, dann hätten wir Brot! Dann wäre auch was zum Beißen da!“ Also beschloss ich bei mir im Stillen, wenn ich mal groß bin, nur deutsche Fabrikate zu kaufen. Denn man wüsste ja nie, mit welchem Land wir gerade Krieg führten oder im Kriegszustand wären.

So folgerte ich als Bub im Alter von vier Jahren, denn es war immer noch um 1945.
Doch schließlich bot sich eine Notlösung an. Vater selbst kam auf die Idee. Direkt am Flüsschen Wörnitz nahe Dinkelsbühl befand sich, ziemlich versteckt und malerisch gelegen, die Walkmühle. Diese war nur etwa vier Kilometer vom Bauernhof entfernt. Dort ließen wir auch regulär und mit Mahlschein Weizen und Roggen zu Mehl mahlen. Die Kleie, das Abfallprodukt, bekamen wir wieder als Schweinefutter zurück. In Notzeiten, so wie jetzt, wurde oft etwas Kleie dem Mehl beigemischt, um das Brot zu „strecken“. Dem Schwarzbrot gab man bei Kriegsende außerdem noch eine Menge gekochter Kartoffeln bei. Das ergab ein saftiges, schmackhaftes Brot. Dank dieser probaten Verlängerungsmaßnahmen konnten manch hungrige Mäuler gestopft werden. Selbst jeder Bettler, der zu uns auf den Bauernhof kam, erhielt von Mutter seine Scheibe Brot mit etwas Salz. Keiner ging leer aus.

Doch nun zum Walkmüller zurück. Der war mit Papa befreundet. Die beiden vereinbarten einen „Nachttermin". Vater nahm sein altes Fahrrad. Er lud auf den Gepäckträger und den Lenker, verteilt in kleineren Säcken, etwa 50 Kilogramm Roggen. Nachts um etwa zwei Uhr ging es los, so war es mit dem Müller ausgemacht. Doch Vater musste aufpassen, dass ihn keine Kontrolle, keine Polizeistreife erwischte. Sonst hätte er einen Teil des Getreides (bzw. Mehl) abgeben müssen, denn die hatten ja auch Hunger! Also blieb am Fahrrad die ansonsten sehr hell leuchtende Karbidlampe aus. Das wäre zu verräterisch gewesen!

Papa als Ortskundiger kannte alle Schleichwege und jeden Trampelpfad durch den dazwischen liegenden großen Wald. So war es möglich, unentdeckt und rechtzeitig bei dem bereits wartenden Müller einzutreffen. Der stellte sofort das mit Wasserkraft betriebene, uralte Mahlwerk an. So konnte unser Ernährer noch bei Dunkelheit am Morgen wohlbehalten Mehl und Kleie nach Hause bringen.

Alle atmeten auf: Großmutter, „unsere" Polen, die Flüchtlinge und wir Kinder. Mutter setzte Sauerteig an und buk dann so schnell wie möglich Brot. Wir alle aßen viel von dem schmackhaften, schwarzen, noch warmen Brot. Ja, es duftete köstlich! Ich aß viel zu viel und bekam Bauchweh. Dem alten Walkmüller hielten wir natürlich auch in späteren Jahren die Treue, auch nach der Währungsreform 1948.

Alle paar Monate fuhren Vater und ich mit dem Ochsengespann und dem eisenbereiften Ackerwagen zur romantischen alten Mühle an der Wörnitz (diese steht heute noch). Das war eine geruhsame, beschauliche Tour, die fast einen ganzen Tag dauerte. Die beiden Zugochsen namens Max und Felix gingen ihren Trott. Vater trieb die braven Tiere nicht an. Wir hatten Zeit! So durften die beiden schon mal am Wegesrand von dem dort wachsenden, würzigen Gras fressen. Dackel „Waggl" begleitete uns dabei, mal freudig bellend, wenn er einen Hasen auf der Waldwiese entdeckte oder mal knurrend, wenn er am Feldrain nach Mäusen grub.

Während des Getreidemahlens durfte ich als kleiner Bub die Mühle besichtigen. Es war für mich ein technisches Wunderwerk. Dann brachte mir die hübsche Tochter des Müllers eine dicke Scheibe Weißbrot, von uns „Plaatz" genannt. Diese war reichlich mit Erdbeermarmelade bestrichen. Es schmeckte köstlich! Vater und ich waren glücklich. Die zwei Ochsen durften auf dem Heimweg mal wieder vom saftigen Gras am Wegesrand fressen. Papa war ein großer Tierfreund. Eile war ihm fremd. Im heimatlichen Dorf gab es deswegen einige Spötter, die meinten: „Ochse müsste man sein bei Langohrs, die haben's gut." Zeit meines Lebens werden für mich diese romantischen Fahrten zur Mühle, um Getreide zu mahlen, unvergesslich sein!

Leider waren es nur Feldwege, die wir fuhren. So befand sich kein Wirtshaus in der Nähe. Sonst hätten Vater und ich Brotzeit gemacht. Denn Brot gab es etliche Jahre nach Kriegsende wieder genug!

Der Altweiher, romantisch gelegen zwischen Sinbronn und der Walkmühle. Gleich daneben befindet sich die Weiherwiese.

Pferde wären für uns auf dem Bauernhof eine große Arbeitserleichterung gewesen! Doch dafür reichte das Geld nicht. So mussten wir Ochsen einspannen!Das war mühselig! 1950 bekamen wir einen Allgaier-Porsche Traktor. Von da an ging es aufwärts! (siehe mein Erfolgsroman: Hurra, wir haben einen Porsche)

Die Weiherwiese

Es war Heumachzeit, im Juni um 1949. Morgens, nach der Stallarbeit, schirrte Vater die beiden Ochsen ein. Er spannte sie vor die alte, eisenbereifte Grasmähmaschine mit der großen Zugdeichsel! Noch fehlte uns das Geld zum Kauf eines Traktors. Also mussten die Ochsen herhalten. Es waren gutmütige Tiere. Wir hatten sie sie „Max und Moritz" genannt.

Beide strahlten eine stoische Ruhe, ja Gelassenheit aus. Es ging langsam voran, eben im „Ochsentrott"! So brauchten wir eine halbe Stunde, um zum Grasmähen an der etwa zwei Kilometer entfernten Weiherwiese anzukommen. Großmutter, Mutter und die große Schwester „Irma" waren dabei. Auch ich als achtjähriger Bub wurde gebraucht und musste mit!

Es war heiß, so richtig schwül! Die Bremsen surrten aufdringlich herum. Sie traktierten uns, vor allem aber die beiden Ochsen, die mir Leid taten. Die Armen konnten sich nur durch heftiges Schwanzwedeln ein wenig wehren. Mutter, Großmutter und Irma trugen allesamt weiße Kopftücher. So war es seinerzeit auf dem Lande Brauch. Denn diese weißen, luftigen Tücher galten als probates Mittel gegen die sengende Hitze! Außerdem schützten sie gegen den beißenden Heustaub und die arg herum surrenden Bremsen.

„Heut' gibt es noch ein Gewitter, ihr werdet schon sehen", meinte die Oma bedächtig. „Die Weiherwiese ist, wie der Name sagt, eine Sumpfwiese! Hier gibt es saueres, siliziumhaltiges Gras. Wenn die Kühe zuviel davon fressen, kriegen sie Durchfall! Direkt am Bach, der mitten durch diese Wiese fließt wächst sogar Schilf!"

Großmutter erzählte weiter: „Früher, vor einigen hundert Jahren, war hier in der Nähe ein Kloster. So belegt es die Dorfchronik. Die Weiherwiese und die meisten, in der Nähe befindlichen Sumpfwiesen, waren früher Fischteiche. Die Mönche züchteten hier Fische und mästeten Karpfen, hauptsächlich für die Fastenzeit! Ja und weil die Karpfen, um das Fastengebot einzuhalten,

Trotz der schweren körperlichen Arbeit auf dem Bauernhof der Eltern hatten wir auch viel Freude!
Hier meine Schwester Irma mit zwei putzigen Ferkeln.

nicht über den Tellerrand hinausragen durften, weder mit dem Kopf noch mit dem Schwanz, griff man zu einem Trick:

Die Mönche züchteten dicke, rundlichere Karpfen, die möglichst kurz waren. Dadurch hatte man mehr Fisch auf dem Teller, ohne das Fastengebot zu verletzen!“ „So“, schloss Großmutter ihre Erzählung ab, „jetzt wisst ihr, warum bei uns in Franken die Karpfen relativ kurz und rundlich sind!“ „Ja“, grinste ich als Kleinster und sagte: „Diese frommen Männer haben sicher für unsere Gegend viel Gutes getan! Doch Schlitzohren waren sie auch.“

Vater hatte inzwischen mit seinen Ochsen und der uralten Mähmaschine schon einige Runden gedreht und, wenn auch langsam, Gras gemäht. Die Frauen breiteten das Gras aus und lockerten es, damit es möglichst rasch trocknete. Denn in zwei bis drei Tagen sollte es zu Heu werden. Die Sonne brannte unerbittlich vom Himmel herab! Hier in der Talsenke, nahe am Waldrand ging kein Wind! Die Schwüle drückte. Trauben von Bremsen traktierten unsere braven Ochsen und saugten deren Blut. Das bloße Schwanzwedeln als Abwehrmaßnahme reichte nicht mehr aus! Vater rief mich: „Walter, hilf dem Mäxle und dem Moritz. Verscheuche die Bremsen von ihren Augen und Ohren!“

Ich besorgte mir aus der nahen Hecke eine Rute. Mit der vertrieb ich, so gut es ging, die lästigen Insekten von den beiden Ochsen. Ja, die Arbeit hier war für Mensch und Tier eine Plage! Das werde ich nie vergessen. Wegen der großen Entfernung blieben wir mittags auf dem Feld. Mutter suchte einen schattigen Platz am Waldesrand aus. Wir setzten uns. Dann breitete sie ein weißes Tischtuch über das Gras. Nun holte sie das mitgebrachte selbstgebackene Schwarzbrot, sowie Wurst und Schinken aus dem großen, geflochtenen Weidenkorb. Zum Trinken gab es von Mama selbst zubereitete Limonade. Die schmeckte recht gut. Doch schwammen leider schon einige tote Mücken darin, die man erst herausfischen musste. Aber was machte das schon, wir waren abgehärtet! Vater bekam mit Wasser verdünnten Apfelwein.

Für die Ochsen holten wir vom nahen Bach je einen Eimer Wasser, das die Armen auch gierig soffen! Dann durften sie auf der Wiese weiden. Dabei fiel mir der alte Spruch ein: „Das Wasser gibt dem Ochsen Kraft, dem Menschen Bier und Rebensaft. Drum danke Gott, als guter Christ, weil du kein Ochs geworden bist!“

Nach der Rast ging es frisch gestärkt weiter. Vater mähte nun den Rest der Wiese. Ich begleitete weiterhin das Gespann und vertrieb, so gut es ging, mit der langen Rute die Bremsen von den beiden Ochsen! Auch mich stachen die Biester in den nackten Oberkörper. Wegen der großen Hitze, verbunden mit hoher Luftfeuchtigkeit, trug ich nur eine Badehose und ging barfuß. Der Schweiß rann nur so vom Körper!

Mutter und Irma wendeten mit den Rechen nun das Gras, Großmutter holte derweil ihre kleine Sense und wetzte diese mit ihrem Wetzstein. Dann mähte sie trotz ihres hohen Alters Sumpfgras, Schilf und Binsen am Bachrand. Denn dies konnte man nur schwer mit der Grasmähmaschine erreichen.

Spät nachmittags, wir waren fast fertig mit unserer Arbeit, zogen große, dunkle Wolken am Himmel auf. Es blitzte und donnerte gewaltig! Dann folgte der Regen. Es goss! Wir flüchteten in den Wald, um Schutz vor den starken Niederschlägen zu finden. Doch bald tropfte es auch hier durch. Wir wurden pitschnass und gingen nach Hause! Mutter schimpfte auf dem Heimweg: „Immer diese blöde Weiherwiese! Das Gras taugt sowieso nicht zum Viehfüttern. Meistens muss man es als Einstreu verwenden! Jedes Mal, wenn wir hier sind, kommt ein Gewitter auf. Wenn wir diese Sumpfwiese nur verkaufen könnten!“

„Verachte mir die Weiherwiese nicht! Auch in Jahren der großen Trockenheit, so wie 1946, wächst hier reichlich Futter!“ So antwortete Großmutter und nahm die ungeliebte Wiese in Schutz. Doch Mama war in Rage und schimpfte weiter.

Ein Jahr später kam für uns alle die Erlösung. Die Eltern hatten einen neuen Traktor gekauft. Er war die Revolution in der Landtechnik, ein orangefarbener „Allgaier-Porsche“! Auch ein richtiges Mähwerk mit einem großen Mähbalken war komplett angebaut! Vater musste nun keine Ochsen mehr einspannen und ich brauchte keine Bremsen mehr zu vertreiben. Mit dem Traktor ging alles viel schneller, besser und sauberer, auch das Grasmähen. Begeistert rief ich als Neunjähriger: „Hurra, wir haben einen Porsche!“

Hier auf dem Foto ein Fendt-Dieselross Traktor aus den 50er Jahren. Dank der modernen Landtechnik stiegen die Erträge.

Doch ehrlich gesagt, die anderen Traktoren waren vielleicht nicht ganz so modern, aber, von der Qualität her gesehen, genauso gut! Egal, ob ein „Güldner“ aus Aschaffenburg, ein „Lanz“ oder ein „Fendt-Dieselross“. Die Begeisterung in den Dörfern war riesig! Dank effizienterer Landtechnik und modernen Arbeitsmethoden stiegen in den 50er und 60er Jahren die Erträge und der Wohlstand. Das Leben auf dem Lande war leichter geworden!

Einige Jahrzehnte später: Die Eltern hatten längst die ungeliebte Weiherwiese verkauft. Der Käufer, ein Heimatvertriebener aus Ostpreußen, hatte unsere und viele andere sumpfige Wiesen aus meiner alten Heimat zu einem Spottpreis zusammengekauft. Er legte viele Fischteiche an und gründete ein florierendes Teichgut. Jetzt werden dort wieder, so wie früher einmal, Fische gezüchtet und Karpfen gemästet! Nur Mönche gibt es keine mehr.

An einem heißen, schwülen Sommertag saß ich nachdenklich am Fischweiher, der nun einen Großteil „unserer“ Weiherwiese bedeckt. Ich genoss die wunderbare Ruhe. Dann hörte ich aufmerksam dem Quaken der Frösche zu, die am Weiherrand saßen. Sie starrten mich frech an, bliesen großmäulig ihre Backen auf, als wollten sie sagen: „Was willst du denn hier, wir brauchen dich nicht. Hau ab, du störst nur!“ Ich fuhr mit dem Auto ein wenig traurig nach Hause und dachte nach. „Wünschst du dir die alte Zeit, genauer gesagt die 40er Jahre, zurück?“

„Nein“, war die Antwort! Ich dachte an die schwere Handarbeit, die gequälten Ochsen. Aber auch an die Schwärme von Bremsen, die Mensch und Tier plagten!
In Gedanken sah ich die abgearbeiteten, verhärmten Gesichter von Vater und Mutter. Wir sollten dankbar sein über den Fortschritt, die Technik und die Segnungen der Neuzeit!

Vater hier mit unserem Schaf, das zum Haus gehörte.

Großvater und der kaputte Traktor

„Morgen kommt der Großvater zu uns“, meinte Papa: „Er will mit uns in den Wald gehen und Stöcke graben!“

Darauf freuten wir Kinder uns sehr. Nein, nicht auf die Arbeit, aber auf den Opa! Er nahm sich immer viel Zeit für uns. Außerdem lutschte er häufig Kandiszucker, von dem er auch reichlich an uns verteilte. Bonbons und Schokolade waren für uns Anfang der 50er Jahre noch Mangelware, außerdem sehr teuer! Also waren wir dankbar über den Kandiszucker vom Opa. Er verwendete noch viele altfränkische Ausdrücke, die wir Kinder nicht mehr kannten. „Aftermendi“, so nannte er den Tag nach dem Montag, also Dienstag. „Migti“, das war der Mittwoch. „Nächta“ war gestern und „Andernächta“ vorgestern. „Des Frala“ oder auch „Fräla“ war die Großmutter und „es Herrla“ der Großvater.

Links Großmutter, rechts Großvater, genannt „Herrla“
Bildmitte: Cousine Lina aus Röckingen

Meine Geschwister, vor allem aber ich, hingen sehr an unserem „Herrla“. Er erzählte viele Geschichten aus seinem Leben, hauptsächlich aus der Zeit vor dem Ersten Weltkrieg. Sein Vater, also unser Urgroßvater, hatte seinen Sohn (somit unseren Großvater) seinerzeit, weil er das nötige Kleingeld hatte, vom Militärdienst freigekauft. „Ja“, meinte Großvater stolz, „das war damals möglich“. Man musste aber dafür einen Ersatzmann finden. Zum Beispiel einen Bauernknecht und diesen gut bezahlen! Der übernahm dann als Stellvertreter den Dienst an der Waffe.

„Aber bald darauf“, so erzählte das Herrla traurig, „begann leider 1914 der Erste Weltkrieg. Der Knecht, der für mich beim Militär war, nutzte nun nichts mehr. Auch ich musste für vier Jahre in den Krieg ziehen! Es blieb mir nichts erspart. Ich überlebte die Hölle von Verdun! Dafür bin ich dem Herrgott heute noch dankbar!“

Abends, wenn Opa schlafen ging, gab es immer ein richtiges Ritual. Er hatte sein Bett in einer kleinen Dachkammer gleich neben unserem Kinderzimmer. Erst nahm das Herrla seufzend eine große Prise von seinem schwarzen Schnupftabak der Marke „Schmalzler Franzl“. Auch Vater bekam eine große Prise davon. Mutter schimpfte dann jedes Mal wegen der dreckigen, schwarzen Taschentücher, die sie letztendlich waschen musste.

Doch Papa und der Großvater waren sich einig, denn schließlich erhöhe der „Schnupfes“ das Denkvermögen und, so meinten sie, auch die Intelligenz! Nun holte Opa seine Tüte Kandiszucker, verteilte an uns und nahm selber davon. Zum Schluss setzte der geliebte Großvater seine handgestrickte Zipfelmütze auf, denn er hatte eine große Glatze.

Die Schlafräume waren seinerzeit noch unbeheizt, ja oft eiskalt. So half die schafwollene Zipfelmütze gegen Unterkühlung und diente als Vorbeugung gegen Kopfschmerzen. Dermaßen vorbereitet und gestärkt ging unser Herrla zum Kachelofen. Dort holte er seinen heißen Backstein aus der Ofenröhre. Den umwickelte er sorgfältig mit altem Zeitungspapier und begab sich zu Bett. Dieser Backstein wärmte das Bett vor und war des Nachts ein probates Mittel gegen kalte Füße. Vor dem Einschlafen betete Großvater laut.

Ich hörte oft in unserem Kinderzimmer zu und bewunderte ihn insgeheim. Ja, das Herrla war mit dem lieben Gott auf du und du! Er trug seine Nöte und Sorgen recht vertraulich vor. Dann schlief er seelenruhig und ganz zufrieden ein. Ich hörte es an seinem lauten Schnarchen.

Der Großvater aus Röckingen wurde für mich eine Vertrauensperson, ihm konnte ich alles erzählen. Bei Regenwetter saßen wir nachmittags im großen Wohnzimmer. Dort lernte ich und machte meine Hausaufgaben. Er erzählte mir von Tagelöhnern auf Bauernhöfen, die seinerzeit nur eine Mark pro Tag verdienten. Dafür war das Bier billig, die Maß kostete nur 16 Pfennige!

Mich schauderte, wenn ich daran dachte, einen ganzen Tag auf dem Hof oder Feld für so wenig Geld schuften zu müssen. Ja, das war die „gute alte Zeit". Im Frühling gingen wir gerne bei gutem Wetter in den Wald. Vater, Mutter, wir vier Kinder und der Großvater. „Heute gehen wir Stöcke graben", meinte das Herrla. Das war uns allen recht. Wir fuhren mit unserem fast neuen, orangefarbenen „Allgaier-Porsche-Traktor" los!

Dazu hatten wir eine riesige, alte Handseilwinde ausgeliehen, die wir an den Schlepper hängten. Ja, in unserem großen Wald am Rechenberg gefiel es mir! Ich als der Jüngste, im Alter von rund zehn Jahren, musste da nur selten mitarbeiten. Also hatte ich Zeit, hörte die Vögel singen und beobachtete Rehe, die auf der nahen Waldwiese ästen. Ich träumte von einer rosigen Zukunft!

Das Stöckegraben war eine schwere Arbeit, eine richtige Schufterei! Doch es war Großvaters Lieblingsbeschäftigung! Das ging folgendermaßen: Die nach dem „Kahlhieb" verbliebenen Baumstrünke, von uns „Stöcke" genannt, gruben wir mühsam in Handarbeit aus. Mit Schaufel, Pickel, Kreuzhaue und großen Beilen, auch „Axt" genannt! Die Baumstrünke samt den größeren Wurzeln hatten einen besonders hohen Heizwert. An kalten Wintertagen galt dieses als ideales Heizmaterial für unseren Kachelofen. Vor allem aber kostete es nichts! Das Brennholz samt dem Papierholz aus kleineren Stämmen war fast zu schade zum Verschüren. Das verkauften wir lieber, um unsere Schulden beim Landmaschinenhändler rascher abzahlen zu können.

Also gruben wir in der arbeitsruhigeren Zeit, und das waren etliche Tage im Jahr, Stöcke. Erst schaufelten wir die Erde rings um den Baumstrunk weg, dann hackten wir die dadurch freigelegten Wurzeln mit der Axt ab. Doch an die tieferen, vor allem die so genannten „Herzwurzeln", kamen wir mit unseren Gerätschaften kaum heran. Dafür hatten wir die uralte, fahrbare Seilwinde, die wir mittels Traktor in Stellung brachten.

Nun ging's los: Wir rollten das starke, splissige Drahtseil ab, wickelten es samt gusseisernem Haken um den Stock bzw. die Hauptwurzel. Dann gingen

Vater und Opa mit Eisenstangen an diese altertümliche Winde. Sie betätigten diese, die wiederum mit Ratschen abgesichert war, im Handbetrieb. „Hau ruck", tönte es. Der Baumstrunk bewegte sich im Zeitlupentempo. Nun konnte man die tieferen Wurzeln, die langsam sichtbar wurden, mit der Schaufel freilegen und mit der Axt oder Kreuzhaue abhacken.

Es war mühsam, aber Großvater war „in seinem Element". So hatten wir genug Holz für den Herbst samt kommendem Winter: „Weißt du, Walter", so erklärte das Herrla während einer Schnupftabakspause schmunzelnd: „Die Stöcke machen dreimal warm. Erst beim Graben, dann beim Spalten und zum Schluss beim Schüren!"

Ja, das Stöckegraben mit Hilfe vom Traktor und dieser speziellen Winde klappte gut. Binnen 14 Tagen hatten wir genügend Wurzelholz und Baumstrünke für den ganzen Winter ausgegraben. Doch einmal hat Vater nicht aufgepasst. Vielleicht war er auch schon müde von der schweren, ungewohnten Arbeit im Wald. Er fuhr mit dem Traktor zwischen die herausgezogenen „Stöcke" (Baumstrünke) durch, um die schwere Winde in

Unser erster Traktor, ein Allgaier, System Porsche Typ AP17-18PS Baujahr 1950!

eine neue Position zu bringen. Dabei übersah er ein Hindernis. Er stieß mit dem rechten Vorderrad gegen eine hohe Wurzel samt Stock. Das nahm die so genannte „Patentlenkung" des Porscheschleppers meinem Vater übel. Es krachte laut und aus war's! Am Lenkrad ging nichts mehr. Das Gussgehäuse des Lenkgetriebes war zersprungen samt dazugehöriger Abdeckplatte.

Vater und der fast neue, orangefarbene Traktor boten ein Bild des Jammers. Vorbei war es mit dem Stöcke graben! Erst mal musste die Lenkung unseres Schleppers repariert werden! Aber wie? Und das mitten im Wald, auf einem fast unzugänglichen Weg, wo sich Fuchs und Hase gute Nacht sagen!

Traurig standen meine beiden Schwestern, der Bruder, Mutter und Großvater um den kaputten Traktor herum. Doch Vater war schon unterwegs zum Dorf. Von dort telefonierte er mit unserem Landmaschinenhändler aus dem benachbarten Städtchen. Papa schilderte unsere missliche Lage. Gut eine Stunde später kam ein Motorrad mitten durch den Wald und das unwegsame Gelände angebraust, eine „NSU Max". Auf dem Sozius saß mein Vater, er wies den Weg. Am Steuer des Motorrades war, mit großer Schutzbrille und Ledermütze der Herr Ackermann. Dieser war Meister der Landmaschinenwerkstatt. Somit zuständig für Allgaier, Porsche und sonstige Traktoren. Ackermann galt als Spezialist für schwierige Fälle!

Im riesigen Rucksack hatte er reichlich Werkzeug mitgebracht. So wurde die nächste Stunde im Wald laut gehämmert, geschraubt und geflucht. Meister Ackermann sprach von Kinderkrankheiten: „Merkt euch", meinte er zu mir und meinem großen Bruder: „Kauft euch nie das neueste Modell eines Traktors oder Autos! Auch für Motorräder gilt das Gleiche. Diese Neukonstruktionen sind oft voller kleiner Fehler, so wie ein Hund voller Flöhe! Erst nach jahrelangem Praxiseinsatz sind diese Modelle richtig ausgereift.

Erst dann sind alle Konstruktionsfehler ausgemerzt! Ich baue jetzt das ganze Lenkgehäuse samt Lenkgetriebe aus, einschließlich Deckel und Kleinteilen. Heute Abend noch schweiße ich das Gussgehäuse. Dann verstärke ich alles, so gut es geht. Dazu mache ich in Sonderanfertigung einen stärkeren Deckel aus einer massiven Stahlplatte. Morgen früh um zehn Uhr bin ich mit dem Motorrad wieder da, hier im Wald! Den Traktor lasst ruhig über Nacht stehen.

Der ist kaputt, den klaut keiner!“

Großvater, Vater, Mutter und wir Kinder standen betreten um den erfahrenen Landmaschinenmechanikermeister herum. Er hatte Recht, das fühlten wir. „Ja, die Technik hat doch ihre Grenzen“, so dachte ich mir. Großvater schwärmte von seinen schweren, belgischen Kaltblutpferden aus der Vorkriegszeit. „Da wäre so etwas nicht passiert!“ „Aber dafür waren deine Pferde viel langsamer“, antworteten Bruder Fritz und ich. Abends gingen wir alle traurig, ja fast gedemütigt nach Hause. Im Dorf fragten uns die Leute: „Was ist denn los, wo habt ihr eueren Porsche?“ „Ja, der ist kaputt“, antworteten wir kleinlaut. „Die Lenkung ist zerbrochen und muss repariert werden.“

Großvater tröstete uns abends vor dem Bettgehen. Wir bekamen von ihm eine extra große Portion Kandiszucker. Am nächsten Morgen (ich hatte Ferien) schien die Sonne. Auch wir waren zuversichtlich! Nach den Stallarbeiten und dem Frühstück gingen wir wieder, natürlich zu Fuß, in den Wald.

Der Traktor stand noch da, samt der großen, alten Winde. Kurz nach zehn Uhr morgens kam der brave Meister Ackermann mit seiner „NSU Max“. Mit sorgenvoller Miene baute er die mitgebrachten und teilweise verstärkten Teile wieder ein. Für uns war ein kleines Wunder geschehen: Die Lenkung funktionierte wieder! Wir konnten unsere schwere Arbeit fortsetzen. Das dicke Ende folgte Wochen später, die Rechnung der Landmaschinenfirma!

Doch was soll’s, das Leben geht weiter. Sparen war ohnehin angesagt. Übrigens, die vom Ackermann reparierte Lenkung hat sich bewährt. Sie hielt ein ganzes Traktorleben lang! Einige andere kleinere Fehler, die wir „Kinderkrankheiten“ nannten, wurden kostenlos von unserer Landmaschinenfirma behoben. Heute, gut 50 Jahre später, fahre ich das Nachfolgemodell des AP 17. Es ist ein roter „Porsche-Diesel AP 18“, ebenfalls mit achtzehn PS, Baujahr 1957.

Das Stöckegraben haben wir Anfang der 60er Jahre aufgegeben. Es lohnte nicht mehr. Großvater war gestorben und für uns war es zu zeitaufwendig! Doch die Erinnerung bleibt.

Die Maikäfer, der Maibaum und die Jagdpacht

Alle im Dorf warteten voller Sehnsucht auf den Frühling. Denn damals in den 50er Jahren gab es auf dem Land noch keine Zentralheizungen. Man fror häufig.
Schließlich wurden nur die Küche und das Wohnzimmer beheizt, die Schlafräume nicht.

Ja, die Anzeichen für den Frühling waren unverkennbar. Vater nahm die Winterfenster vom Wohnhaus ab. Am Stall wechselte er die Wärme isolierte große Türe gegen ein aus Latten gefertigtes Stallgatter aus. So konnte die Frühlingsluft besser zirkulieren. Unser damaliger Knecht namens Eduard half Vater bei dieser Arbeit.

Alle scherzten und waren gut aufgelegt, man freute sich über die Vorboten des Frühlings. Die zurückgekehrten Schwalben konnten nun ungehindert im Stall wieder ein- und ausfliegen. Sie bezogen ihr Nest, so wie jedes Jahr oberhalb der uralten Stalllampe. Schwalben bedeuteten schon immer Glück! Sie galten als gutes Omen für Haus und Stall. Unsere Schwalben sammelten fleißig Fliegen aus dem Kuhstall und den Nebengebäuden. Damit fütterten sie ihre Jungen, die zwischenzeitlich schon aus den Eiern ausgeschlüpft waren und laut zwitscherten.

Vater überlegte, ob er nicht seine lange Unterhose als Relikt des Winters gegen eine sommerlich kurze und sportlichere Hose austauschen solle, denn manchmal schwitzte er schon arg! Doch meinte er andererseits, was gut sei gegen die Kälte könne auch in der Frühlings- und Sommerzeit recht nützlich gegen die Wärme sein.
Manchmal plagte den Guten sein Rheuma arg. Doch beim Schwitzen hatte er weniger rheumatische Beschwerden, Also blieb Papa auch im Sommerhalbjahr vorsorglich bei der langen Unterhose und somit beim Schwitzen.

Etwa ab Ende April, spätestens Anfang Mai, liefen wir Kinder alle barfuß, egal ob im Stall oder auf dem Felde. Dadurch schonten wir unser Schuhwerk. „Unten ohne“ zu gehen, war ja auch viel bequemer. Besonders Spaß machte es, über die taufrischen Wiesen zu flitzen, das war gut gegen den Fußschweiß, außerdem erfrischte es ungemein. Doch in der Schule, da herrschte Ordnung! Da mussten wir, wenn auch widerwillig, Schuhe tragen.

Schon gab es die ersten Maikäfer, ja, sie waren für uns die Vorboten des bald darauf folgenden Sommers. Meine Freunde, allen voran der Helm Krummrei und der „Hellers Karl", aber auch meine Geschwister, gingen abends gemeinsam mit mir zum Maikäfer fangen. Am Ortsrand war ein kleiner Berg, „Kochenbuck" genannt, mit vielen schönen Haselnusshecken. Dort gab es abends, kurz vor Einbruch der Dunkelheit, Maikäfer in Schwärmen. Es brummte und summte nur so.

Walter Langohr. Schon immer ein Traktorenfan! Hier in den 60er Jahren im Allgäu auf einem „Ruhrstahl"Geräteträger mit Henschelmotor.

Wir nahmen Streichholzschachteln mit, außerdem auch Einmachgläser und Blechdosen mit Deckeln. Mit so genannten „Patschen", alten Fichten und Tannenwedeln, die im Vorgarten während des Winters als Abdeckung dienten, fingen wir mit großer Routine die armen Maikäfer ein. Schließlich sperrten wir diese in die mitgebrachten Streichholzschachteln oder sonstige Behältnisse. Als Futter bekamen diese hübschen Käferchen von uns generös frisch gepflückte Haselnussblätter.

Stolz zeigten wir den Eltern unsere „Gefangenen" und am nächsten Tag

der Lehrerin in der Schule, die sich leider weniger darüber freute. Freund Helm hängte seine Maikäfer am nächsten Tag in der Schule heimlich an die Zöpfe der vor uns sitzenden Mädchen. Diese kletterten dann zum Kopf hoch, manchmal krabbelten sie auch in die Ohren, ja einige schlüpften sogar in den Ausschnitt des Kleides oder in die Bluse.
Entsetztes Gebrüll war die Folge. Der Unterricht war dadurch nachhaltig gestört. Darüber freuten wir Buben uns sehr!

Der Übeltäter war rasch gefunden. So bekam mein Spezi Helm Krummrei, wie fast jeden Tag, von unserer Lehrerin einige kräftige Hiebe auf seinen Hintern. Doch das tat dem Helm gar nicht mehr weh. So wie wir vom vielen Barfußlaufen an den Füßen hatte der Freund an seinem Allerwertesten schon eine Hornhaut.

Als der Krummrei wieder neben mir saß, lachte er mir stolz zu: „Morgen", flüsterte er mir ins Ohr, „morgen früh schmeiß' ich der Vroni vor mir gleich zwei Maikäfer in den Busen!" Heimlich bewunderte ich den Helmut wegen seiner Courage. So etwas hätte ich mich nie getraut. Dafür war ich viel zu ängstlich.

Das mit den Maikäfern war damals, Ende der 40er, Anfang der 50er Jahre eine richtige Plage. So sammelten wir schließlich ganze Eimer oder Blechbüchsen voll von den Tierchen. Diese verfütterten wir zu Hause an unsere Hühner, die ganz begierig darauf waren. Dank der vielen Maikäfer stieg die Legeleistung der Hühner im Mai stark an. Auch die Dotterfarbe wurde zusehends kräftiger. Ja, damals gab es noch wirklich freie Hühner, das Wort „Stallpflicht" war noch nicht erfunden!

Ob die kräftige Dotterfarbe nun von den Maikäfern kam oder von den grünen Wiesen, auf denen die vielen Hühner täglich stolzierten oder gar vom riesigen Misthaufen im Bauernhof, den sie täglich beackerten, darüber lässt sich trefflich spekulieren. Fest steht, es waren noch glückliche Hühner, und Eier von glücklichen Hühnern schmecken besonders gut!

Was wäre der Monat Mai ohne Maibaum? Das erinnert mich an eines meiner größten Desaster, als meinen Freunden und mir der Maibaum umgesägt wurde. Das war bereits in den 60er Jahren. Doch alles der Reihe nach.

Erst kam die „Freinacht“ oder auch „Walpurgisnacht“ genannt. Diese ist in Franken berühmtberüchtigt, die Nacht zum 1. Mai.

„In der Freinacht muss alles auf dem Bauernhof aufgeräumt sein. Die Leiterwagen oder sonstigen Fuhrwerke müssen in die Remise oder in die Scheune gebracht werden. Alles, was frei im Hof herumsteht und nicht aufgeräumt ist, darf entführt werden.“ So erklärte mir das Vater schmunzelnd, dabei erzählte er von Streichen aus seiner Jugendzeit. Deshalb räumten wir abends nach der Stallarbeit alles auf unserem Hof und im Garten, was nicht niet- und nagelfest war, auf.

Abends wurde der Maibaum feierlich auf dem großen Platz zwischen Kirche und Dorflinde von uns, der Jugend des Dorfes Sinbronn, aufgestellt. Damit die „Illenschwanger“ (die Jugendlichen aus dem zwei Kilometer entfernten Nachbarort Illenschwang) unseren Maibaum nicht klauten bzw. umsägten, hatten wir vorsorglich die unteren zweieinhalb Meter des Stammes mit mehreren Flacheisenschienen beschlagen.
So glaubten wir, ganz sicher zu sein und unseren Baum vor einem Attentat geschützt zu haben. Trotzdem wurde ich zusammen mit dem „Ernst“, einem Jungen aus der Nachbarschaft, gemeinsam zur Nachtwache eingeteilt. Die begann für uns nachts um ein Uhr. So hatten Ernst und ich noch genügend Zeit, bei Einbruch der Dunkelheit durch das obere Dorf zu streichen und „aufzuräumen“.

Freund Helm und der Dietmar, ebenfalls ein lustiger Junge aus der Nachbarschaft, halfen dabei. Vor lauter Begeisterung schossen wir bei dieser Aktion weit übers Ziel hinaus. Erstmal entführten wir einen Hofhund samt Hundehütte (den Hund kannten wir gut, sonst hätte er gebellt). Dann hängten wir ein großes, hölzernes Hoftor aus und trugen es mühsam zum Dorfplatz getragen. Dort sah es mittlerweile schon recht „bunt“ aus.

Denn die Freunde aus dem unteren Dorf hatten ebenfalls tüchtig „aufgeräumt“. Sensen, Mistgabeln, alte Pflüge, Eggen und sonstige Gerätschaften lagen auf dem Dorfplatz wild durcheinander. Der entführte Hofhund namens „Wächter“ bellte inzwischen. Schließlich bekam er Angst und jaulte nur noch. Es klang gottsjämmerlich! Das feuerte uns noch mehr an. Doch schließlich wurden wir müde, es ging auf ein Uhr zu.

Ernst und ich traten unseren Wachdienst an. Es war langweilig, nichts rührte sich. Da kam der „Fritzla“, ein Nachbarsbub, der eigentlich Fritz hieß und mich gerne ärgerte. „Was, ihr bewacht den Maibaum? Ja, so ein Blödsinn! Ihr seid ganz schön dumm! Der Baum ist doch mit den starken Flacheisen beschlagen, kein Mensch kann den absägen, da bräuchte man ja eine riesige Leiter dazu. Das wäre zu gefährlich. Ihr seid blöd, geht heim und schlaft euch aus.“ So höhnte der Fritzla.

„Ja, wenn die Illenschwanger kommen und den Baum absägen?“, entgegnete ich. „Die möchten in Frieden mit uns leben. Das mit den Raufereien von Dorf zu Dorf ist vorbei. Das war früher einmal. Die denken gar nicht daran, den Maibaum von uns Sinbronnern zu klauen!“, meinte Fritzla und grinste mich spöttisch an. Das ärgerte mich. „Was meinst du, Ernst, vielleicht hat der Fritz Recht“, so fragte ich. „Freilich hat er Recht. Schließlich ist der Baum unten mit Eisen beschlagen.“

Also beendeten wir etwa morgens um zwei Uhr die Maibaumwache und legten uns schlafen. Vorsorglich stellte ich meinen Wecker auf vier Uhr, um dann nachzusehen. Ja, ich schlief wie ein Murmeltier. Um vier Uhr, pünktlich aufgeweckt, sah ich siegessicher nach dem Rechten. Doch weit gefehlt!

Im kahlen Mondlicht bot sich auf dem Dorfplatz ein Bild der Verwüstung. Ein zweieinhalb Meter hoher Baumstumpf ragte in den Himmel, er starrte mich höhnisch an. Der Maibaum war umgesägt, aber nicht geklaut!

Der Baum war den Attentätern zu schwer gewesen, sonst hätten sie ihn mitgenommen. Das große breite Hoftor aus Holz, das wir entführt hatten, war am Baumstumpf angelehnt. Es hatte den Maibaumschändern als sichere Leiter gedient. Aufgeregt weckte ich meinen Wachkollegen Ernst. Für uns beide brach eine Welt zusammen. Es war ein „Wachvergehen“ und nicht mehr gut zu machen, Ausflüchte wie: „Der Fritzla hat gesagt …“ galten nicht.

Ernst und ich holten Werkzeug und Säge. Erst befreiten wir den traurigen Baumstummel von den angenagelten Flacheisen. Dann sägten wir den Baumstumpf um. Fritzla war durch unseren Lärm schon wach geworden. Er kam, höhnte und spottete wieder über uns. Plötzlich behauptete er genau das Gegenteil: „Wie könnt ihr den Maibaum allein lassen? Ihr wurdet doch zur Wache eingeteilt.“ Meine Wut auf das Fritzla kannte keine Grenzen, am liebsten hätte ich ihn verprügelt!

Ja, es war für die nächsten Tage ein richtiges Spießrutenlaufen für uns beide im heimatlichen Dorf. Schuldzuweisungen an andere verschlimmerten noch das Ganze.
Doch unser damaliger Pfarrer namens Josef Braun, im Volksmund „Wetterpfarrer“ genannt, lachte dröhnend als er von unserem Wachvergehen erfuhr. Er meinte, das gehöre zum täglichen Leben, Höhen und Tiefen, natürlich auch Enttäuschungen.
Schließlich wäre es echtes Brauchtum, auch das Umsägen eines Maibaumes gehöre dazu!

Schon wieder lachte unser beleibter und beliebter Wetterpfarrer. Er erstellte seit Jahren Wetterprognosen, die regelmäßig in der damals schon bekannten Bildzeitung veröffentlicht wurden. Stimmten seine Wettervorhersagen, fühlte er sich wie ein König. Ging es mal daneben, was leider auch vorkam, schlich er wie ein geprügelter Hund durchs Dorf.

So hatten der Ernst und ich künftig einen Verbündeten. Auffallend war, dass die Illenschwanger ab sofort besonders nett zu uns waren. Sie nahmen heftig an unserem Missgeschick Anteil und ließen sich alles ausführlich von mir erzählen.
Scheinheilig versicherten sie, dass man nie unseren Maibaum umsägen würde, denn die Zeit der Raufereien von Dorf zu Dorf sei endgültig vorbei. Beweise hatten wir keine. So machten wir gute Miene zum bösen Spiel, aber innerlich „kochte“ es.

Unser geliebter Wetterpfarrer, heimlich von uns Josef genannt, beruhigte mich: „Weißt du, Walter, auch Niederlagen und Blamagen gehören zum täglichen Leben, genauso wie der Erfolg. Daraus lernst du für später!“

Das mit dem Fritzla ließ mich lange nicht in Ruhe. So ergab sich Wochen darauf die Gelegenheit. Wir beide unterhielten uns lange. „Weißt du Walter“, sagte er, „ich habe in Illenschwang eine hübsche blonde Freundin namens Inge. Sie ist eine Gastwirtstochter und die ideale Frau für unser kleines, ländliches Wirtshaus. Ich mag die Inge sehr und möchte sie bald heiraten.

Als die männliche Jugend des Dorfes Illenschwang dies erfuhr, haben sie mir sofort Prügel angeboten."

Ja, das ist hier so Sitte wie in vielen anderen fränkischen Dörfern. Entweder Hiebe beziehen, oder „Jagdpacht" bezahlen. Diese Jagdpacht ist jährlich zu entrichten in Form von Freibier für die gesamte männliche Dorfjugend! Das kostet zwar viel Geld, dadurch genieße ich aber auch den Schutz des Nachbardorfes. Natürlich muss ich auch meinerseits gegenüber den Illenschwangern ein gewisses Wohlverhalten an den Tag legen, siehe auch Maibaum. Schließlich möchte ich nicht, wenn ich mal bei der Inge „Kammerfensterln" gehe, im Anschluss daran verprügelt werden!"

Natürlich hatte ich ab sofort für den Fritz vollstes Verständnis, nannte ihn auch nicht mehr geringschätzig „Fritzla".

Ja, die Jagdpacht war seinerzeit ein probates Mittel, um kostengünstig den Bierdurst zu stillen. Denn damals, sowie auch heute, gab es viele hübsche Mädchen auf dem Lande. Folglich wurde häufig von der männlichen Jugend des Dorfes Jagdpacht abkassiert.

Das Goggomobil, einst das Auto der kleinen Leute.

Sonntags gingen wir, egal ob Sommer oder Winter durch die heimische Flur!

Der Zwerggockel und der Schnorrer

Inzwischen war ich 14 Jahre alt geworden, mein Freund Hans 15. Er besuchte die Mittelschule in Wassertrüdingen am Hesselberg. Abends und an den Wochenenden musste Hans auf dem Bauernhof seiner Eltern mithelfen. Ich arbeitete nach Beendigung der damals achtklassigen Volksschule ebenfalls auf dem Bauernhof meiner Eltern. Dort wurde ich dringend gebraucht. So blieb für mich keine Zeit zum Besuch einer weiterführenden Schule.

Letztendlich verband den Hans und mich das gleiche Schicksal: kein Geld und kaum Freizeit. Doch der Sonntagnachmittag - das war unsere freie Zeit! Da wanderten wir gemeinsam durch Feld, Wald und Flur. Stets nahm ich meinen Fotoapparat mit, eine gebrauchte „Agfa-Isolette". Damit konnte ich idyllische Landschaftsfotos von verträumten Waldwiesen, Fischteichen und Schwänen machen.

Unser eigentlicher Traum waren Wildbeobachtungen. Ich wollte Rehe und Hasen beim Äsen fotografieren, außerdem die jungen Füchslein beim Spielen. Doch dazu hätte ich ein gutes Teleobjektiv gebraucht und eine richtige Spiegelreflexkamera. Leider war das alles seinerzeit noch immens teuer, für uns somit unerreichbar. Ab und zu bekam ich vom Papa am Sonntag eine Mark geschenkt. Von Großmutter schon mal mehr. Für sie musste ich viele Botengänge machen oder mit dem Fahrrad in unsere romantische Heimatstadt, nach Dinkelsbühl fahren, um Medikamente dort in der Apotheke zu kaufen.

Wenn in unserem fränkischen Bauerndorf mit etwa 500 Einwohnern Feste oder Treffen stattfanden, wurde ich als „Hof-Fotograf" gerufen, um das alles in Schwarzweiß-Bildern für die Nachwelt festzuhalten. Auch das brachte ein bisschen Geld ein. Außerdem bekam ich, was für einen jungen Menschen wichtig ist, oft Lob und Anerkennung.

So konnte ich mir endlich nach langem Sparen ein Fernglas kaufen. Dieses (8 x 30) kostete Mitte der 50er Jahre bei „Photo-Porst" die stolze Summe von 147 Mark. Mit diesem Fernglas konnten Freund Hans und ich, wenn wir uns vorsichtig gegen den Wind anpirschten, Füchse, Rehe und Hasen beobachten.

An Stelle eines Teleobjektives setzte ich versuchsweise das Fernglas vor das Objektiv meiner Kamera - doch das funktionierte leider nicht, die Fotos waren verschwommen. So wurde es leider nichts mit dem Dokumentieren von Wildbeobachtungen.

Ganz plötzlich kam der „Grauvogl" dazwischen! Nein, das war kein richtiger Vogel. Sein Nachname lautete nur so. Mit Vornamen hieß er „Balthasar". Genau genommen war er ein origineller Kauz (also doch „Vogel"), der Balthasar Grauvogl: Er war klein von Statur, hatte kaum einen Hals, dafür zum Ausgleich einen etwas größeren Kopf. Frauen interessierten ihn besonders, da war er eifrig hinterher! Deswegen wurde er im Jargon „Zwerchgeger" (hochdeutsch „Zwerggockel") genannt.

„Ich brauch' ganz schnell euer Fernglas. Da auf der Waldwiese ist ein Liebespaar, da muss ich unbedingt zuschauen." Schon war Balthasar ganz aufgeregt mit meinem neuen Fernglas unterwegs, um sich über die Liebeskünste des jungen Pärchens auf der sonnigen Waldwiese zu informieren. Hans und ich schmunzelten. Nach geraumer Zeit brachte der Grauvogl das Fernglas zurück und bedankte sich. Wir kamen mit ihm ins Gespräch. Er war etwas älter als wir, stammte aus einem Nachbarort und besuchte dort in der Nähe eine Klosterschule. Künftig trafen wir in der Sommerzeit öfter mal unseren neuen Spezi. Wir beobachteten das Wild, er die Liebespaare.

Häufig badeten wir nachmittags und abends in den riesigen Fischweihern, die sich dort in der Nähe eines Teichgutes befanden. Manchmal tauchten wir im Sumpf des Weihers nach vermeintlichen Schätzen, fanden aber nichts. Abends garten wir im großen Lagerfeuer direkt am Teichufer Kartoffeln und brieten Speck. Manchmal brannte unser romantisches Feuer bis Mitternacht. Damit vertrieben wir die vielen Schnaken und Mücken, die sich dort in Schilf und Sumpf hielten.

Hans und ich träumten von der Zukunft. Von fernen Ländern, Reisen, schönen Häusern und noch schöneren Frauen. Die Frösche quakten laut zustimmend und das stundenlang! Die Luft war lauwarm, das Wasser auch. Es waren Träume, die nichts kosteten. Träume von einer besseren Zukunft, die wir auch heute nicht missen möchten.

Sogar mein älterer Bruder „Fritz“ samt meinem Kinderfreund Helm Krummrei waren von diesen lauschigen fränkischen Sommernächten begeistert. Jahre später, nach dem Studium der Landwirtschaft (ich war schon längst in Marktheidenfeld) war ich wieder mal zu Besuch in Dinkelsbühl/ Sinbronn. Bruder Fritz baute einen neuen großen Kuhstall. Die Planung hierfür übernahm ich. An den freien Wochenenden arbeitete ich am Bau mit. Nach Beendigung der Bauarbeiten kam zur Schlussabnahme vom Bauamt der Beauftragte, ein gewisser Herr Grauvogl. „Balthasar“, meinte ich vertrauensvoll, „weißt du noch, wie ich dir damals vor Jahren mein Fernglas ausgeliehen habe, damit du das „Wild“ besser beobachten konntest (das mit den Liebespaaren und dem Zwerggockel unterließ ich diskret)?“ „Ja, ja, das weiß ich noch“, meinte der Herr Baukontrolleur ebenso diskret und etwas nervös. „Es ist alles in Ordnung, ich beanstande nicht das Geringste an euerem Stallbau!“ Wir zwinkerten uns freundschaftlich zu.

Dann gingen der Grauvogl, Bruder Fritz und ich in die riesige Küche meiner

Eltern. Dort machten wir gemütlich Brotzeit. Dazu trank jeder eine Maß Klosterbier. Das Bier war genau von dort, wo der Balthasar seinerzeit die Klosterschule besucht hatte.
So war mein früherer Spezi heilfroh, weil er von uns nicht an seine früheren Exkursionen als „Zwerggockel“ erinnert wurde. Im Gegenzug bekamen wir einen Bericht über die Schlussabnahme des Kuhstalles, der keinerlei Mängel aufwies. Das waren eben noch Zeiten! Es war ein Geben und Nehmen mit einer gewissen Schlitzohrigkeit im Hintergrund!

Große Sorgen bereitete hingegen mein Freund Gerhard. Er war lange Jahre Tankwart in Dinkelsbühl. Eine unglückliche Liebe zur Pfarrerstochter namens Gisela hatte ihn total „verdreht“. Aus Liebeskummer trank er viel zu viel Bier und Schnaps. „Ein Kerl wie Samt und Seide, nur schade, dass er soff“ (Vers aus dem Lied „Ein Heller und ein Batzen“). Schließlich verlor er wegen seiner Alkoholprobleme den Arbeitsplatz. Oft sang er etwas weinerlich Heino-Lieder, das tröstete ihn.

Manchmal begleitete er aus Langeweile unseren gemeinsamen Spezi, den Balthasar Grauvogl, bei seiner Tätigkeit als Baukontrolleur. Das gefiel dem Gerhard so gut (vor allem die anschließende Bewirtung nach erfolgter Bauabnahme), dass er sich schließlich selber als Baukontrolleur ausgab. Einige kannten ihn, spielten als Gönner (oder aus Mitleid) das Spiel mit. Ja, man bedauerte ihn wegen seiner hoffnungslosen Liebe zur Pfarrerstochter. Manche versuchten, ihn zu trösten. Andere wiederum hatten für „derlei Sperenzchen“ keinerlei Verständnis, warfen ihn hinaus. Einige verprügelten ihn sogar, der Gerhard wehrte sich nie.

Doch sein größter Coup gelang ihm in den 70er Jahren. Es geschah in einem romantischen Städtchen, direkt am Hesselberg gelegen, unweit der fränkischen Seenplatte. Im renommierten Gasthaus „Zur Ente“ in der Stadtmitte war anlässlich des Volksfestes ein großer Empfang angesagt. Wie sich das gehört, waren auch der Bürgermeister und der Herr Landrat zugegen. „Spezi Gerhard“ war in seiner Eigenschaft als selbst ernannter Kontrolleur der Baubehörde anwesend.

Ja, Gerhard war ein bildhübscher, schlanker junger Mann. Groß, blond, mit leuchtend blauen Augen, gut gekleidet. So saß er wie selbstverständlich zwischen dem Stadtoberhaupt und dem Landrat. Gekonnt führte er mit beiden Konversation. Dazu sagt man heute auf neudeutsch „Smalltalk". Auf Deutsch: Man quatscht belangloses, aber höfliches Zeug ohne großen geistigen Inhalt. Den hohen Herren gefiel das, denn man war von des Tages Mühen rechtschaffen müde, wollte in Ruhe gelassen werden und des Abends nicht noch hochgeistige Gespräche führen.

Frankenwein und Sekt flossen in Strömen. Nach dem Verspeisen der gut zubereiteten, aber fetten Ente mit Blaukraut, gab es im gemütlichen Gasthof „Zur Ente" noch reichlich Obstschnaps aus der heimischen Region, um einem „Bauchgrimmen" vorzubeugen. Das alles war kostenlos. Unser Gerhard fühlte sich pudelwohl. Darum sang er (natürlich unaufgefordert) Heino-Lieder. Erst für den Landrat „Die schwarze Barbara", dann grölte er für den Bürgermeister „Blau, blau, blau blüht der Enzian".

Nach einigen Obstlern zusätzlich pöbelte er mal den Bürgermeister, mal den Landrat an. Das war für die Braven zuviel. Genervt begaben sich die beiden zur Toilette. „Sag mal, was hast du da für einen schrägen Vogel mitgebracht?" fragte der Bürgermeister. „Moment mal", meinte der Landrat ganz verwundert, „der junge Mann, der neben mir sitzt und andauernd grölt und trinkt, denke ich, den hast du mitgebracht. Ist er gar dein Bodyguard?"

Nun fiel es den beiden wie Schuppen von den Augen. Sie waren einem bewährten „Schnorrer" aufgesessen. Ja, was gibt es da weiter zu erzählen: Nicht besonders höflich, aber sehr bestimmt wurde Gerhard hinaus „komplimentiert" und gebeten, sich nie mehr hier blicken zu lassen! Hätte mein früherer Spezi weniger getrunken und sich weiterhin höflich benommen, wäre der ganze Schwindel nie aufgeflogen.

Auch heutzutage gibt es Schnorrer, mehr denn je! Auf Partys, Empfängen oder sonstigen öffentlichen Anlässen. Also, haltet die Augen offen! Vielleicht trefft ihr irgendwo meinen früheren Spezi, den Gerhard. Er schnorrt immer noch und ist hauptsächlich im Fränkischen unterwegs!

Die Sommerhitze

Es war um 1948. Damals, Ende der 40iger Jahre gab es in Franken unwahrscheinlich heiße Sommer. Seit Wochen hatte es nicht mehr geregnet. Mensch und Vieh stöhnten unter der Hitze und dursteten. Jeder suchte fluchtartig den Schatten. Ja, man freute sich auf die etwas kühleren Abende und Nächte. Die Felder brannten regelrecht aus. Die unerbittliche Sonne versengte das zarte Grün auf den Wiesen, es verfärbte sich ins Braune. „Wenn das nicht regnet", meinte der alte „Gmoakneafer" (hd. der „Gemeindejammerer"), „dann verbrennt alles auf den Feldern!"

Regnete es hingegen mal einige Tage ausgiebig und standen richtige Pfützen auf den noch nicht geteerten Dorfstraßen, so jammerte der „Kneafer", dass uns eine wahre Sintflut bevorstehe. Auch der Mittelstand (er meinte damit die Landwirte und gut situierten Bürger) lag dem Kritiker besonders am Herzen. Vornehmlich dann, wenn es mal am Wetter nichts auszusetzen gab.

Ja, im Nachkriegsdeutschland Ende der 40iger Jahre bzw. Anfang der 50iger Jahre gab der „Gmoakneafer" zu bedenken, dass der Mittelstand, eben die tragende Schicht in der Bevölkerung, demnächst aussterben werde. Das wäre furchtbar und die Folgen wären nicht auszudenken. Allein die jetzige lumpige Regierung (Adenauer war Bundeskanzler) wäre schuld daran! Wegen seiner Miesmacherei wurde unser „Hobby-Dorf-Pessimist" gemieden. Wenn es irgendwie ging, wich man ihm aus.

So hatte der alte „Grottenmüller" (so war sein bürgerlicher Name) noch einen zweiten Spitznamen, nämlich „Mittelstand". Petrus sandte weiterhin unerbittliche Hitze ins fränkische Land. Folglich sprach unser berüchtigter „Dorfjammerer" nicht mehr vom Mittelstand, sondern nur noch von Dürreschäden, deren Folgen zur Katastrophe führen würden. Auch die Sintflut war kein Thema mehr. Langsam bekam der alte Grottenmüller, genannt „Gmoakneafer", Oberwasser.

Die Hitze wurde täglich schlimmer. Damals gab es auf den Dörfern noch keine zentrale Wasserversorgung, geschweige denn ein Fernwassernetz. Jeder Bauernhof hatte seinen eigenen, selbst gebohrten Brunnen. Wir hatten sogar zwei Brunnen, davon einen im Garten, der relativ schnell versiegte.

Unser tieferer Brunnen, der sich unterhalb der Scheune befand, hatte immer genügend Wasser. Doch auf so manchen Bauernhöfen trockneten bei dieser extremen Hitze die Brunnen aus. So mussten die Jauchefässer gereinigt werden, um vom rund fünf Kilometer entfernten Fluss, der Wörnitz, wenigstens Wasser für das Vieh zu holen. Der „Gmoakneafer" sagte bedeutungsvoll: „Ich hab's ja gleich gewusst". Und er gewann in unserem idyllischen Dorf wieder an Ansehen.

Für die Versorgung des Viehs wurden aus weiter entfernten Regionen, wo es mehr regnete, von der Bundesbahn ganze Wagons mit Heu herantransportiert. Der Bauernverband vermittelte dies alles und es gab „Heu- und Strohspenden", um in den seinerzeitigen Trockengebieten Frankens Rinder und Schafe, eben die Wiederkäuer, vor dem Verhungern zu retten.

Die Erwachsenen zogen sorgenvolle Gesichter. Doch wir Kinder, damals im Alter von sechs, sieben oder acht Jahren genossen diese extreme Hitze in vollen Zügen. Weil auf den Wiesen kein Gras mehr wuchs (wegen der Dürreschäden), fiel die Heuernte aus. So brauchten wir nicht mitzuarbeiten. Öfter mal fiel außerdem die Schule aus, wir hatten „hitzefrei". So badeten wir täglich in den umliegenden Dorfweihern. Im so genannten „Lausenweiher" wurden die gesamten Schafe, die im Dorf gehalten wurden, gebadet. Wir Buben halfen dabei. Es bereitete viel Spaß.

Am Tag darauf kamen dann die Schafscherer, eine Wandertruppe. Diese schoren alle Schafe binnen Tagesfrist und zogen am Tag darauf schon wieder weiter. Häufig setzte, zumindest in normalen Jahren, nach dem Scheren der Schafe die so genannte „Schafskälte" ein, so dass die frisch geschorenen Schafe erbärmlich froren. Doch in diesem Jahr war alles anders, die extreme Hitze blieb.

Wir Buben und Mädchen aus unserem Dorf Sinbronn badeten weiterhin täglich in den Fischweihern des sich in der Nähe befindlichen Teichgutes. Das Wasser war nicht immer sauber, aber dafür lauwarm. Es stärkte unser Immunsystem, so litt keines von uns Bauernkindern an irgendeiner Allergie! Doch Sonnenbrand hatten wir häufig. Sonnenöl oder Schutzcreme gab es nicht im Dorfladen, wäre auch ohnehin für uns zu teuer gewesen. Doch manchmal hatten wir „Nivea-Creme", die wenigstens ein bisschen half. Ja gelegentlich hingen an unseren Rücken schon die Hautfetzen weg! Meine Freunde, der „Vogels Werner", die „Hampel-Zwillinge" und der Krummrei Helm, wir schälten uns gegenseitig und ganz geduldig die Rücken. Kurz darauf hatten wir bald wieder einen Sonnenbrand.

Durch die extreme Hitze begann in diesem Jahr die Getreideernte viel früher. Es gab bei den meisten Getreidesorten wegen der fehlenden Feuchtigkeit eine „Notreife". Die so genannten „Schmachtkörner" waren noch nicht ausgereift, sondern durch die extreme Hitze zusammengedorrt. Der Mehlkörper hatte sich noch nicht oder nur bedingt entwickelt. Folglich wurde das Mehl noch knapper und noch teurer. Ja, es war eine arme Zeit und der alte Grottenmüller, im Jargon „Gmoakneafer" genannt, hatte eigentlich Recht! Doch Mutter mischte in den Teig für unser Schwarzbrot etwas mehr Kartoffeln bei, so reichte es doch wieder.

Manchmal bereitete unsere Mama Limonade zu. Zu diesem Zweck sind wir Buben in die Lindenbäume gestiegen, haben jede Menge Lindenblüten gepflückt und anschließend getrocknet. Mutter kochte zunächst Lindenblütentee, kühlte diesen dann im Keller. Zum Schluss gab sie einen Schuss Essig rein, einige Zitronenscheiben und Süßstoff, denn Zucker wäre zu teuer gewesen. Die sonstigen Zutaten weiß ich nicht mehr. Auf jeden Fall schmeckte die Limonade köstlich! Ach ja, ab und zu flogen noch einige Fliegen versehentlich rein, die ebenfalls ganz begeistert von der Limo waren. Doch die fischten wir heraus. Nein, den Mücken und Fliegen gönnten wir Mutters Limonade nicht!

Zum Getreidemähen mussten wir vier Kinder alle mit aufs Feld, trotz extremer Hitze! Doch wir gingen und arbeiteten gerne mit. Ja, wir waren ein richtiges „Familienteam", das schweißte zusammen. Vater, Großmutter und unser Knecht Eduard mähten mit der Sense den langen Roggen, der teilweise schon auf dem Boden lag. Mutter und meine beiden großen Schwestern Irma und Hilde sammelten mühsam das frisch gemähte Getreide mit der Sichel zu Bündeln bzw. Garben. Auch ich, als der Kleinste, hatte meinen Beitrag zu leisten.

Im Alter von sieben Jahren trug ich schwitzend einen Schober, also 60 Bänder, auf der Schulter, die ich jeweils einzeln auf den Ackerboden streckte. Darauf legten Mutter und die zwei großen Schwestern abwechselnd die gesammelten Getreidebündel. Schließlich band der um fünf Jahre ältere Bruder Friedrich das alles mit einem speziellen Knoten zu festen Garben.

In den Pausen, da konnten wir ausruhen, da ging es uns richtig gut! Mutter holte den großen Korb mit herrlichen Köstlichkeiten, alles in saubere, weiße Leinentücher gewickelt. Das saftige Schwarzbrot (natürlich selbst gebacken), die geräucherten Blut- und Leberwürste sowie Limburger Käse, direkt von der Molkerei geliefert. Dazu ließen wir uns Mutters Limonade schmecken. Vater trank nur widerwillig davon und schimpfte. Denn kürzlich war seine jüngste Schwester aus Ulm, unsere liebe, aber vergessliche Tante Wilhelmina zu Besuch bei uns auf dem Bauernhof gewesen.

Leider hatte sie beim Mostholen aus Vaters wohl gefülltem Fass vergessen, den Hahn zu schließen. So lief der kühle und köstliche Apfelwein davon, von der Kammer in den Hof und bildete dort Pfützen. Hühner, Gänse und Enten labten sich daran, doch Vater hatte nichts. Er trank nur unter Protest von dem „süßen Gepapp", wie er Mutters köstliche Limonade nannte. Schließlich drohte er Mama mit Arbeitsstreik, wenn er nicht in den nächsten Tagen wieder ein Fass Apfelwein kaufen könne. Schimpfend fischte er mit dem Finger einige Fliegen heraus, die auf seiner Limo schwammen.

Wir vier Kinder bewunderten unsere Großmutter. Sie war eine große, schlanke, stattliche Frau, schon über 70 Jahre alt, aber noch in körperlich guter Verfassung! So konnte sie, allerdings mit einer etwas kleineren Sense, mit den Männern beim Getreidemähen mithalten. Das schmeichelte der Großmama sehr. Es ist schön, wenn alte Menschen noch gebraucht werden und von ihren Enkelkindern Wertschätzung erfahren. „Kinderli", meinte sie schmunzelnd, „wenn ihr weiterhin so tüchtig mitschafft, dann werden wir am Mittwoch Abend mit dem Roggenschneiden fertig werden. Dann nehme ich euch alle mit zur Kinderzeche, unserem historischen Heimatfest in Dinkelsbühl. Da gehen wir abends zu Fuß vom Feld direkt in die Stadt zum Fest. Da sind es nur noch zwei Kilometer."

Von Ferne hörten wir schon seit Tagen Lautsprecherdurchsagen, Musik und den Lärm der Autoscooter. Die Großmutter war in unseren Augen reich. Sie hatte eine kleine Rente und das alles schon in D-Mark, während wir überhaupt kein Geld hatten. Schließlich gaben unsere vier Kühe durch die extreme Sommerhitze weniger Milch, So fiel das monatliche Milchgeld der Molkerei noch magerer aus. Es reichte kaum noch für die laufenden Kosten.

Endlich war es soweit, Mittwoch, spätnachmittags. Großmutter hielt Wort, hatte sich schon etwas besser gekleidet und extra Geld eingesteckt. Was war ich glücklich! Mit sieben Jahren durfte ich sozusagen als „kleiner Knopf“ mit den Großen ausgehen. Wir fünf gingen natürlich zu Fuß, auf dem kürzesten Weg, immer der Musik nach, zur Kinderzeche. Der Name des Festes stimmte in seiner wahrsten Bedeutung. Wir Kinder durften zechen und die Oma bezahlte. Alle lachten und Großmutter erzählte. Doch wir gingen nicht ins Bierzelt, nein!

Erstmal ging es an den Marktständen vorbei. Andächtig hörten wir dem „billigen Jakob“ zu, der seine Sprüche klopfte. Er rief: „Leute, kauft euch Kämme, denn es kommen lausige Zeiten!“ Außerdem behauptete er, heute würde er nur so billig verkaufen, weil er dringend Geld brauche. Morgen müsse seine Schwiegermutter einrücken „zur reitenden Gebirgsmarine!“

Ja, so ein Volksfest hat schon was für sich, besonders nach all der Plackerei. Großmutter kaufte sich an einem Stand eine wunderschöne große Tasche mit weiß-blauem Rautenmuster. Dann holte sie bei einem Bäcker Brot, beim Metzger Stadtwurst und an einem anderen Stand, frisch vom Laib geschnittenen Emmentaler Käse. Damit gingen wir, reich bepackt, ins „Bahnhofsrestaurant Knab“, genauer gesagt in den dazugehörigen riesigen Biergarten. Wir saßen unter Kastanienbäumen, die herrlichen Schatten spendeten.

Später, als es dunkel wurde, wurden die Lampions eingeschaltet, die an den riesigen Bäumen hingen. Es war romantisch. Eine Blaskapelle spielte mitten im Garten den „Kuckuckswalzer“. Daneben auf dem Tanzpodium drehten sich frohgemut die Paare. Wir Kinder und Jugendliche schunkelten. Großmutter bestellte eine Maß Bier und für mich eine Bluna. Der Wirt, Herr Knab persönlich, bediente uns. Er nannte Großmutter respektvoll „Frau Bürgermeister“. Das gefiel unserer Oma, denn sie war „Bürgermeisterswitwe“. Nun packte die Gute alle Herrlichkeiten auf den großen Tisch. Wurst, Käse, Brot, sogar ein paar Tomaten waren dabei. Wir aßen und tranken. Einmal durfte ich sogar vom großen Bierkrug trinken! Nun lernte ich meine Großmutter, der ich immer etwas skeptisch gegenüberstand, von einer viel netteren und menschlicheren Seite kennen.

Natürlich blieben wir lange im Biergarten. Glücklich lauschte ich der stimmungsvollen Blasmusik. Dabei konnte man sich noch in aller Ruhe unterhalten, Man brauchte noch nicht so wie heute, dem anderen ins Ohr zu brüllen, um ihm dann mitzuteilen, dass die Musik viel zu laut wäre. Denn schließlich hatte man den „Discosound“ noch nicht erfunden! Kurz vor Mitternacht ging Großmutter, zu Fuß natürlich, mit uns allen wieder nach Hause.

Die große Hitze hielt noch für Wochen an. Irgendwann im September regnete es dann doch noch. Die Wiesen grünten sofort, das Gras wuchs und das Vieh hatte wieder gutes Futter.

Doch der „Gmoakneafer“ namens „Grottenmüller“ behauptete schon nach dem vierten Regentag, dass uns bald eine große Sintflut bevorstünde und wir noch schlimmes Hochwasser erleben würden. Gott sei Dank traf diese düstere Wetterprognose nicht zu.

Wir spielten in unserer Freizeit häufig mit Hunden, Katzen und Ziegen.

Kirchweihtanz mit der Kapelle „Buckel und Glatze“

Es war ein besonders heißer Sommer. Samstagabend, da waren wir jungen Leute fast alle tanzen. Im zwei Kilometer entfernten Illenschwang feierte man im August schon Kirchweih, natürlich mit Tanz. Unsere Väter saßen unten in der Gaststube, tranken Bier, aßen die guten fränkischen Bratwürste mit Kartoffelsalat. Sie schwärmten von der guten alten Zeit!

Wir Jungen waren natürlich von der neuen Zeit begeistert. Die „Petticoats“ und Nietenhosen (auch „Bluejeans“ genannt) waren aufgekommen und hielten, wenn auch etwas verspätet, Einzug in den Dörfern. Die Kapelle spielte mit viel Schwung „Rauschende Birken“ von Ernst Mosch, anschließend den „River-Kwai-Marsch“.

Das war so Ende der 50er, aber auch Anfang der 60er Jahre sehr beliebt. Doch brandheiß waren die Calypsos von Harry Belafonte und der Rock'n Roll mit Elvis, aber auch Bill Haley. So um Mitternacht, als die Stimmung im Tanzsaal auf dem Siedepunkt war, legte der Schlagzeuger ein Solo hin. Dann spielte die Kapelle schwermütigen Calypso von Belafonte und Caterina Valente, ach, war das romantisch! Außerdem herrschte eine drückende Schwüle im Tanzsaal. Ja, ich möchte sagen, es war so heiß wie auf Trinidad.

So passte die lateinamerikanische Musik irgendwie dazu. Doch dann spielte die erfahrene Tanzkapelle: „Es gibt kein Bier auf Hawaii“, denn die Brauerei musste ja auch leben und der Gastwirt brauchte dringend Umsatz! Die Freunde und ich schunkelten fröhlich dazu. Schließlich orderte ich noch ein großes Bier. Wir tranken wenig, weil das Geld dazu fehlte. Hawaii schien uns ohnehin unerreichbar, dafür gab es Bier und das war gut so.

Später tanzte und flirtete ich mit einer „Dorfschönen“ aus Illenschwang. Sie sah aus wie eine rassige Sizilianerin, mit glutvollen Augen, pechschwarzen Haaren und Pferdeschwanz. Die Illenschwanger hatten sich mit uns schließlich versöhnt. Das mit dem Maibaum umsägen hatten wir längst vergessen. Auch die „Jagdpacht“ hatten wir einvernehmlich abgeschafft.

Nun legte die Kapelle eine temperamentvolle Rock'n'Roll-Runde ein. Ich musste „passen“, beschloss aber heimlich, diesen Tanz bald zu lernen und die dazugehörigen Bluejeans zu kaufen. Ja, die dreiköpfige Tanzkapelle mit dem Spitznamen „Buckel und Glatze“ bestand aus absoluten Profis, alles seriöse Herren. Regulär hieß diese Kapelle eigentlich „Schwarz-Weiß“.

Um diesen Namen zu betonen, trug man schwarze Hosen und weiße Hemden. Doch das nutzte alles nichts. Denn einer von den dreien hatte einen Buckel, der zweite war klein von Statur, dafür aber mit einer imposanten Glatze ausgestattet. So erfand ein Spötter den Namen „Buckel und Glatze“. Folglich sprach kein Mensch mehr von „Schwarz-Weiß“.

Jeder der drei von der Band „Buckel und Glatze“ fuhr einen „Renn-Goggo“. Für die Jüngeren unter uns zur Information: Es war das damalige „Goggomobil“, von der Firma „Glas“ in Dingolfing um 1960 gebaut. Als so genannte sportliche Variante gab es dieses wunderschöne schnittige „Goggo-Coupé“ mit „aufgemotztem“ Motor (statt 250 mit 300 ccm Hubraum). Trotzdem hatte man im „Renn-Goggo“ noch genügend Platz, um sein Musikinstrument und die Noten zu transportieren. Wenn also vor irgendeinem Dorfgasthaus im Raum Dinkelsbühl/Feuchtwangen drei Goggo-Coupés standen, wusste die Jugend: Hier wird heiße Musik gemacht und zwar mit der Kapelle „Buckel und Glatze“.

Goggomobil Sportcoupe, auch „Renngoggo“ genannt! Die Herren der Kapelle „Buckel und Glatze“ bevorzugten dieses Gefährt mitte der 60er Jahre!

Freund Hans riss mich aus den Gedanken bezüglich Musik, Buckel, Glatze und Mädchen. Er studierte bereits in München, hatte gerade Semesterferien. „Walter“, meinte der Hans, „heute Nacht feiern wir durch. Heute gehen wir nicht nach Hause. Ich habe es satt, am Sonntag früh schon um sechs Uhr aufzustehen, um den Kuhstall auszumisten, zu melken und die Schweine zu füttern. Das überlassen wir heute unseren Eltern und Geschwistern. Wir feiern unser Wiedersehen, denn so jung kommen wir nicht mehr zusammen!“

Sofort stimmte ich zu. Mal richtig durchfeiern, danach war auch mir zumute. Hans war ein Jahr älter als ich, außerdem mit einer Erbtante ausgestattet, die sein Studium finanzierte. Somit war er mein großes Vorbild. Freund Hans war schon mit einem Auto da, er trank nur Cola, was mir sehr imponierte. Inzwischen war es schon morgens, so gegen halb drei Uhr. Die Musik spielte nochmals den „Mitternachtsblues“ von Bert Kämpfert und zum Schluss „Lili Marleen“.

Nun kam dem „Bier-Müller“ sein großer Auftritt. Er hieß mit Vornamen Heinrich, Nachname Müller und kam ebenfalls aus unserem Dorf Sinbronn. Der „Bier-Müller“ tat keiner Fliege was zu Leide. Er galt als gutmütig und besonders trinkfest. Deswegen der Spitzname „Bier-Müller“. So nach zehn bis 20 großen Gläsern Bier, die er während eines Tanzabends trank, betrat er den Saal. Vorher tanzte er nicht, sondern trank sich erst einmal Mut an. „Tür zumacha, geht kalt rei' in Kuahstall!“ Das war sein Schlacht- und Erkennungsruf. Lachend schloss der Wirt sofort alle Türen zum Saal. Nun sang der Heiner lauthals und tanzte ganz alleine zu dem Rhythmus, den er selbst vorgab. Meistens nahm er dazu einen Besen und drehte damit seine Runden.

Zum Abschluss der Tanzrunde erspähte der bierselige Heinrich einen modischen Damenschuh, dessen sich ein hübsches Mädchen entledigt hatte. War es wegen der Sommerhitze oder des Fußschweißes? Wir wissen es nicht so genau. Mit einer affenartigen Geschwindigkeit, die man dem recht beleibten „Bier-Müller“ nicht zugetraut hätte, klaute er den Schuh. Unter heftigem Protest des errötenden jungen Mädchens befüllte Heinrich den Schuh mit Wein von der Sorte „Zeller Schwarze Katz“. Dann rannte er zurück in die Mitte des Tanzsaales. Ja, er trank den Schuh unter allgemeinem Gejohle auf einen Zug leer. Das war zuviel des Guten. Der Bier-Müller war den Wein nicht gewöhnt. Er fiel um und stand nicht mehr auf.

Hans und ich eilten zu Hilfe. Erst gaben wir dem entsetzten Mädchen den vom Wein durchweichten Schuh zurück, dann führten wir mühevoll den Heiner, genannt „Bier-Müller“, zum Auto. Freund Hans wollte den Junggesellen nach Hause fahren, doch das war nicht möglich. Partout wollte er zu seinem Spezi, dem Theobald gebracht werden. Doch der war nicht zu Hause. „Ja“, meinte der bezechte Bier-Müller, „um die Zeit ist der Theobald meistens bei seiner Freundin, der Resl. Die kennt ihr doch, das ist die alte Bedienung vom „Gockl“ (Gastwirtschaft zum „Roten Hahn“).

Die ist trinkfest und jetzt in Rente. So bat der Heiner den Hans und mich inständig und sehr höflich, ihn jetzt zum Theobald und zur Resl zu bringen. Denn die hätte immer was zu trinken da. Außerdem koche die Resl einen sehr guten Kaffee, der würde uns alle rasch auf die Beine bringen!

Hans und ich, wir grinsten uns verständnisvoll an. Es kam unseren Wünschen entgegen. Auch wir mochten noch nicht nach Hause. Kühe melken und das Ausmisten wollten wir dieses Mal anderen überlassen. So wurden wir zu fortgeschrittener Stunde gastlich, eben wie bei alten Freunden, von der Resl aufgenommen. Nach dem starken Kaffee trank ich noch einen guten Schoppen Frankenwein, Freund Hans trank schon wieder Cola. Resl, Theobald und Heiner erzählten uns langweilige Geschichten. Fast wären wir doch noch eingeschlafen. Als die Sonne schon am Himmel stand, verabschiedeten wir uns und bedankten uns natürlich bei Resl.

Hans startete sein Auto. So fuhren wir gemeinsam am Sonntag früh zu unserem Lieblingsbadesee, dem „Walkweiher“. Dieser ist inmitten einer idyllischen Waldwiese eingebettet. Da konnten wir gemütlich schwimmen, anschließend im taufrischen Gras, bei herrlichem Sonnenschein schlafen. Ja, es war einmal ein Wochenende ganz anderer Art, das wir nie vergessen würden! Übrigens, den Hans musste ich später noch zur Apotheke bringen. Vom vielen Cola, später Kaffee und dann nochmals Cola, ist es dem Armen schlecht geworden. Seine Lippen waren schon ganz blau und ich hatte Angst. So haben wir den Apotheker in der Stadt um Rat gefragt. Er konnte uns mit einem Medikament helfen. Zum Arzt gingen wir nicht, denn wir hatten noch keine Krankenversicherung, privat wäre es zu teuer gewesen.

Probleme gab es noch mit dem Heinrich. Den hätten wir vorsorglich nach Hause bringen sollen. Er fand den Weg nicht mehr.

Erst geriet er auf dem Heimweg ins „Rotlichtmilieu“, so erzählte uns sein Spezi, der Theobald. Doch das klärte sich rasch auf. Es war ein großer Hühnerstall, der mit Infrarotlicht beleuchtet war, um auch nachts die Hühner zum Fressen und Eierlegen zu ermuntern. Doch der „Bier-Müller“ dachte eigentlich an viel amüsantere Dinge. Als dann die aufgeregten Hühner wie wild umherflatterten, erkannte er schnell seinen Irrtum.

Nun steuerte er zum elterlichen Haus, öffnete mühevoll, schwankend und umständlich die Haustüre. Aufgeregt flitzte die große schwarze Hauskatze durch die Beine unseres Spezis. Der stolperte dadurch, fiel schließlich der Länge nach hin in den Flur. Entsetzt und miauend wollte der „Stubentiger“ fliehen, doch es war zu spät. Unglücklicherweise fiel Heinrich mit seinem Bauch direkt auf die Katze. Wegen des überreichlich genossenen Alkohols kam er nicht mehr hoch. Als er endlich aufkam, war die arme Mieze tot.

Ab sofort gab es für den „Bier-Müller“ einen neuen Schlachtruf. Egal, in welche Wirtschaft er kam riefen die Gäste zur Begrüßung: „Heiner, die Katz’“. Mein Freund, der Hellers Karl dichtete: „Die Katz’ sprang rum, dann sah sie rot, der Heinrich fiel um, dann war sie tot!“ Das mit der Katze und dem vermeintlichen Rotlichtmilieu hat sich tatsächlich so zugetragen! Auch die Kapelle „Buckel und Glatze“ gab es. Doch das ist schon Jahrzehnte her. Die Freunde sind geblieben, der Hellers Karl und der Kramers Hans. Ab und zu treffen wir uns hier in Marktheidenfeld. Es gibt viel zu erzählen aus der guten alten Zeit!

Der Bögeleins Adolf und sein Jakob

Jährlich einmal fand in meinem Heimatdorf, im fränkischen Sinbronn, an der Volksschule das Probesingen statt! Jeder Schüler musste einzeln zum Pult des Lehrers vortreten und einen Vers aus dem Frankenlied: „Wohlauf, die Luft weht frisch und rein“ singen. Unser Herr Hauptlehrer (Spitzname „Manfred“) hörte andächtig zu. Dann fiel das Urteil: „Sänger“ oder „Brummer“. Es war unanfechtbar!

Manfreds Entscheid galt für ein ganzes Jahr, bis zum nächsten Probesingen. So ein Dorfschullehrer galt noch Anfang der 50er Jahre als kleiner König im Dorf. Er bestrafte die Kinder. Ja, er prügelte, wenn er einen schlechten Tag hatte oder ließ Milde walten, je nach Stimmungslage! Um die Laune gegenüber uns Kindern etwas aufzubessern, bekam der Herr Hauptlehrer von jedem Schlachtfest seinen Anteil oder wurde gar zur Schlachtschüssel auf den Bauernhof eingeladen.

Doch nun zurück zur Sangesprobe. Nach kurzem Vorsingen wurde ich wieder, so wie auch im letzten Jahr, der Gruppe der „Sänger“ zugeschlagen. Mein bester Freund aus Kindertagen, Helm Krummrei, brummte recht arg beim Vorsingen. So wurde er wieder von Manfred der großen Gruppe der „Brummer“ zugeordnet. Auch der Bögeleins Adolf knurrte mehr als er sang beim Vorsingen einer Strophe aus „Wohlauf die Luft weht frisch und rein“. Unser strenger Dorfschullehrer knurrte ebenfalls und zwar recht ärgerlich! Er schaute den Adolf missbilligend an. Dann deutete er, ohne ein Wort zu sagen, mit seinem großen Stock stumm zur Schar der „Brummer“. Dieser Geste schloss sich Freund Adolf sofort und widerspruchslos an. Alle „Brummer“ galten zumindest für ein Jahr als unmusikalisch!

Sie mussten unter gelegentlicher Aufsicht des Lehrers Holz sägen und anschließend klein hacken. Somit wurde kostenlos für das Brennholz der Schule gesorgt! Außerdem war es Aufgabe der Unmusikalischen, im Sommer und Herbst die Arbeiten im großen Schulgarten durchzuführen, z.B. den Boden mit Spaten umzugraben oder zur Erntezeit Beeren zu pflücken und vieles mehr. Ja, die „Brummer“ waren generell vom Sangesunterricht, der mir viel Freude bereitete, ausgeschlossen. Wenn es gut ging, durften einige der Nichtsänger den Dackel des Lehrers namens „Schlingel“ ausführen.

Doch wenn sie Pech hatten, mussten die Armen das Pissoir für Schüler reinigen oder gar die dreckige Kloschüssel putzen!

Ja, wie es so oft im Leben ist: Die Ärmsten trifft es meistens besonders hart! Adolf war der Bedauernswerteste von uns allen. Seine Eltern hatten einen winzigen Bauernhof, davon konnte man nicht leben! Doch das Schlimmste: Er war das 13. Kind, hatte somit zwölf ältere Geschwister, fast alle rothaarig! Doch Adolf, als Dreizehnter war besonders freundlich und lieb. Auch rein äußerlich unterschied er sich von den Zwölfen. Er hatte blaue Augen und pechschwarze, lockige Haare. Alle 13 Kinder wohnten zusammen mit ihren Eltern in einem kleinen Häuschen. Da ging es natürlich besonders eng zu!

Seinen seltenen Vornamen erhielt der Jüngste der Familie Bögelein durch einen besonderen Umstand: Er wurde um 1939 geboren, zur Zeit des Dritten Reiches. Bei kinderreichen Familien boten die „Nazioberen" die Patenschaft für das 13. Kind an, falls der Täufling den Namen Adolf erhielt. So nahm man, der Not gehorchend (nicht dem eigenen Triebe), die Patenschaft Adolf Hitlers samt damit verbundenen Geschenken und einer Babyausstattung an. Unseren Freund störte der Vorname überhaupt nicht. Er wies darauf hin, dass sogar der schwedische König „Gustav Adolf" hieße! Um in der Nachkriegszeit die große Not zu lindern, hielten die Bögeleins eine stattliche Gänseschar, natürlich auch Ziegen und Schafe.

Meistens mussten diese Gänse von unserem Adolf gehütet werden. Damals gab es noch viele Hektar Ödland in unseren Gemarkungen, „Hutungen" oder auch „Heide" genannt. Darauf durfte der Schäfer seine Schafe weiden, aber auch der Gänsehirt des Dorfes. Auch unser Freund Adolf konnte mit seiner Gänseherde dieses grüne Ödland kostenlos nutzen. Wenn wir Lausbuben Zeit hatten und nicht gerade die eigenen Gänse hüten mussten, waren wir beim Adolf. Dieser hatte sich im Freien am Ufer eines idyllisch gelegenen Weihers fast häuslich eingerichtet. Ein primitiver Tisch und Bänke waren da, außerdem sein uralter, fleckiger Schulranzen samt Schreibutensilien. Schließlich erledigte Adolf während des Gänsehütens seine Hausaufgaben. Das gefiel sogar unserem strengen Dorfschullehrer, dem Manfred.

Manchmal schmunzelte er, wenn er den armen, jungen Gänsehirten sah. Zu Fastnacht komponierte und textete er sogar für diesen „Brummer" ein kleines Lied. Der Text lautete wie folgt: „Bögeleins Adolf, Bögeleins Adolf, wo sind deine Gänsle? Drunt' am Weiherle, drunt' am Weiherle waschen s' ihre Schwänzle!"

Wir Schulkinder sangen begeistert mit. Die Melodie prägte sich ein, fast wie ein Ohrwurm! So wurde der Ärmste der Armen von uns schließlich bewundert und anerkannt. Adolf schämte sich ein wenig. Er lief rot an im Gesicht und freute sich sehr! Doch einige Wochen später kam die Sensation, das war so: Wir „Läutbuben", zu denen auch der Mesnersohn Krummrei und der zwei Jahre ältere Adolf gehörten, waren wieder mal in den Glockenstuhl unseres Kirchturms gestiegen. Das machten wir manchmal aus Langweile. Ja, die drei großen Kirchenglocken beeindruckten uns sehr! Oberhalb der Glocken führten senkrechte, hölzerne Leitern zwei Etagen hoch.

Es war gefährlich, doch das Abenteuer reizte, denn ganz oben an der Kirchturm-spitze waren mehrere Dohlennester! Helm, Adolf und ich als Jüngster stiegen kurzerhand nach oben! Ein wenig Angst hatte ich schon, doch als Kleinster durfte ich mir keinesfalls eine Blöße geben! Also riss ich mich zusammen. Es gab junge Dohlen, die nisteten fast unterm Wetterhahn. Helm meinte sachverständig, dass diese kurz vor dem Ausfliegen wären. „Jetzt oder nie!", lautete die Devise!

Adolf fackelte nicht lange. Geschickt holte er sich mit einem Handgriff die größte der Jungdohlen aus dem Nest. Diese verbarg er in seiner fleckigen, ausgebeulten Strickjacke - und ab ging's. Erst die zwei gefährlichen Holzleitern wieder senkrecht runter, dann am Glockenstuhl vorbei zum riesigen Uhrwerk unseres schönen Kirchturms. Alles Andere war dann ein Kinderspiel. Adolfs Vater, der alte Bögelein, half, die Dohle zu zähmen. Er kannte sich aus. Jakob, so wurde der schwarze Vogel getauft, wurde stets gut gefüttert. Adolf schnitt nach Rücksprache mit seinem Vater den rechten Flügel der Dohle etwas zurück. Somit wurde bei den ersten Flugversuchen wegen des „Ungleichgewichtes" ein Davonfliegen unmöglich!

Gegen das Fortlaufen setzte man dem armen „Jaköbchen" einen winzigen Ring an den Fuß, dicht oberhalb der Krallen und verband diesen mit einem leichten Kettchen, das am Tisch befestigt wurde. Jakob wuchs rasch und war sehr gelehrig. Schließlich spaltete man mittels eines scharfen Rasiermessers der Dohle fachgerecht die Zunge. Dadurch fing der „Schwarze Jakob“ bald an zu sprechen. Natürlich brachten wir Dorfbuben der putzigen Dohle viele Schimpfwörter bei. So wurde Jakob zu unserer Freude recht unflätig, ja manchmal geradezu ordinär! Doch ihren eigenen Namen konnte die junge Dohle am besten aussprechen! Später wuchs der zurück geschnittene Flügel wieder nach. Auch die kleine, leichte Kette nahm man ab. Der schwarze Vogel hätte nun davonfliegen können. Er tat es schließlich auch. Aber der treue Jakob kam zu unserer Freude immer wieder zurück, zu Adolf und zu uns, seinen besten Freunden.

Dohlen gibt es schon lange nicht mehr im Gebälk des Kirchturms. Es ist alles mit Drahtgitter verschlossen. Warum? Angeblich haben die Vögel gestört! Auch die Kirchturmuhr braucht man nicht mehr von Hand aufzuziehen. Selbst die Glocken werden elektrisch geläutet! Die „Läutbuben“ sind arbeitslos, nur den Mesner braucht man noch zuweilen.

In der Vergangenheit verklärt sich so manches. Manchmal denke ich zurück: An Freund Adolf am Dorfweiher mit seiner großen Gänseschar, auf dem Tisch Jakob, die sprechende Dohle. Daneben Bücher, Hefte, die Schreibtafel und der uralte Schulranzen. Es war ärmlich, aber wunderschön und für ein Kind unvergesslich!

Kuhfuhrwerk um 1955 in Franken.

Tanz in der Küche!

Im Winterhalbjahr, manchmal bis hinein in den März, wurde einmal pro Monat bei uns in der Küche getanzt. Ich war seinerzeit erst fünf oder sechs Jahre alt, kann mich aber heute noch an dieses Fest erinnern. Es war stets lustig und fidel, ein Ausdruck der Lebensfreude, obwohl kaum jemand Geld hatte. Doch selbst Leute mit ein paar Reichsmark in der Tasche bekamen nichts. Das Geld war durch den verlorenen Krieg wertlos geworden, es war um 1947. Die Währungsreform kam erst ein gutes Jahr später samt der uns vertrauten und geliebten D-Mark.

Vater August Langohr spielte gerne mit seiner Ziehharmonika zum „Tanz in der Küche" auf. Selbst im fortgeschrittenen Alter von knapp 80 Jahren musizierte er noch zu weilen!

Die Jugend des Dorfes hielt zusammen, trotz aller Standesunterschiede. Es waren Bauerntöchter und -söhne, Knechte und Mägde sowie junge Heimatvertriebene, die schon in den Städten arbeiteten, aber noch in unserem Dorf wohnten. Man traf sich wöchentlich ein- bis zweimal am Feierabend zum „Harles" oder auch in manchen Gegenden „Spinnstube" genannt.

Die fränkischen Bauern, so auch meine Eltern, hatten seinerzeit schon geräumige, urgemütliche Wohnzimmer. Bänke, Tische, Stühle und die von Großvater geliebte Ofenecke boten für die zahlreichen, jungen Leute genügend Platz. Wenn sich die Dorfjugend bei uns traf, war das herrlich für mich als den Kleinsten der fünf „Langohren-Kinder“.

Ich durfte aufbleiben, bis die Letzten gingen, denn bei dem Radau hätte ohnehin keiner schlafen können. Ja, es ging ausgesprochen lustig zu! Unsere „Altvorderen“ waren bestimmt keine Kinder von Traurigkeit! Hatten doch die meisten den großen Krieg gut überstanden. Man lebte noch, war gesund, freute sich auf die Zukunft, die nur besser werden konnte. Es wurden Witze erzählt, wunderschöne Volkslieder gesungen, uralte Sagen erzählt. Manche unternahmen zuweilen, wenn auch selten, spiritistische Sitzungen samt „Tischlesrücken“. Einige riefen sogar einen Geist oder Urahnen an. Das ging aber nur, wenn die Eltern mal nicht da waren. Denn die hätten dem Spuk sofort Einhalt geboten. Mir als kleinen Buben war manchmal richtig gruselig und mulmig zumute. Ich bekam Angst. Doch Gott sei Dank klappte dieses Geisteranrufen bzw. „Tischlesrücken“ nie!

An solchen geselligen Abenden wurde jedoch nicht nur Unsinn verzapft, nein, man arbeitete auch! Die Mädchen hatten meist ihr Strickzeug dabei, manche häkelten auch oder stickten. Mutter und einige andere Frauen spannen auf dem Spinnrad. Sie produzierten damit Garn aus Schafwolle, die man aus eigener Produktion, genauer gesagt Schafhaltung, hatte. Das gab für uns Kinder und Erwachsene warme Socken, Pullover und Zipfelmützen. Schließlich waren die Winter damals recht kalt, die Schlafzimmer und Kinderzimmer generell unbeheizt. Da brauchte man dringend etwas Warmes!

Doch die Jugend wollte nicht nur vor dem Spinnrad sitzen. Sie wollte auch mal, und zwar heftig, das Tanzbein schwingen. Wenn es dazu noch kostenlos war - umso besser! Der Tanz bei uns in der Küche lief stets nach einem festen Ritual ab: Erstmal fragte man meine Mutter, wenn auch etwas verschämt: „Langohrin, dürfen wir heute Abend bei euch in der Küche tanzen?“ Diese Anrede, seinerzeit noch in der dritten Person formuliert, war auf dem Lande vollkommen korrekt. Nur Pfarrer, Lehrer und Apotheker wurden gesiezt. Mutter lächelte milde, fühlte sich geehrt. Schließlich hatte sie gerne die Dorfjugend um sich. „Ja“, meinte sie „da muss ich erst amal den Auchuscht (August) fragen, ob er auch spielt!“ Damit war ihr Mann, mein geliebter Vater, der mit Vornamen August hieß, gemeint.

Papa war damals erst um die 40. Er konnte wunderbar Ziehharmonika spielen. Das hätte kaum einer meinem ansonsten sehr ruhigen Vater zugetraut. Wenn er mit seiner „Quetsche“ loslegte, da flogen die Beine! Walzer, Marschpolka, Rheinländer und vor allem „Dreher“. Das gab Stimmung und was noch wichtiger war: Es kostete nichts! Also war der Tanz in der Küche beschlossene Sache, denn Papa spielte gerne für die Dorfjugend auf. Er freute sich. Am Freitagabend um 20 Uhr sollte der Tanz losgehen.

Doch erst einmal musste aufgeräumt werden. Der große Tisch aus Eiche kam in die Ecke. Genau zwischen den Küchenherd und die Feuerstelle des Kachelofens, in Richtung Wohnzimmer. Das Feuer prasselte lustig, sowohl im Kachelofen als auch im Küchenherd. Alle schwitzten, so sollte es sein. Auf der riesigen Platte des Küchentisches nahm ich ganz alleine Platz. Ich strampelte lustig mit den Beinchen und schaute neugierig zu. Vater saß neben mir auf einem Küchenhocker. Noten brauchte er für seine Ziehharmonika nicht, Papa spielte alles auswendig. Ja, unsere Küche wirkte nun richtig groß, nachdem alles weggeräumt war. Stühle und Bänke standen nun ringsherum an den Wänden.

Die gelben Naturfliesen waren glatt, mit kleinen Fugen, ideal als Tanzboden. Irgendjemand streute noch Leinsamen darauf, dadurch wurde alles noch glatter. Man konnte leicht ausrutschen, folglich sich auch beim Tanzen gut drehen. Der Blick fiel nun auf den großen, gusseisernen Pumpbrunnen, gleich neben den beiden Fenstern zum Garten. Das mit dem Brunnen war überaus praktisch. Wer vom Tanzen erhitzt und durstig war, konnte sich gleich Wasser (von unserem Gartenbrunnen) pumpen. Empfehlenswert war dies jedoch nicht. Denn es kam schon vor, dass mal ein paar Würmer oder Blutegel darin schwammen. Man musste also vorsorglich ein Sieb verwenden um derlei Getier abzusieben.

Für die Frauen und Mädchen kochte Mutter Malzkaffee aus eigener Produktion. Mama hatte dafür Gerste in der Herdröhre geröstet und anschließend mit der Kaffeemühle gemahlen. Dazu schnitt sie aus der so genannten „Remlinger Runkelrübe“, die normalerweise als Viehfutter verwendet wurde, Streifen. Diese wurden ebenfalls in der Herdröhre gedörrt bzw. geröstet. Die gedörrten Streifen wurden schließlich zu Pulver zerstampft und dienten als Zichorieersatz! Ich trank vorsorglich nichts davon. Lieber nahm ich etwas verdünnten Most (genannt „Hohenastheimer“) von meinem verehrten Papa.

Nun ging’s los. Vater probierte einige Tasten durch, lockerte seine Finger. Hingebungsvoll spielte er Lieder, die wir (leider) heute nicht mehr oder kaum noch kennen. Lockend erklang der Walzer: „Oh, du schön’s Edelweiß“. Später spielte er den „Bummelpetrus“, den jetzt André Rieu wieder entdeckt hat. Dann kamen die „Dreher“, rhythmisch und voller Temperament, blitzschnell getanzt, manche bekannt als Kirchweihlieder. Die Röcke flogen nur so, man sang begeistert mit. Mutter lachte, Vater freute sich.

Für mich, das kleine, sechsjährige Walterchen, allein auf dem Küchentisch sitzend, tat sich eine neue Welt auf. Ich staunte. Alle tanzten! Sitzen bleiben durfte keiner! Somit gab es auch keine „Mauerblümchen“. Übrigens waren auch viele junge Mädchen und Burschen dabei, die verschämt und schüchtern die ersten Tanzschritte wagten. Auch meine beiden großen Schwestern Hilde und Irma waren darunter. Doch das Tanzen lernen war kein Problem. Die Älteren, oft Meister des Parketts (in diesem Falle des Langohrschen Küchenbodens) übernahmen gerne die Rolle des Tanzlehrers. Vater bot für die Durstigen von seinem Most (mit Wasser verdünnter Apfelwein) an. Doch viele hatten eigene Getränke mitgebracht. Mutter verteilte nun an die vom Tanz Erschöpften Bratäpfel. Diese wurden in der Herdröhre geröstet und dufteten aromatisch. Vater spielte auf seiner Ziehharmonika jetzt Volksweisen, so z.B. „Zwei Paar lederne Strümpf’ und eins dazu sind fünf“, dann den „Graf von Luxemburg“, der in einer Nacht angeblich 100 000 Taler „verjuxt“ hat.

Ach, dachte ich mir, „hätten wir wenigstens 100 Taler davon, dann könnten wir uns vielleicht für unseren Bauernhof einen Ackergaul kaufen. Dann müssten wir uns nicht mehr so sehr mit den Ochsen herumplagen!“ Doch die Welt war schon Ende der 40er Jahre ungerecht! Es ging zu wie in der Operette „Der fidele Bauer“. Da sang der kleine Bauernbub: „Vater, ich möchte’ so gern Ringelspiel fahr’n“ als Refrain, darauf die Antwort des Vaters: „Heinerle, Heinerle hab’ ka Geld“. Auch ich fühlte mich oft als Heinerle. Papa war der fidele (aber auch kluge und arme) Bauer aus der besagten Operette von Leo Fall.

Doch in Langohrs Küche ging's nach wie vor rund. Wir schauten und lachten, die Großen tanzten. Doch Punkt zwölf Uhr nachts war Schluss. Mama gebot Nachtruhe! Vater spielte langsam, aber auch ein bisschen melancholisch und leise nochmals sein Lieblingslied, den „Bummelpetrus“: „Petrus, schließ den Himmel zu, alle Englein geh'n zur Ruh“. Dabei schloss er gerührt die Augen. Alle sangen oder genauer gesagt summten mit. Das war zum Träumen schön!

Doch dann war der Tanzabend zu Ende. Die Burschen des Dorfes räumten auf. Die Mädchen und jungen Frauen wuschen gemeinsam den Küchenboden und den Hausgang aus. Schließlich war es Ehrensache, das gastliche Haus wieder so sauber zu verlassen, wie man es angetroffen hatte. Denn in vier Wochen wollte man gerne wieder kommen, natürlich zum Tanzen!

Doch den „Bummelpetrus“ sangen und pfiffen alle frohgemut auf dem Heimweg. Vater war glücklich. Schließlich konnte er an diesem Abend wieder vielen jungen Menschen Freude bereiten.

Auf der Kinderzeche in Dinkelsbühl Ende der 60er Jahre.
Walter (links) mit Sinbronner Freunden.

Die Kartoffelernte - Romantik im September

„Nach Laurentzi beginnt der Herbst“, so sagt man. Oder: „Zum Haferschneiden darf man die Handschuhe nicht vergessen“. Das ist ein alter Bauernspruch.

Nach der Kartoffelernte wurde im Spätherbst mittels „Dämpfkolonne“ eingedämpft. Dann in speziellen Silos für die Schweinemast Konserviert!

Die Nächte werden allmählich länger und kühler, es wird nebliger. Kurzum, der September zieht ein, zur Freude der Dorfjugend von anno dazumal. Das Viehhüten begann, landauf, landab. Die Kinder weideten nach der Schule, nachmittags das Vieh ihrer Eltern, die meist kleinere Bauernhöfe besaßen. Auf den Feldern brannten die Kartoffelfeuer. Ein würziger, aromatischer, manchmal auch beißender Duft zog durch die Flur. Ja, die Kartoffelernte hatte begonnen. Vater, Mutter, Oma, Opa und die Kinder, kurzum die ganze Familie, alles was laufen konnte, half zusammen. Man war beim Lesen der Erdäpfel, in Franken auch „Krumbern“ oder „Krumbira“ genannt. Die „Kartoffelroder“, bespannt mit Ochsen oder Pferden (die moderneren hatten schon kleine Traktoren), zogen seelenruhig durch die einzelnen Beete und warfen in weitem Bogen die Kartoffeln samt Kraut aus dem Boden.

Es war für die Buben lustig anzusehen. Das meist schon dürre, manchmal aber auch noch grüne Kartoffelkraut, ließ man noch etwas an der Sonne trocknen. Dann wurde es gesammelt, auf kleine Haufen geschichtet und zur Freude aller Kinder angezündet! Natürlich beaufsichtigen Opa, Oma oder die älteren Geschwister die Kleinen, damit kein Unsinn geschah oder gar gezündelt wurde. Rauchschwaden zogen durch die weiten, Sonnen vergoldeten Felder. Es duftete aromatisch nach frischer Ackererde und Herbst. Wir Lausbuben, aber auch die etwa gleichaltrigen Mädchen, brieten Kartoffel am Lagerfeuer, aßen diese gierig samt gerösteter, heißer Schale. Oft verbrannten wir uns dabei die Lippen oder gar den Gaumen.

Großmutter erklärte uns, dass nun täglich die Sonnenscheindauer um einen Hahnenschrei kürzer würde. Dafür würden sich die Nächte zum Herbst hin entsprechend verlängern. Das interessierte uns alle. Sie erzählte aber auch vom „Nachtgeger“ (hd. „Nachtgockel“), der auf uns kleine Kinder gleich hinter den Bergen lauerte. Aber nur, wenn wir nachts nicht rechtzeitig nach Hause gingen oder gar unseren Eltern davon rennen würden. Als wir es mit der Angst bekamen und fast weinten, tröstete uns Großmutter. „Nein“, meinte sie, „dieser riesige Nachtgockel geht nur des Abends, wenn es dunkel wird, auf ungehorsame und böse Kinder los. Auch auf solche, die nach dem abendlichen Betläuten nicht nach Hause gehen oder gar frech zu ihren Eltern sind!“ Brave Buben und Mädchen hätten, so versicherte uns Oma, nichts zu befürchten. So halfen wir Kinder schön brav beim Sammeln und Aufschichten des Kartoffelkrautes. Dann klaubten wir gemeinsam mit Mutter die goldgelben, duftenden Erdäpfel auf, sammelten diese in geflochtene Weidenkörbe, die wiederum in riesige Jutesäcke entleert wurden.

Abends, es dämmerte bereits, lud Vater gemeinsam mit Mutter die schweren Kartoffelsäcke auf den eisenbereiften Ackerwagen. Die beiden braven Ochsen, die das Fuhrwerk nach Hause zogen, trotteten gemächlich vor sich hin. Eile war ihnen, aber auch meinem Herrn Papa, fremd. Ich saß auf den Kartoffelsäcken gleich neben Mutter, drückte mich vorsorglich ganz eng an sie. Es wurde bereits dunkel. Ich dachte an den „Nachtgeger“ und hatte doch ein wenig Angst, denn man konnte ja nie wissen! Schließlich kamen wir zu Hause spät, aber wohlbehalten an. Ich durfte gleich ins Wohnzimmer, musste aber vorher noch den Kachelofen anschüren, denn abends war es manchmal schon recht kühl.

Nun, spät abends, konnte ich meine Hausaufgaben erledigen. Dabei schlief ich ein. Endlich kamen die Eltern samt meinen drei größeren Geschwistern. Sie mussten nach Beendigung der Feldarbeiten noch unsere Rinder und Schweine füttern, ausmisten sowie die fünf Kühe melken. Das dauerte. Dann, als alle fertig waren, aßen wir gemeinsam zu Abend. Es gab frisch gekochte Kartoffeln von unserem Feld. Dazu Butter und Quark. Das duftete und schmeckte köstlich! Jeder durfte essen soviel er wollte. Dazu tranken wir frische, kuhwarme Milch. Vater bevorzugte Apfelwein. Er lobte uns alle, weil wir so eifrig bei der Kartoffelernte geholfen hatten. Selbst mir, seinem Jüngsten, strich er zärtlich über die Haare und meinte: „Tüchtig hast du auf dem Felde gearbeitet, mach nur so weiter!“ Ich war stolz! Nie hätte ich mit einem Stadtkind tauschen mögen. Auf den nächsten Tag freute ich mich schon jetzt! Da ging es vormittags wieder in die Dorfschule. Und nachmittags, gleich nach dem Essen, durfte ich mit den Eltern wieder aufs Feld: Kartoffeln klauben, Feuer schüren und träumen.

Denn Träume sind das Schönste im Leben. Die kann uns keiner nehmen!

Erntedankfest in Dinkelsühl. Hier ein festlich geschmückter Wagen der Sinbronner Landjugend. (Ende der 50er Jahre)

Die Kartoffelernte - Der vergessene Bub

Die Handwerker auf dem Lande betrieben in der Nachkriegszeit meist eine kleine Landwirtschaft, egal, ob Schmied, Schreiner, Maurer oder Zimmermann. Das verursachte zwar viel Arbeit, war aber überaus nützlich! Denn man konnte sich in schlechten Zeiten mit eigenen Nahrungsmitteln bester Qualität versorgen. Die Lehrlinge mussten zur Erntezeit, selbst bei der Kartoffelernte, auf dem kleinen Bauernhof des Meisters ganz selbstverständlich mitarbeiten. Auch wenn ein Schwein geschlachtet wurde, musste der „Stift" heran und Blut rühren oder sonstige Hilfsdienste nach Anweisung des Hausmetzgers verrichten. So waren auch in Notzeiten die Lehrlinge (heute Auszubildende genannt) gut genährt. Außerdem kannten sie sich, sozusagen als „Nebeneffekt", in der Landwirtschaft gut aus.

Der Dorfschmied, von dem ich hier erzähle, hauste unweit von „Urspringen", also auf der fränkischen Platte. Er war ein fleißiger Mann und hatte wie viele andere seines Standes eine einfache Landmaschinenwerkstatt samt Hufschmiede. Dazu betrieb er eine kleine Landwirtschaft im Nebenerwerb mit Rinder- und Schweinehaltung. Zur Kartoffelernte im September mussten alle ran: der Schmiedemeister, die Frau Meisterin, der Geselle, die beiden Lehrlinge. Selbst Oma und Opa halfen nach besten Kräften mit. Auch die fünf Kinder des Schmieds mussten nachmittags nach Schulschluss auf dem Felde mitarbeiten. Bei herrlichem Spätsommerwetter wurden die „Krumbern" gerodet. Das Kartoffelkraut ließ man an der Sonne trocknen, anschließend wurde es verbrannt. Es duftete herbstlich!

Kinder, Lehrlinge, Geselle, Meister und Meisterin, alle lasen einträchtig die Kartoffeln. Vom vielen Bücken tat der Rücken weh. Samt Großvater und Großmutter waren eine Menge Leute auf dem Feld. Da konnte man leicht den Überblick verlieren, wer gerade wo war! Der Meister fuhr stolz mit seinem neuen, grünen Kartoffelroder durch die einzelnen Beete. Er warf die goldfarbenen Erdäpfel in weitem Bogen heraus. Ja, die Kartoffelernte machte allen Spaß! War es doch mal etwas Anderes als den ganzen lieben, langen Tag in der rußigen, lauten Schmiede zu stehen und am Amboss zu hämmern oder an alten Landmaschinen herumzuschrauben und sie zu reparieren!

„Heute bleiben wir auf dem Feld, bis es dunkel wird. Erst wenn wir nichts mehr sehen, fahren wir nach Hause! Wer weiß, was morgen für Wetter wird. Doch jetzt machen wir erstmal Brotzeit!“ So meinte der Schmiedemeister. Das war allen recht, denn Hunger hatten die jungen Leute damals fast immer!

Vollerntemaschinen für Kartoffel- und die Rübenernte sollten die schwere Arbeit auf den Feldern erleichtern!
Im Bild ein Rübenvollernter „Stoll“ um 1960.

Die Frau des Meisters legte Jutesäcke auf den Ackerboden, darauf ein sauberes Leinentuch als Platz für das Picknick. Nun packte sie aus einem speziellen Weidenkorb die mitgebrachten Essensvorräte aus. Es gab selbstgebackenes, aromatisches Schwarzbrot, Butter aus eigener Herstellung, Essiggurken, geräucherte Blut- und Leberwürste. Das duftete verheißungsvoll! Man trank dazu mit Wasser verdünnten Most (Apfelwein) aus einem riesigen Steingutkrug. Derart gestärkt arbeitete die Familie samt Hilfskräften bis zum Einbruch der Dunkelheit.

Nun startete der Schmied den Traktor und schaltete das Licht ein, um nach Hause zu fahren. Alle fuhren mit. Wer keinen Platz mehr auf dem kleinen Traktor ergattern konnte, setzte sich auf den hoch mit Kartoffeln beladenen Ackerwagen. Gut zu Hause angekommen, erledigte man rasch die Stallarbeiten. Die Meisterin melkte die Kühe, der Geselle fütterte die Rinder und Schweine. Die beiden Stifte mussten, so wie das seinerzeit üblich war, die „Drecksarbeit“ machen. Sie misteten die Stallung aus und streuten frisches Stroh für die Tiere ein. Jetzt waren alle wirklich „geschafft“ und hundemüde!

Zu später Stunde saßen sie in der großen Küche zusammen beim Nachtmahl. Auch Opa und Oma waren dabei. Da hieb der Schmiedemeister plötzlich missmutig mit der Faust auf den Tisch und schrie: “Sakrament, doa fehlt doch äner von dara Karl!” (hd. „da fehlt doch einer von den Kerlen“). Gemeint waren seine fünf Kinder, denn es saßen nur vier am Tisch.

1961 bei der Rübenblatternte in Dänemark. Walter Langohr mit einem großen Traktor „Fordson-Major“ und einem Schlegelfeldhäcksler!

Nun fiel es plötzlich allen wie Schuppen von den Augen. Von den fünf „Schmiedskindern“ waren nur vier da! Der Fünfte und Jüngste, der kleine Franz, gerade sechs Jahre alt, fehlte. Nun schlug man Alarm. Doch damals ging man nicht zur Polizei oder erstattete gar Vermisstenanzeige. Nein, man suchte erst einmal: im Hof, in der Scheune, im Stall und im Garten. Alle, samt Großvater und Großmutter riefen aufgeregt: “Franzl, Franzl!”, doch der meldete sich nicht. Aufgeregt fuhr der Schmied samt Frau und Gesellen zum Kartoffelacker. “Franzl, Franzl!”, tönte es weithin und sorgenvoll. Wieder keine Antwort! Verzweifelt, aber vorsichtig fuhr der besorgte Vater mit seinem Traktor und aufgeblendetem Fernlicht zu den einzelnen, noch nicht gerodeten Kartoffelbeeten.

Da lag sein Jüngster, mitten in einer Reihe, selig schlummernd, die Händchen weit von sich gestreckt. Der Kleinste der Schmiedskinder, der hatte sich vor Erschöpfung, nachdem es Abend und immer dunkler geworden war, unbemerkt in eine Ackerfurche gelegt. Dort war er friedlich eingeschlafen. Die Erde war noch lauwarm von der milden Septembersonne. So schlief der kleine Franz den Schlaf des Gerechten. Er wachte nicht einmal auf, als die besorgten Eltern ihn erleichtert nach Hause trugen.

Kinder haben einen Schutzengel! Dankbar warf unser Schmied bei seinem nächsten Kirchgang ein extra großes Geldstück in den Klingelbeutel!

Unser Elternhaus zur Winterszeit.
Rechts der Erker des Hofhauses! Dort saß Großmutter mit ihrem Spinnrad.

Das Krautstampfen

Früher bestimmte der Jahresrhythmus das Leben und die Arbeit auf dem Lande. Zum Essen gab es Gemüse der Saison. Auch der Speiseplan samt Beilagen war nach der Jahreszeit ausgerichtet. Doch Kraut gab es trotz fehlender Kühlschränke und Tiefkühltruhen fast das ganze Jahr. Es war das Gemüse der armen Leute, kostete nicht viel und war leicht zu konservieren. Je nach Zubereitungsweise galt das Kraut als vitaminreich (insbesondere Krautsalat) bis vitaminarm, wenn es fast „tot gekocht“ war!

Nach dem Abschluss der Kartoffelernte begann man im Oktober auf den Bauernhöfen mit der Kraut- und Rübenernte. Das war vor rund 50 Jahren mit viel Handarbeit verbunden. Erst in den 60er und 70er Jahren entwickelte die Landmaschinenindustrie leistungsfähige, von Traktoren gezogene Vollernter. Diese, für das Abernten von Kartoffeln und andere, speziell für die Ernte der

Fast die ganze Familie Langohr um 1953, nur Vater fehlt! Vielleicht war er im Wirtshaus? Von links: Tante Mina aus Ulm, Irma, Mutter; vorne Cousine Jutta, Hilde, Walter und Fritz. Auf unserem Bauernhof lebten viele Tiere. So hatten wir stets Hunde, Katzen und Ziegen um uns!

Rüben entwickelten Maschinen, übernahmen die mühevolle Handarbeit. Es war Sitte, dass auf einem Teil des Rübenackers in mehreren Beeten das Kraut, aber auch Kohlrabi, Wirsing und Blaukraut für die Eigenversorgung des ländlichen Haushaltes angebaut wurden. Dies alles musste selbstverständlich von Hand geerntet werden. Die ganze Familie, einschließlich Oma, Opa und der Kinder mussten mitarbeiten. „Ursula, tu 's Kraut 'rei, sonst schneit 's 'nei", pflegte mein Vater im Oktober zu sagen.

Korrekt, laut einem alten, bayerischen Gästekalender, heißt dieser Spruch: „An Sankt Ursula muss das Kraut herein, sonst schneit der heilige Simon drein!"

Nun versuchte ich zu erfahren, wann „Ursula" war und an welchem Tag im Oktober der heilige Simon seinen Ehrentag hatte. Doch die modernen Kalender aus der heutigen Zeit verschweigen all dies schamhaft! Es gilt nicht mehr als schick, über Wetterregeln, Namenstage und Heilige aus der früheren Zeit Bescheid zu wissen. Auch Freunde und Bekannte konnten mir zu diesem Thema keine Auskunft geben. Begreiflich, denn unser Wissen zum Althergebrachten verflacht immer mehr. Wenn für viele Kinder dank eines dummen, aber recht erfolgreichen Werbespruchs die Milchkühe mehrheitlich lila sind, dann sollten bei uns die Alarmglocken schrillen ob so schlechter Allgemeinbildung und bewusster Irreführung der Kleinen!

Nun zurück zur manuellen Kraucernte und deren Zeitpunkt: Der Tag der „Ursula" ist (laut einem alten Bauernkalender) am 21. Oktober. Da sollte also spätestens das Kraut eingebracht werden, damit es der „heilige Simon" (am 28. Oktober) nicht hineinschneien lässt. Wir Bauernkinder halfen an den schulfreien Nachmittagen auf den Feldern mit. Erstmal beim Einbringen der Runkelrüben und der Zuckerrüben. Ja, die Zuckerrüben wurden von uns besonders gehegt und gepflegt. Schließlich brachten sie gutes Geld und wurden an die Zuckerfabrik in Ochsenfurt geliefert!

Doch an die Krauternte und das Krauteinmachen erinnere ich mich besonders gerne. Großmutter, Mutter, die drei älteren Geschwister und ich waren an den meisten Oktobernachmittagen auf dem Acker. Weißkraut, Blaukraut, Wirsing und Kohlrabi ernteten wir unter fachkundiger Anleitung von Mutter - in echter Handarbeit! Das alles sortierten wir säuberlich in großen

Weidenkörben, die Vater am Abend auf den Ackerwagen lud. Wegen der Kälte trugen wir dicke alte Jacken, Handschuhe, warme Schafwollstrümpfe und riesige Schürzen. Ja, das Kraut hatte es mir schon immer angetan. Bei der Ernte dachte ich gerne an deftige Sauerkrautgerichte und an Krautsalat, den Mutter herrlich zubereitete. Außerdem, so dachte ich, müsste doch schon bald im November das große Schlachtfest auf unserem Bauernhof sein. Da gab es dann reichlich Sauerkraut sowie Wurst und Fleischspezialitäten vom frisch geschlachteten Schwein.

Allein wenn ich an den frischen, gut durchwachsenen Kesselspeck mit Pfeffer, Salz und Mutters schwarzem Bauernbrot dachte, lief mir schon das Wasser im Munde zusammen. Das ließ die klammen Finger und die Kälte des Oktobers vergessen, denn leider schien die Sonne nur noch selten.

Rechtzeitig zu „Ursula", also am 21. Oktober, hatten wir den großen Rübenacker samt Kraut abgeerntet. Es war auch höchste Zeit, denn oft fror es nachts und manchmal schneite es sogar ein bisschen. Weiß- und Blaukraut waren in der Scheunentenne fein säuberlich aufgeschüttet und somit vor den Witterungsunbilden geschützt. Nun wurde es in mühevoller Kleinarbeit von den äußeren, schmutzigen Blättern getrennt und der Krautstrunk mit einem

Walter Langohr im Alter von 20 Jahren! Er wäre gerne Förster geworden. Doch dann entdeckte er die Landtechnik, verschrieb sich ihr mit Leib und Seele.

speziellen Hohlmesser herausgeschnitten. Die dermaßen geputzten, weißen Krautköpfe warteten, in saubere Tücher gehüllt, auf den Krauthobel.

Daran hatte ich erstmal meine Zweifel. So probierte ich mit dem Finger die Schärfe der Messer beziehungsweise Klingen und blutete gleich heftig. Seitdem hatte ich großen Respekt vor Omas speziellem Gerät zum Krautschneiden. Mutter putzte nun unsere zwei großen Krautfässer („Stücht"), dazu ein kleines Fass für Großmutter. Es waren massive Behältnisse aus glasiertem Steinzeug mit schwerem Deckel, ideal für das Einmachen von Sauerkraut. „Morgen Walter, gleich nach der Schule und dem Mittagessen, machen wir das Kraut ein. Du, Bub, bist jetzt gerade im richtigen Alter. Du bist zehn Jahre alt (also um 1951) und stampfst uns das Kraut ein!"

Verdutzt guckte ich meine Mutter und Großmutter an. Soviel Einklang war mir fremd und fast verdächtig. Meist stritten sich beide, obwohl ich alle zwei sehr schätzte, um nichtige Dinge. Doch das Ziel war klar, man wollte für die kommende „Sauerkrautsaison" (Winter mit darauf folgendem Frühling) bestes Sauerkraut. Dazu musste ich barfuß, gleich am nächsten Tag nach der Schule, das Kraut stampfen. Leider blieb mir keine andere Wahl!

Damals trugen kleine Buben kurze Hosen. Damit wir im Winter nicht froren, zogen alle dazu von Hand gestrickte, warme Wollstrümpfe an. Erst nach der Konfirmation, wenn wir sozusagen zu den „Großen" gehörten, durften wir lange Hosen tragen. So brauchte ich mich nach der Schule und dem Mittagessen gar nicht erst umzuziehen. „Schuhe runter, Strümpfe runter, Füße in die kleine Wanne mit heißer Seifenwasserlauge, denn wir wollen sauberes Kraut!" So befahl die resolute Mutter. Nun musste ich nach entsprechender „Aufweichzeit" meine Zehennägel mit der Schere schneiden. Mama brachte nochmals frisches Seifenwasser. Und ich musste schon wieder mit einer Wurzelbürste meine Füße reinigen. Zaghaft protestierte ich: „Großvater sagt, im Winter darf man seine Füße nicht so oft waschen, denn sonst friert man recht arg!" „Ach was", meinte Mutter, „wir wollen sauberes Sauerkraut, ohne Gschmäckle!"

Großmutter hatte zwischenzeitlich schon jede Menge Kraut fein gehobelt. Dieses füllten wir in den Stücht. Dazu streute sie reichlich Salz darauf. Hinzu gab sie zur besseren Würze etwas Lorbeerblätter, Kümmel, Wacholder und

Pfeffer. Nun begann für mich die Arbeit. Ich stampfte barfuß Kraut auf Omas Kommando! Dann gab sie wieder frisch gehobeltes Kraut darauf, jetzt wieder Salz und die anderen Gewürze. Das wiederholte sich x-mal. Ich drehte mich trampelnd und gehorsam im Kreise. Nun wurde die Sache schmerzlich. Durch das Festtreten des feuchten Krautes samt dem reichlichen Salz, das man zur Konservierung brauchte, entstand eine Salzlake, die an den Füßen brannte. Mit einer speziellen Schöpfkelle wurde die überflüssige Lake entfernt, dann wiederum neues, gehobeltes Kraut und Speisesalz hinzu gegeben. Es dauerte bis zum Abend.

Dann waren wir „fertig“, ich auch! Die Füße waren total ausgelaugt, ja sogar ausgebleicht. Ich dachte an Großvater und nahm mir vor, sie einige Wochen nicht mehr zu waschen. Mutter und Großmutter waren mit mir sehr zufrieden. Das Kraut gelang ausgezeichnet. Im Jahr darauf hatte ich abermals die Ehre, das Kraut barfuß einstampfen zu dürfen.

Jahrzehnte später: Meine Frau hat Großmutters alten, wurmstichigen Krauthobel geerbt. Er funktioniert immer noch! Fast jedes Jahr, Anfang November, machen wir damit hier in Marktheidenfeld ein Fass Kraut ein. Das selbst gemachte schmeckt halt doch am besten!

Drei Dinge haben sich jedoch geändert:

a) Das Kraut kaufen wir und zwar bei der BayWa.

b) Mit einem großen, speziellen Holzstempel wird sorgsam eingestampft. Denn unseren Enkeln möchten wir diese Prozedur nicht zumuten.

c) Meine Frau Magda und ihre Freundin Karin machen das Kraut ein. Sie erledigen das zu meiner vollsten Zufriedenheit. So kann ich während dieser Zeit mit meinem Porsche-Traktor durch die Gegend fahren oder ins Wirtshaus gehen.

Manchmal denke ich auch an einen fränkischen Spruch, der angeblich aus dem Krautzentrum Unterpleichfeld stammt, und nicht ganz ernst zu nehmen ist: „Wer auf Gott vertraut, der stiehlt sein Kraut. Der hat die größten „Häddle“ (hd. „Köpfe“).

Weihnachten mit Hindernissen

Heutzutage gibt es Christstollen, Lebkuchen und Plätzchen in den Supermärkten bereits ab Anfang September! Der Advent beginnt, wenn man der Werbung glauben darf, schon Ende Oktober. Leider sichtet man die ersten Christbäume, sogar geschmückt und beleuchtet in Kaufhäusern und Gaststätten schon zum Totensonntag oder gar ab Volkstrauertag! Das passt nicht in die Zeit!

Manchen von uns stimmt dies alles nachdenklich. Doch die Umsätze, laut Marketingstrategen, müssen laufen. Keiner will mit dem Weihnachtsgeschäft zu spät dran sein. Also beginnt man mit dem „Adventlichen" vorsorglich früher, um beim Umsatz der Konkurrenz eine Nasenlänge voraus zu sein!

Viele von uns haben sich von dieser wenig stimmungsvollen Vorverlegung der Weihnachtszeit einlullen lassen. Auch ich kaufte schon im September Weihnachtsstollen, Lebkuchen und Glühwein, aß und trank davon. Als es dann endlich Advent wurde, schmeckte das Ganze nicht mehr so richtig! Die Vorfreude war getrübt. Unsere Kirche sagt dazu: „Alles hat seine Zeit!" Das macht Sinn. Selbst die erfahrenen Nürnberger beginnen mit ihrem weltberühmten „Christkindlesmarkt" nach wir vor am Freitagabend vor dem 1. Advent!

Die zauberhafte Adventszeit dürfen wir uns nicht durch eine Vorverlegung verwässern lassen! So kaufen wir die vorweihnachtlichen Dinge wie Lebkuchen erst Ende November oder Anfang Dezember, Christstollen und Plätzchen backen wir selber Anfang Advent. Ein wunderbarer Duft zieht dann durchs Haus! Ja, und wenn am Adventskranz die erste Kerze angezündet wird, umfängt uns eine zauberhafte Stimmung! Glühwein, Stollen und schon ein paar Plätzchen im Voraus, als „Versucherle" lassen echte Vorfreude auf Weihnachten aufkommen. Wenn wir dann beim sonntäglichen Gottesdienst „Macht hoch die Tür, die Tor macht weit" singen, dann sind wir glücklich. Advent ist die Zeit der Erwartung!

Lassen wir uns verzaubern von stimmungsvollen Weihnachtsmärkten im schönen Frankenland! Von adventlichen Liedern und vom Glühweinduft, der in unserer Nase kitzelt, bei Vater, Mutter und den Geschwistern. Denken wir an die Zeit, als wir noch Kinder waren und in wesentlich einfacheren Verhältnissen als heute das Christfest feierten! Weihnachten war in unserer Kindheit ein Zauberwort.

Verhärtete Gesichter, von Not und Sorge der kargen Nachkriegsjahre geplagt, wurden weich. Überhaupt, wirklich luxuriöse Weihnachtsgeschenke gab es kaum, selten Spielzeug. Warme Kleidung war wichtiger: feste Schuhe, selbst gestrickte Wollstrümpfe, Handschuhe und eine richtige Bommelmütze, damit man nicht fror. Wenn dann noch unterm Christbaum ein richtiger Rodelschlitten stand oder gar nagelneue Schlittschuhe, dann waren wir Kinder unsagbar glücklich!

Weihnachten zu Hause auf dem Dorf, bei Eltern und Geschwistern.

Damals, in den 50er Jahren hatten wir noch strenge Winter mit viel Eis und Schnee. Die Flüsse und Dorfweiher waren oft monatelang zugefroren. Fast täglich konnten wir Schlittschuhlaufen. Im Dezember ging es manchmal mit Traktor und Schlitten durch den verschneiten Wald. Unter Anleitung des Jägers fuhren wir Futter zu den Wildfütterungsstellen. Wir brachten dem Not leidenden Wild Hafer, Silage, Mais und Rüben. Auch für uns Kinder gab es trotz schlechter Zeiten immer genug zu essen, denn an Grundnahrungsmitteln fehlte es auf den Bauernhöfen nie.

Doch Geld hatten wir selten. Mutter musste extra Eier und Hühner verkaufen, um die Backzutaten für den geliebten Weihnachtsstollen und die Plätzchen zu erstehen. Natürlich buken wir alles selber. Den Glühwein bereitete Mama aus Most (Apfelwein), Wasser, Zucker und ein paar Gewürzen. Einmal, daran erinnere ich mich noch sehr gut, weinte Mutter stundenlang. Das Geld reichte wieder mal nicht.

Es war gerade der 1. Advent. „Kinder, Kinder“, seufzte sie, „schon seit dem Sommer habe ich mir fest vorgenommen, für euch Vier endlich neue Bettwäsche zu kaufen. Die alten Decken, Kopfkissen und Unterbetten sind verschlissen! Beim Rupfen unserer Gänse habe ich schon genügend Daunen vorsortiert und zur Seite gelegt. Doch wir haben kein Geld für die Reinigung, den Kauf von Inlet und Bettbezügen. Gestern ist der alte, eisenbereifte Leiterwagen zusammengebrochen. Jetzt müssen wir einen neuen, gummibereiften Ackerwagen gleich passend zu unserem schönen Traktor kaufen. Das kostet viel Geld! Ich weiß nicht, wie sollen wir das bezahlen?

Das wird ein trauriges Weihnachtsfest. Wir müssen sehr sparen! Es wird nur ein paar Plätzchen geben, denn die Backzutaten habe ich schon zu Hause. Vielleicht reicht es noch für einen Stollen, aber dann ist Schluss! Doch wenn ihr Kinder alle tüchtig mitarbeitet und wir zusammenhalten, dann schaffen wir es! Vater und ich, mit euch Vieren gemeinsam, das müsste gehen! Wir müssen als Erstes unsere ganzen Mastgänse zu Weihnachten schlachten und verkaufen. Dann, auch jetzt noch schnell vor Weihnachten, machen wir in unserem Wald Papierholz. Auch dieses verkaufen wir, denn dieses Holz für die Papierproduktion wird zurzeit gesucht und gut bezahlt.

Wenn das alles klappt, dann können wir die erforderliche Anzahlung für den neuen, luftbereiften Ackerwagen leisten! Den Rest schaffen wir mit Gottes Hilfe im nächsten Jahr! Das mit der Bettwäsche verschieben wir auf den nächsten Herbst.“

Unser sechsköpfiger Familienrat, zu dem ich als Zwölfjähriger schon gehörte, beschloss, Mutters Vorschlag zu akzeptieren. So folgte das Gänse schlachten: 22 stattliche Mastgänse hatten wir. Für einige lagen schon feste Bestellungen aus der Stadt vor. Doch für den Rest hatten wir noch keine Abnehmer. Was tun? „Mutter“, sagte ich als Kleinster und Optimist, „wir richten alle 22 Gänse wunderschön bratfertig her. Dann fahren wir mit unserem schicken Porsche-Traktor (natürlich frisch gewaschen) durch unser Städtchen mit dem schönen, nagelneuen Ackerwagen. Darauf laden wir alle unsere Gänse, appetitlich in weiße Leinentücher gehüllt. Du wirst schon sehen, die bringen wir los, wir verkaufen alle“, so versprach ich stolz.

Nun wurde der Schlachttag auf kurz vor dem 4. Advent festgelegt, Davor hatten wir alle Angst! Wer tötet schon gerne ein unschuldiges Tier? Doch wir brauchten das Geld, es blieb keine andere Wahl. So mussten trotz heftiger Bedenken Vater, mein großer Bruder Fritz und ich die Gänse, so wie es Vorschrift war, erstmal betäuben und dann schlachten. Mutter und Schwester Irma rupften und nahmen die Tiere aus.

Auch dabei half ich so gut es ging. Die Arbeit war äußerst mühsam, es dauerte lange! Doch schließlich waren alle 22 Weihnachtsgänse appetitlich und bratfertig hergerichtet. Am liebsten hätten wir davon eine als Weihnachtsbraten für uns behalten. Doch dafür reichte es nicht. Wir brauchten jede Mark, um unsere Schulden zu bezahlen!

Stolz fuhren wir, natürlich gut gekleidet, am Samstag vor dem 4. Advent mit unserem Porsche und dem neuen, luftbereiften Ackerwagen in unser romantisches, heimatliches Städtchen Dinkelsbühl. Bruder Fritz saß stolz auf dem Traktor. Mutter und ich klingelten wie Hausierer an den Portalen der schönen, alten Fachwerkhäuser. Wir boten unsere frischen Gänse an. Es war die Sensation, der Verkauf klappte ausgezeichnet. Rasch waren alle Gänse zum gewünschten Preis verkauft. Abends lieferten Mutter und ich stolz das kassierte Geld bei Vater ab. Alle freuten sich. Papa lobte uns, denn „Planstufe 1“ hatte gut geklappt!

Nun folgte die Papierholzernte:

Wenige Tage vor Weihnachten gingen wir in unseren Wald, um Papierholz zu „machen“. Schwester Irma, Vater und ich. Bruder Fritz besuchte seinerzeit die Landwirtschaftsschule. So waren wir nur zu dritt, arbeiteten im eiskalten Winterwald. Vater fuhr wegen der fehlenden Routine den Traktor etwas unsicher. Ich selber durfte damals nur heimlich „den Porsche“ fahren, weil ich noch viel zu jung war. Alle waren guter Dinge. Die erfolgreiche „Gänseaktion“ hatte unser Selbstvertrauen gestärkt.

Vater und ich dünnten den Wald aus. Wir sägten kleinere Bäume, so genannte „Unterständer“, die zu dicht standen, um. Irma astete mit dem Beil aus. Diese relativ kleinen Stämmchen wurden seinerzeit gut bezahlt. Die Industrie stellte daraus Papier her. Also nichts wie umsägen, ablängen und aufladen!

Dann heim transportieren und zum Holzhändler, damit endlich Geld ins Haus käme - so dachte ich bei mir. Denn heimlich spekulierte ich auf ein paar neue Schlittschuhe zu Weihnachten. Im Wald schneite es ein wenig. Der Boden war nass und der Waldweg schlecht, es war rutschig! Irma und ich luden die Papierholzstämmchen auf den neuen Ackerwagen. Letztlich hatten wir viel zu viel geladen, denn wir wollten rasch die schwere Waldarbeit beenden und nach Hause kommen. Vater fuhr vorsorglich mit angezogener Bremse den steilen Berg im Wald hinab. Da geschah das Unglück:

Auf dem glitschigen Waldweg blockierten die Räder, da half kein Bremsen. Die Last war zu groß. Die schwere Fuhre Holz drückte wie ein Schlitten den Traktor bergab. Wie ein Geschoss ging es immer schneller hangabwärts. Vater raste auf dem Traktor nur so dahin. Irma und ich schrieen vor Angst! Da kam eine Kurve. Lenken war unmöglich. Geistesgegenwärtig sprang Papa vom Fahrersitz herunter, Gott sei Dank in die richtige Richtung. Der „Porsche“ samt Holzfuhrwerk schlitterte ohne Fahrer noch ein Stück weiter. Dann tat es einen Schlag, den ich nie vergessen werde. Wir trauten unsere Augen nicht zu öffnen. Dann sahen Irma und ich: Ein Wunder war geschehen: Vater war unverletzt. Kreidebleich stand er vor uns und lächelte.

Ja, mein Papa hatte schon immer einen Schutzengel gehabt. Der Traktor war mit dem vorderen Zugmaul gegen einen kleineren Kiefernstamm gerammt. Unser neuer Ackerwagen war umgekippt, die Zugdeichsel verbogen. Das Papierholz lag wieder auf dem Waldboden. Zitternd, aber dankbar, fuhren wir mit dem leeren Hänger nach Hause. Es war nichts passiert, selbst der „Porsche“ war ohne Schaden. Nur vorne am Zugmaul waren einige kleine, unbedeutende Beulen.

Die Kiefer hatte es schlimmer erwischt. Doch was machte das! Die sägten wir um! Die Zugdeichsel des Anhängers richtete unser Dorfschmied kostenlos aus. Er hatte Mitleid mit uns. Das Papierholz brachten wir am nächsten Tag, vorsorglich auf mehrere Fuhren verteilt, nach Hause. So hatte doch noch alles geklappt - auch mit den Finanzen. Dankbar feierten wir alle zusammen Weihnachten. Wir besuchten gemeinsam mit Vater und Mutter den Gottesdienst am Heiligen Abend. Zu Hause angekommen, holte Papa seine Ziehharmonika und spielte „Leise rieselt der Schnee, still und starr ruht der See", dann „Ihr Kinderlein kommet, oh kommet doch all". Wir sangen leise mit. Mutter weinte vor Freude. An diesem Abend war ich ganz still. Denn ein wenig fühlte ich mich schuldig. Ja, mich plagte sogar das schlechte Gewissen. Schließlich hatten Irma und ich den Hänger überladen. Nur dadurch konnte der Unfall passieren!

Mutter tröstete und ermunterte uns. „Kinderle, Hauptsache, wir sind gesund und der liebe Gott hilft uns weiterhin! Schaut mal, heuer gibt's halt nur Plätzchen, Stollen und „Hutzelbrot" (hd. „Früchtebrot"). Doch im nächsten Jahr zu Weihnachten bekommt ihr vielleicht doch noch eine neue Bettwäsche. Das Walterchen kriegt dann, weil er so tüchtig beim Gänseverkauf geholfen hat, neue Schlittschuhe! Bis weit nach Mitternacht spielte ich mit unserem alten Spielzeug.

Selbst die Dampfmaschine samt Spirituskocher funktionierte noch. Zufrieden ging ich zu Bett und schlief gleich ein. Ich träumte von einem Spaziergang durch unseren tief verschneiten Winterwald. Auch vom zugefrorenen Dorfweiher, vom Schlittschuhlaufen und vom Schlittenfahren mit den Freunden. Es fehlte an nichts, denn alles, was wichtig war, das hatten wir!

Weihnachtsvorbereitungen

Es war so um den 3. Advent, Anfang der 50er Jahre. Großmutter saß vor ihrem Spinnrad und spann Schafwolle zu Garn. Das alte Maschinchen, gut geölt und gepflegt, schnurrte nur so dahin. Es war hell in der geräumigen Austragsstube. Die stilvollen, alten Möbel und die großen Jagdbilder an den Wänden brachten Behaglichkeit und Atmosphäre. Ein hellbrauner, großer Kachelofen, der von der kleinen Küche nebenan befeuert wurde, sorgte für Wärme. Doch die Außenmauern des Hauses waren dünn und die Zimmer recht hoch. So musste trotz der Doppelfenster häufig nachgeschürt werden. Schließlich frieren alte Leute schnell und Großmutter, so knapp um die 80 Jahre alt, im Besonderen! Täglich, gleich nach der Schule und dem Mittagessen, musste ich der Oma zu Diensten stehen. Mehrere Eimer Wasser waren zu holen und in der Küche bereit zu stellen. Schließlich hatten wir seinerzeit noch keine Wasserleitung. Lediglich ein Ausguss für das Abwasser stand zur Verfügung.

Großmutter hatte außerdem noch Hühner und Tauben. Auch diese mussten von mir, und zwar einmal am Tag, gefüttert werden, denn auch das „Viehzeug" wollte versorgt sein. Zum Schluss gab es dann noch jede Menge Brennholz aus dem Holzhaus zu holen und zu schüren. Oma fror häufig. Sie wärmte ihren Rücken und ihre klammen Finger oft am Kachelofen. Ich sorgte für ein Höllenfeuer! Wenn dann die ansonsten sehr behagliche Stube gut durchgeheizt war, musste ich zum Schluss, um die Wärme besser halten zu können, etliche Briketts nachlegen. Ja, dachte ich mir, wer will denn schon in der Adventszeit frieren? Holz und Briketts hatten wir genügend. Großmutter, nun richtig durchgewärmt und demzufolge auch frohgelaunt, ging zurück zu ihrem Spinnrad und spann weiter.

Die Austragsstube war nicht nur mit echten Wiener Kaffeehausstühlen ausgestattet, sondern auch mit einem Erker. Riesige Doppelfenster mit nostalgischen Sprossen, dazu ein Podest, von uns „Tritt" genannt, rundeten das Ganze ab. Von dieser erhöhten Position aus konnte man auf den Dorfplatz, direkt vor unserem Haus, sehen. Ja, die alte Dame hatte alles im Blick: links die Milchrampe, in der Mitte den Dorfplatz, rechts den Brunnen und die Viehtränken. Ganz rechts daneben den Dorfweiher, der gleichzeitig als Feuerlöschteich diente.

Doch jetzt im Dezember gab es Schnee und Eis! Der Weiher war zugefroren und der Dorfplatz samt Milchrampe tief verschneit. Das alles wurde idyllisch eingesäumt von spitzgiebeligen, leicht geduckten fränkischen Bauernhäusern, die mit großen Schneehauben bedeckt waren. Damals streute man noch kein Salz auf die Straßen. So blieb die Schneedecke geschlossen.

Wir Kinder konnten auf der festgefahrenen Schnee- und Eiskruste Schlittschuh laufen oder auch Schlitten fahren. Ich holte mir einen der Wiener Stühle, setzte mich zu Großmutter ans Spinnrad, sah zu und staunte! Geschickt und mit viel Routine spann sie aus der ungebleichten Schafwolle Garn. „Weißt du, Walter, im Sommer, an einem sehr heißen Tag, wurden alle Schafe aus unserem Dorf im so genannten ‚Lausenweiher' gebadet. Am darauf folgenden Tag kamen die Schafscherer, eine recht originelle Wandertruppe. Die haben alle Schafe geschoren, das ging ruckzuck! Einige Wochen später brachten wir die Schafwolle zum Kartätschen in eine Fabrik, unweit von hier.

Dort wurde die Wolle gereinigt, maschinell aufgearbeitet und vorbereitet für die Verarbeitung am Spinnrad. Jetzt, in der ruhigen Adventszeit sitze ich tagelang am Spinnrad. Dabei schaue ich auf den Dorfplatz, sehe die Leute zur Milchrampe gehen und schaue den Kindern beim Schlittschuhlaufen zu. Die Arbeit am Spinnrad macht mir Spaß! Außerdem freue ich mich weil ich noch für andere nützlich sein kann! Zu Weihnachten stricke ich dir ein Paar Strümpfe, außerdem Handschuhe, richtige Fäustlinge. Dazu einen Schal sowie eine Zipfelmütze mit einer richtigen Bommel drauf! Wie du siehst, ist das alles hellbeige, ungebleichte Schafwolle, also ungefärbt, dadurch besonders wertvoll und vor allem warm!"

So ganz verstand ich als elfjähriger Bub die Großmutter noch nicht, deshalb lächelte ich etwas verlegen. Doch die alte Dame meinte: „Wart' nur, mein Lieber, wenn du ein paar Jahre älter bist, dann denkst du an mich! Noch etwas: Solltest du später einmal Kopfweh haben, so eine richtig gemeine Migräne, dann setze deine Zipfelmütze auf! Du brauchst keine Tabletten, keine Chemie. Glaub es mir, die ungebleichte und ungefärbte Bommelmütze ist biologisch wertvoll und hilft gegen Migräne! So und jetzt mein Lieber, gehst du für mich einkaufen!"

Großmutter gab mir ihren Geldbeutel und einen Einkaufszettel. Sie brauchte

Weißbrot, denn das Schwarzbrot, das meine Mutter seinerzeit buk, war ihr zu hart. Sie konnte es nicht mehr so richtig beißen, da machten ihre Zähne nicht mehr mit. Außerdem wollte sie Hustenbonbons, Lebkuchen und viele andere Kleinigkeiten haben. Doch dieses Mal gehst du zum „Ganzer“ im unteren Dorf einkaufen. Denn das, was ich alles brauche, hat der Kaufladen hier im Oberdorf nicht. Großmutter gab mir die große Einkaufstasche sowie 50 Pfennig Trinkgeld, und ab ging ’s.

Ich war schon immer gerne Einkaufen gegangen. Doch in „Ganzers Laden“ war es besonders interessant. Alles war in dem kleinen Geschäft richtig eng und unübersichtlich angeordnet. Das gefiel mir. Leider war der alte „Ganzer“ lungenkrank und hustete viel. Trotzdem rauchte er ab und zu im Geschäft sein Zigarettchen. Doch das störte damals noch keinen. Mit der Hygiene nahm man es noch nicht so genau.

Auf jeden Fall kauften wir Kinder dort gerne ein. Im Sommer, wenn es mal sehr heiß war, fabrizierte der erfahrene Kaufmann Speiseeis, das besonders gut schmeckte. Jetzt zur Adventszeit gab es feinen Zimtkuchen, Plätzchen und Glühwein. Ja, es duftete im Ladengeschäft verführerisch. Ich konnte nicht widerstehen und kaufte für meine 50 Pfennig Magenbrot und Lebkuchen. Familie Ganzer war vor einigen Jahren hier zugezogen. Sie waren Heimatvertriebene aus dem Sudetenland. Man hatte dieses Häuschen für wenig Geld von einem Bauern angemietet. Es bestand aus dem Ladengeschäft, einem Aufenthaltsraum, der als Wohnküche diente, und einem Flur.

Die Familie wohnte „dreigeteilt“ samt ihren drei Kindern. Das war nichts Außergewöhnliches, denn die Wohnungsnot war Anfang der 50er Jahre noch groß. Das mit der dreigeteilten Wohnung funktionierte so:

Tagsüber, wenn auch sehr beengt, hielt man sich in der Wohnküche, teils aber auch im Flur und im Ladengeschäft auf. Für den Ältesten der drei Kinder, den Jochen, hatte man nebenan bei der Nachbarin ein Zimmer angemietet. Diese hatte zwei hübsche Töchter. So fühlte sich der flotte Jochen durchaus wohl in dieser Nachbarschaft. Doch der Hauptteil der Wohnung von Familie Ganzer befand sich bei meiner Großmutter im Hofhaus. Hier unterhalb Omas Wohnung, also im Erdgeschoss, hatten die

Ganzers einen großen Raum von uns gemietet.

Hierher kamen Vater, Mutter und die beiden Töchter abends zum Schlafen. Am Wochenende, aber auch an den Feiertagen, wohnte man hier. Das war zwar recht mühsam, denn man musste gut 500 Meter von Wohnung zu Wohnung gehen. Doch es war billig, denn Großmutter verlangte ganz wenig Miete. Sie hatte gerne Leute um sich und hasste es, alleine zu sein.

All diese Gedanken gingen mir durch den Kopf, als ich im Ladengeschäft einkaufte. Herr Ganzer bediente mich ausgesprochen freundlich. Wir sprachen über das bevorstehende Weihnachtsfest, denn im Laden standen Lametta, Christbaumkugeln und Ähnliches zum Verkauf. Aus dem Radio klang weihnachtliche Musik. Ein Kinderchor sang: „Macht hoch die Tür, die Tor macht weit!“ Ja, ich freute mich schon jetzt auf Weihnachten. „Morgen“, so erzählte ich, „gehe ich mit meiner Schwester Irma in den Wald. Da holen wir Tannenzweige, um unser Haus und Großmutters Wohnzimmer damit zu schmücken. „Am 4. Adventssonntag, das ist schon Tradition“, so fuhr ich fort, „da holen wir aus unserem eigenen Wald Christbäume. Einen für Großmutter, einen für uns und einen kleinen für das Grab meines verstorbenen Bruders Karl!“

Ich versprach auch, für Herrn Ganzer einen kleinen Christbaum zu besorgen. Schließlich hatten wir etliche Hektar eigenen Wald. Da kam es auf ein Bäumchen hin oder her wirklich nicht an. Stolz berichtete ich, wieder zu Hause angekommen, Großmutter von allem. „Jawohl Bub“, meinte sie, „das hast du gut gemacht. Zu Weihnachten soll man auch anderen Menschen eine Freude bereiten!“ Oma brachte mir ein großes Buch. Es war in schwarzem Leder gebunden und mit Goldbuchstaben bedruckt. Eine wertvolle Hausbibel mit vielen schönen Abbildungen aus der biblischen Geschichte. Sie schlug mir die Weihnachtsgeschichte auf und ich las darin.

Die Tage bis zum Weihnachtsfest vergingen nun wie im Fluge. Vater, Bruder, Schwester und ich gingen täglich nach Schulschluss in unseren Wald. Wir dünnten das zu dicht gewachsene Jungholz aus und befreiten es von Unterständern. Ja, die Arbeit bereitete Freude, trotz Schnee und Eis. Für Großmutter blieb nur noch abends Zeit. Doch ich versorgte sie täglich so gut ich konnte.

Am 4. Adventssonntag suchten wir, Vater, mein großer Bruder Fritz und ich, einige schöne Christbäume aus unserem Wald aus. Das war verbunden mit einer romantischen Waldwanderung. Alles war tief verschneit, die Sonne schien und der Schnee glitzerte bläulich. Bei dieser Gelegenheit inspizierten wir den in der Nähe befindlichen Fuchsbau und anschließend besichtigten wir einige Wildfütterungsstellen. Ich summte: „Leise rieselt der Schnee, still und starr ruht der See, weihnachtlich glänzet der Wald, freue dich, 's Christkind kommt bald." Ja, ich war trotz der vielen Arbeit und der kargen Freizeit so richtig glücklich und zufrieden! Denn der Mensch wächst mit seinen Aufgaben und Pflichten!

Natürlich bekam die Familie Ganzer zum Heiligen Abend von uns den versprochenen, kleinen Christbaum geschenkt. Man revanchierte sich mit Schokolade und Süßigkeiten. Auch Großmutter bekam ihr Bäumchen, das wir mit viel Freude gemeinsam schmückten. Doch den allerschönsten Weihnachtsbaum, eine saftig grüne Fichte mit langen Nadeln, stellten wir in unserem Wohnzimmer auf. Mit Lametta, Christbaumkugeln und vor allem mit dem von uns Kindern selbst gebasteltem Weihnachtsschmuck statteten wir das Bäumchen voller Begeisterung aus. Gemeinsam gingen wir in die festlich geschmückte Dorfkirche zum Gottesdienst am Heiligen Abend. Der Pfarrer predigte, die Posaunen jubelten. Wir Kinder, aber auch die Erwachsenen, sangen voller Inbrunst mit!

Der große Krieg war überstanden. Es herrschte seit Jahren Frieden. Die letzten Kriegsgefangenen durften nun endlich nach Hause. Es ging aufwärts. Auch bei uns auf dem Bauernhof kehrte langsam ein bescheidener Wohlstand ein. Unterm Christbaum lagen für mich ein paar nagelneue Schlittschuhe der Marke „Hudora" und ein Jugendbuch. Ich war restlos glücklich und las. Großmutter hatte mir, wie versprochen, die handgestrickten Strümpfe, Schal, Bommelmütze und die Handschuhe geschenkt. Es wärmte herrlich!

Später, zu fortgeschrittener Stunde, packten Bruder Fritz und ich die alte Spielzeugdampfmaschine aus Vorkriegszeiten wieder aus und „traktierten" sie gehörig. Sie wurde mit Spiritus betrieben und funktionierte immer noch. Dazu hatten wir, ebenfalls aus früheren Jahren, eine kleine Spielzeugkreissäge ausgekramt. Mit Hilfe der Dampfmaschine und eines Glasgummis, den wir als Treibriemen benutzten, trieben wir die Mini-Kreissäge an. So zersägten

wir Plätzchen in kleine Stücke, die wir anschließend aufaßen.
Da staunte selbst Papa, er schmunzelte und meinte: „Ihr seid doch richtige Lausbuben!“ Er räusperte sich, hustete laut und vernehmlich. Dann zündete er sich zur Feier des Tages eine gute Zigarre an. Vater war mit sich und der Welt zufrieden! „So“, meinte er, „nun habt ihr aber genug gespielt. Es ist schon spät, jetzt müsst ihr ins Bett! Morgen, am 1. Weihnachtsfeiertag, kommen Tante Lina und Onkel Karl vom Hesselberg auf Besuch. Wer weiß, vielleicht haben die beiden für euch Kinder auch noch eine kleine Überraschung!“

Müde, aber zufrieden und glücklich, gingen meine Schwester Irma, Bruder Fritz und ich schlafen. Wir freuten uns auf den 1. Weihnachtsfeiertag!

Vor Weihnachten, am 4. Advent spielten wir Kinder Krippenfestspiele!
Das stimmte auf die bevorstehenden Feiertage ein.
Der Mohr (Bildmitte), das bin ich, der Walter

Der Wetterpfarrer

So um 1960/61 war die Welt noch in Ordnung, zumindest auf den Dörfern. Es gab noch viele Wirtshäuser, die täglich geöffnet hatten. Ruhetage oder Betriebsferien waren unbekannt.

Die Kinder wurden in der örtlichen Volksschule unterrichtet. Der Lehrer wohnte, wenn auch bescheiden, im dazugehörigen Schulhaus. Ja, sogar einen eigenen Pfarrer hatten wir in unserer Gemeinde. Beide gehörten ganz selbstverständlich zum dörflichen Leben!

Schmunzelnd denke ich heute noch zurück an den Joseph! So hieß unser origineller und äußerst beliebter Seelsorger mit Vornamen. Heimlich nannten ihn alle Dorfbewohner „Joseph" oder gar „Sepp". Er war groß, kräftig und hatte eine massige Figur. Sein lautes, dröhnendes Organ und die klare, niederbayrische Aussprache verstanden sogar Schwerhörige. So brauchte man

Der Wetterpfarrer brachte Schwung in das dörfliche Leben! Pfarrer samt Kirchenvorstand um 1962. Vorne links sitzend: August Langohr.

bei der sonntäglichen Predigt in der Dorfkirche keine Lautsprecheranlage. Das alles störte wiederum unseren Bürgermeister. Eifersucht kam auf, denn Joseph war ihm zu beliebt und zu mächtig. Außerdem sympathisierte der Pfarrer mit der FDP, während der Bürgermeister CSU-Mitglied war.

Das alles erinnerte stark an „Don Camillo und Peppone“. Man ärgerte sich gegenseitig nach Kräften. Doch wenn es um große, wesentliche Dinge ging hielten beide letztendlich doch zusammen. Joseph oder auch „Sepp“ genannt, war nicht nur Dorfpfarrer mit Leib und Seele. Im Auftrag der Evangelisch-Lutherischen Landeskirche war er gleichzeitig „Mischehen-Seelsorger“. In ganz Bayern, ja sogar im österreichischen Burgenland, war unser Pfarrer unterwegs. So tat er seinerzeit schon viel Gutes für die Ökumene! Ja, der Joseph war seiner Zeit weit voraus. Er leistete Vorbildliches für die Verständigung von Katholiken und Protestanten.

Der Wetterpfarrer bei der Hochzeit meines Freundes Karl.

Sepp stammte aus dem Raum Landshut, war ursprünglich katholisch und studierte Theologie. Doch dann lernte er die Liebe seines Lebens kennen: eine bildhübsche Bauerntochter aus dem Schwarzwald. Es traf ihn wie ein Blitz (oder wie Saulus vor Damaskus?)! Er entsagte kurz entschlossen dem Zölibat, wurde evangelisch und heiratete seine Angebetete. Im großen, geräumigen

Pfarrhaus von Sinbronn wohnte er mit Frau und Tochter, glücklich und zufrieden. Dort hatte er für sich privat eine richtige Wetterstation aufgebaut. Er sagte regelmäßig und relativ zuverlässig das Wetter voraus. Natürlich trafen die langfristigen Prognosen unseres Wetterpfarrers nicht immer zu. Doch die Wahrscheinlichkeit bzw. die Trefferquote war höher als bei vielen anderen „Wetterfröschen". Joseph, unser origineller Dorfgeistlicher, schrieb für sechsunddreißig Zeitungen im gesamten Bundesgebiet seine Wetterprognosen. Selbst für die „Bildzeitung" arbeitete er jahrelang. So lasen die „Festlesveranstalter" erst mal die „Bildzeitung", um die Wettervorhersage unseres berühmten Dorfpfarrers berücksichtigen zu können.

Doch manchmal, wenn auch selten, gab es ein Malheur! So traf schon mal statt des angekündigten Hochdruckwetters tagelanger, schwerer Regen ein. Das war natürlich peinlich. „Wie kann ein Pfarrer so lügen!", das war in solchen Fällen ein häufig gebrauchter Ausspruch. Doch man schmunzelte dabei. So konnte man sich wenigstens mit den eigenen Unzulänglichkeiten besser identifizieren. Ein großer Landwirt hatte im Vertrauen auf des Wetterpfarrers Prognose mehrere Hektar Gras gemäht, um Heu zu machen. Doch es regnete tagelang ohne Unterlass. Das Gras verfaulte auf der Wiese. An solchen Tagen schlich unser beliebter Pfarrer wie ein geprügelter Hund durchs Dorf. Dann tat er uns allen Leid. Gerne besuchte der Joseph in solchen trüben Phasen meinen Papa.

August, so hieß mein Vater mit Vornamen, und Sepp verstanden sich besonders gut. Vater konnte vor allem zuhören und trösten. Er war Kirchenpfleger und verwaltete die Kirchenkasse, war also zuständig für die Finanzen der Dorfkirche. So konnte das Multitalent (Geistlicher, Mischehen-Seelsorger und Wetterprophet) bei Papa sein Herz ausschütten. Auch ich als Zaungast hörte oft und andachtsvoll zu.

Doch die sonnigen Tage überwogen. Folglich schritt der Sepp meist mit hocherhobenem Kopf und einem strahlenden Lächeln durchs Dorf. Denn bei zutreffenden Wetterprognosen gab es extra Geldspenden (z. B. von „Langnese-Eiscreme"). Diese Erträge führte unser braver Pfarrer an meinen Vater und somit direkt an die Kirchenkasse ab. Das hatten wir auch bitter nötig. Denn der Glockenturm war schadhaft und auch die Kirche. Alles musste dringend renoviert werden. Natürlich reichten diese Spendengelder bei weitem nicht aus, um unsere marode Dorfkirche zu sanieren.

Doch der Wetterpfarrer war bei der Finanzverwaltung der Landeskirche nicht nur beliebt und bekannt, sondern noch mehr gefürchtet. Ja, man hatte Angst vor seinen herrischen Auftritten!

Auf jeden Fall war plötzlich genug Geld für die Kirchenrenovierung da. Ein wahres Wunder war dank Joseph geschehen! Erstmal wurde der Blitzableiter abgebaut, dann wurden Turm und Kirche neu eingedeckt. Schließlich wurde noch der Glockenstuhl elektrifiziert, um die Läutbuben einzusparen und den Mesnerdienst zu erleichtern. Noch war Geld da! Man renovierte nicht nur die Kirche gründlich, sondern säuberte und sanierte auch den verdreckten Dachboden der Kirche. Dabei fand man einige, wenn auch beschädigte Heiligenfiguren. Auch manch Anderes, das vor mehr als hundert Jahren dort zwischengelagert worden war. Da war natürlich die Putzfrau gefordert. Tagelang musste diese junge Frau dort kehren, putzen und Spinnweben entfernen. Man suchte auch nach einem Blitzableiter, der dort noch auf dem Dachboden liegen sollte.

Leider war dieser nicht mehr auffindbar. Also gestohlen? Im Dorf - ein Aufschrei! Unser Pfarrer, der Sepp, tobte. „Ich kann brüllen wie ein Löwe, der Blitzableiter der Kirche muss wieder her!“ Die Putzfrau wurde beauftragt, alle Kirchdachwinkel und Turmecken nochmals durchzusuchen, ja, durchzustöbern. „Das wäre doch gelacht, wenn wir den Blitzableiter nicht fänden! Sucht!“ So rief unser Wetterpfarrer abermals. Doch weil es auf dem Dachboden und auf dem Kirchturm sehr dunkel war, gab man der fleißigen Putzfrau einen jungen Zimmermann bei. Der sollte mit der Lampe leuchten und beim Suchen assistieren.

Fazit: Der Blitzableiter wurde wieder nicht gefunden. Doch nach einigen Wochen wurde man gewahr, dass die beiden ganz andere Winkel und Stellen durchsucht und erforscht hatten. Die Frau war schwanger, ihr Leib rundete sich zusehends. Schuld war die Kirchenrenovierung, genauer gesagt, die Suche nach dem Blitzableiter! Na ja, „Gelegenheit macht Diebe“, genauer gesagt in diesem Falle „Liebe“! Die Gerüchteküche brodelte heftig, es gab viel zu tuscheln. Wie ging das weiter mit dem Blitzableiter? Nach langer Suche fand man schließlich den Blitzableiter des Kirchturms. Das war schon mal ein Teilerfolg. Die Suche wurde nun auf das ganze Dorf ausgedehnt. Wo war der Blitzableiter der Kirche? Detektivische Fähigkeiten waren gefragt. Als Hauptverdächtiger galt der Gänsehirte, denn der war früher mal Schwarzmarkthändler gewesen! Nachdem dieser erfolgreich seine Unschuld beteuert hatte, gab es nur noch einen: den „Bögeleins Otto“. Der war seit Jahren „Viehschmuser“, „Hochzeitslader“ und nebenberuflich Altmetallhändler (schließlich war der Materialwert eines Blitzableiters recht hoch).

„Hat der wirklich …? Nein, das gibt es doch nicht, aber dem Otto ist ja alles zuzutrauen. Ja, heutzutage muss man mit allem rechnen!“ Das waren die begleitenden Kommentare. Joseph, der Wetterpfarrer, vernahm den Otto höchstpersönlich. Doch da war nichts zu machen, kein Schuldeingeständnis! Was tun? Zum Abschluss der sanierten Kirchengebäude musste doch der Blitzschutz perfekt sein! Also holte man einen Fachmann, den „Blitz-Hugo“. Der war weit und breit bekannt für die Lieferung, Montage und Wartung von Blitzableitern. Dieses Geschäft übte der Hugo schon seit Jahrzehnten aus, hatte er es doch seinerzeit von seinem Vater übernommen.

Mein Vater in seiner Funktion als Kirchenpfleger und Joseph, der Wetterpfarrer, informierten den Fachmann über die ganze peinliche Geschichte samt Diebstahl. Hugo grinste hintergründig, denn er hatte bereits von dieser merkwürdigen Begebenheit und der Schwangerschaft gehört. Er präsentierte meinem Vater und dem Pfarrer die Kopie einer handgeschriebenen Rechnung aus dem Jahre 1904, ausgestellt an die Kirchengemeinde Sinbronn in Mittelfranken.

Daraus ging hervor, dass Hugos Papa 1904 einen Blitzableiter für den Kirchturm geliefert und montiert hatte. Einen Blitzableiter für das Kirchengebäude selbst hatten die sparsamen Gemeindeväter seinerzeit nicht für nötig befunden und somit auch nicht bestellt. Also folgerte der Hugo spitzbübisch lächelnd: „Was nicht geliefert wurde, kann man auch nicht klauen!“ Somit durfte der Fachmann einen Blitzableiter für das Kirchendach liefern und montieren.

Am meisten über diese wahre, aber doch etwas peinliche Begebenheit amüsierte sich der Joseph! Er war von 1960-1971 Pfarrer in Sinbronn. Auch

Papa hat viel darüber gelacht! Ja, das ist Humor, wenn man sich auch mal selber auf die Schippe nehmen kann!

Übrigens, der neue Blitzableiter wurde überwiegend aus Spendengeldern finanziert, die immer noch reichlich flossen. Denn die Wetterprognosen unseres überaus beliebten Pfarrers trafen immer häufiger zu.

Auf der DLG-Ausstellung in Frankfurt
In den 60er und 70er Jahren boomte die Landmaschinenindustrie! Wir in unserem Werk produzierten Silos, Stalleinrichtungen für Rinder, Schweine und Pferde. Als Leiter der Abteilung Agrar verdiente ich gut!
Links: Der Seniorchef Carl Bremer; ganz rechts: Wilhelm Bremer; dazwischen meine Verkäufer.

Hurra, wir bauen ein Haus!

„Wenn einer eine Reise tut, dann kann er was erzählen“. Das war der Lieblingsspruch meines verehrten Seniorchefs. Aber ich glaube, wenn einer ein Haus baut mit viel Eigenleistung wie meine Frau Magda und ich, da gibt es noch mehr Erzählenswertes.

Viele meinten: „Wozu brauchst du ein Haus? Miete dir eine Wohnung, das ist viel billiger!“ „Nein“, antwortete ich stets im Brustton der Überzeugung. „Als Bauernsohn bin ich an geräumiges Wohnen gewöhnt, außerdem an viel Grünes drum herum. Zu Hause auf dem Hof meiner Eltern in Sinbronn bei Dinkelsbühl hatten wir zwei schöne, geräumige Häuser mit großen Gärten. In einer Stadtwohnung und dann noch zur Miete gehe ich ein wie ein Primelchen!“ Das war meine Überzeugung.

So hatte ich gleich nach dem Studium der Landwirtschaft einen Bausparvertrag abgeschlossen. Von meinem kargen Gehalt als Praktikant bei einer landwirtschaftlichen Genossenschaft zahlte ich regelmäßig in diesen Bausparvertrag ein. Ein eigenes Häuschen mit Garten, vielleicht noch ein kleines Weiherchen dazu und viel Flieder! Diesen Wunschtraum galt es für mich möglichst bald zu realisieren.

Es ließ sich wirklich gut an. Nach Abschluss meines Praktikums in Mittelfranken kam ich aus beruflichen Gründen nach Marktheidenfeld in Unterfranken. Wir produzierten in einer kleinen Fabrik mit etwa hundert Mitarbeitern Stalleinrichtungen, Getreidesilos und Zäune sowie noch zahlreiche andere nützliche Dinge für die Land- und Forstwirtschaft. Ich wurde nach kurzer Einarbeitungszeit Verkaufsleiter für den Agrarbereich mit gutem Gehalt und Erfolgsprämien. Als Agrarexperte war ich zuständig für Messen, DLG-Ausstellungen und den gesamten Verkauf. Ich war „in meinem Element“ und in halb Europa unterwegs. Mein Einkommen stieg, weitere Bausparverträge folgten.

Während meiner knapp bemessenen Freizeit war ich oft allein. Weitab von meinen Eltern, dem Bruder und den beiden Schwestern. Ganz heimlich war ich aber schon verlobt! Jawohl, auf einer Ungarnreise im Frühjahr 1967 gemeinsam mit meinem Marktheidenfelder Freund Fredi hatte ich mich am

Plattensee unsterblich verliebt! So schrieb ich häufig an meine bildhübsche Magda aus Budapest. Ich fühlte von Anfang an, dass diese Frau die Liebe meines Lebens war.

Magda Vincze aus Budapest.
„So ein ungarisches Mädel geht nicht aus dem Schädel, geht nicht aus dem Sinn!“
Wir heirateten am 20.April 1968 in Budapest!

Zum Weihnachtsfest war ich in Ungarn eingeladen. Ich fuhr mit dem Zug von Würzburg nach Budapest, besuchte Magda, lernte ihre Zwillingsschwester kennen und ihre Eltern. Es war für mich eine unvergesslich schöne Zeit! Wir verlobten uns an Silvester und beschlossen, in Budapest zu heiraten. Ich war restlos glücklich!

Nun wurde natürlich der Hausbau für unsere künftige Familie mit Wohnsitz in Marktheidenfeld am Main noch aktueller. Unser Heim sollte möglichst idyllisch am Hang liegen und einen schönen Ausblick bieten, außerdem bequem von meinem Arbeitsplatz erreichbar sein. Doch gut Ding will Weile haben. Erstmal vertraute ich mich meinem obersten Chef und Firmenbesitzer Wilhelm Bremer an. Er war von meinen Plänen total begeistert und versprach, mich nach besten Kräften zu unterstützen. „Wann wollen Sie heiraten und wann, schätzen Sie, kommt Ihre geliebte Magda nach Deutschland?“ „Das ist nicht so einfach“, antwortete ich, „aber wir sind mit den ungarischen Behörden in Verhandlung. Die Hochzeit wird wohl im kommenden Frühjahr (1968) sein und zwar in Budapest. Und wenn alles klappt, darf Magda etwas sechs Monate später, also im darauf folgenden Herbst, ausreisen.“ „So“, meinte mein Chef und väterlicher Freund zu mir, „da brauchen Sie aber ab September, spätestens Oktober, eine Wohnung oder ein Häuschen für Ihre junge Familie.“ „Ja“, stimmte ich zu, „aber erstmal muss ich ein passendes Grundstück für den Hausbau finden. Außerdem dauert es noch etwa drei Jahre, bis meine Bausparverträge zuteilungsreif sind.“ „Ich glaube, da habe ich etwas für Sie, Herr Langohr“, erwiderte mein Chef und Gönner freundlich. Wir haben ein Werkshäuschen, mitten in Marktheidenfeld gelegen, mit einem großen Garten. Es ist als Wohnung für treue Mitarbeiter vorgesehen und wird zum 1. Oktober dieses Jahres frei. Da könnten Sie mit

Marktheidenfeld am Main, meine neue Heimat! Hier bauten wir unser Haus. Hier wurden unsere Tochter Magdalena und Sohn Christian geboren.
(Ölgemälde von Magda Langohr)

Ihrer jungen Frau im Herbst einziehen und so lange wohnen, bis Ihr Haus fertig ist. Es kostet nur 90 Mark Monatsmiete." Von diesem Vorschlag war ich hellauf begeistert.

Wir besichtigten gemeinsam das kleine Haus. Es gefiel uns und wir sagten sofort zu. Es befand sich in ruhiger Lage im Grünen, dazu die Miete, die überaus günstig und somit fast geschenkt war!

Im Nachhinein betrachtet, hatte damals alles „wie am Schnürchen" geklappt. Wir heirateten am 20. April in Budapest. Diesen Termin hatte uns das zuständige Standesamt im dortigen Stadtteil Pestlôrinc vorgeschlagen und gleich festgelegt. Nach unserer wunderschönen Hochzeit begann eine lange und bange Wartezeit. Denn ich war nach den Flitterwochen am Plattensee wieder allein nach Marktheidenfeld zurückgekehrt.

Der Ausreiseantrag für meine junge Frau (im Rahmen der Familienzusammenführung) lief. Nach anfänglichen bürokratischen Schwierigkeiten waren uns die ungarischen Behörden schließlich doch noch wohl gesonnen. Magda durfte Ende September 1968 ausreisen. Ich war unendlich glücklich und holte sie mit meinem neuen Auto, einem weißen „Ford 20 M", freudestrahlend in Budapest ab. Natürlich weinten Magdas Eltern und die Zwillingsschwester beim Abschied herzzerreißend! Aber wir versprachen, sie alle bald wieder zu besuchen. Es waren ja nur 900 Kilometer – für unser schnelles Auto kein Problem! Schon damals war der „Eiserne Vorhang" mit viel Bürokratie, Geduld und einem Visum überwindbar!

Mein Traum: Ein Ford 6-Zylinder 20M! 1968 ging dieser Wunsch in Erfüllung. ich benutzte diesen großen Wagen für Geschäftsreisen oder auch um mal „schnell" nach Budapest zu fahren.

Mein Chef, Herr Bremer, hatte Wort gehalten. Zum 1. Oktober konnten wir in unser angemietetes Häuschen in der Ostlandstraße einziehen. Liebe Freunde und Arbeitskollegen halfen beim Tapezieren. So waren Magda und ich richtig glücklich! Wir wohnten im (fast) eigenen Häuschen mitten im

Grünen. Die Zukunft schien rosig und sie war es auch!
Marktheidenfeld am Main war seinerzeit, Ende der 60er Jahre, noch ein kleines, verschlafenes Städtchen. Jeder kannte jeden. So hatte ich 1966, als ich hierher kam, schon nach kurzer Zeit einen großen Freundeskreis. Außerdem war ich anerkanntes Stammtischmitglied! Schließlich braucht ein Franke nach des Tages Mühe und zum persönlichen Ausgleich mindestens ein- bis zweimal pro Woche abends seinen Stammtisch. Jawohl, man möchte auch mal so richtig ratschen, ohne dass gleich jedes Wort auf die Goldwaage gelegt wird. Natürlich wollte ich auch die neuesten Gerüchte aus dem Städtchen hören und mal herzhaft lachen.

Zur Stammtischrunde gehörten auch einige Originale, Sonderlinge und „Sprücheklopfer“. Die braucht man wie „das Salz in der Suppe“, sonst wäre es zu langweilig gewesen! „Leben und leben lassen“, so lautete stets die Devise. Dabei entwickelten sich wunderbare Männerfreundschaften, die ich heute, Jahrzehnte später, nicht missen möchte. Über meine ungarische Liebe informierte ich anfangs nur einige wenige Stammtischfreunde. Ich untermauerte dies auch mit Fotos als Beweis. Meine Verlobung an Silvester verschwieg ich vorsorglich und den Verlobungsring deponierte ich, so leid mir dies auch tat, im Nachtkästchen.

Doch als es endlich soweit war, nannte ich meinen Hochzeitstermin in Budapest, um bei den Stammtischfreunden ein wenig anzugeben und Aufmerksamkeit zu erregen. Doch ich erntete nur gutmütigen Spott. Man glaubte es nicht so recht: „ Waaaas, ausgerechnet am 20. April willst du heiraten – und das auch noch im fernen Budapest? Ja weißt du denn nicht, dass das „Führers“ (Hitlers) Geburtstag ist?“ Sie meinten: „Na ja, wenn man so ausschaut wie du, blond, groß und schlank wie ein typischer Germane, dann ist das ja kein Wunder! Sicher haben die Kommunisten in Ungarn gedacht, das ist ein echter Deutscher und dazu Nazi. Den können wir nur am 20. April heiraten lassen!“ Ich beteuerte, dass dem nicht so wäre. „Nein“, versicherte ich, „Nazi bin ich keiner. Eher sympathisiere ich mit der CSU.“ Dabei lief ich rot im Gesicht an und schämte mich ein wenig.

Man hatte mich doch tatsächlich auf die Schippe genommen. Die Stammtischfreunde amüsierten sich köstlich und lachten über mich. So entschloss ich mich verärgert, nicht mehr von meiner ungarischen Liebe und baldigen Hochzeit zu erzählen. Ja, so war es im Nachhinein betrachtet richtig gewesen, die „ungarische Verlobung“ zu verheimlichen. Fortan bevorzugte ich „die leisen Töne“ und erzählte nur noch wenig. Es genügte ja, meine Magda dann vorzustellen, wenn sie in Deutschland war.

Die Charaktere in so einem Stammtischkreis heimlich zu studieren, ist wirklich interessant. Man hat dabei immer wieder Grund zum Schmunzeln. Einer der Liebsten war mir der Karlheinz, von manchen auch „Goofy“ genannt. Oft kam ich mit ihm ins Gespräch. Er war nur ein Jahr älter als ich, aber schon seit Jahren verheiratet und er hatte bereits vier Kinder. Er war gelernter Schreiner. Auf dem zweiten Bildungsweg hatte er Architektur studiert. Karlheinz befasste sich vor allem mit dem Hausbau, der Innenarchitektur und galt als absoluter Fachmann. Trotz seiner jungen Jahre war er geschätzt und anerkannt. Mit ihm konnte ich alles vertraulich bereden, so auch meine bevorstehende Hochzeit in einem kommunistischen Land sowie die Ausreiseprobleme meiner zukünftigen Frau. Einige Jahre später, als der Hausbau aktuell wurde, informierte mich mein Freund über Wichtiges beim Grundstückskauf und Hausbau.

Auch Karlheinz wollte ein Haus bauen. Er brauchte dringend Platz für seine Frau, die vier Kinder und für seinen geliebten Schwiegervater, den Emil. „Ohne den Emil wäre mein Studium gar nicht möglich gewesen“, erzählte Karlheinz. „Er hat uns allen geholfen, dafür bin ich ihm bis an mein Lebensende dankbar!“ So beschlossen die Freunde Karlheinz, der Architekt und Walter, der Agraringenieur, Nachbarn zu werden.

Jawohl, beide kamen nach mehreren „Zechabenden“ überein, am Dillberg, dem künftigen Siedlungsgebiet Marktheidenfelds, ihre Häuser zu bauen. Auch die Stammtischthemen waren somit für die nächsten Monate gesichert: Grundstückskauf, Bausparverträge, Finanzierung, Eigenleistung. Dazu kam die Auswahl der möglichen Lieferanten für Baustoffe, Heizung, Installation, Fenster usw. So langsam wurde die Stimmung richtig euphorisch getreu dem Motto: „Hurra, wir bauen ein Haus!“ Man redete sich in Rage. Die Stammtischabende im nostalgischen „Café Behringer“, hier in Marktheidenfeld in der Mitteltorstraße, vergingen wie im Fluge. Heute kann man mit Fug und Recht behaupten: Das Haus der „Langohren“ wurde am Stammtisch im Café geplant. Honorarkosten sind keine angefallen, denn echte Freunde arbeiten unentgeltlich zusammen. Als „Hauptnutznießer“ hielt ich jedoch den Karlheinz „zechfrei“, das war doch Ehrensache! So fielen lediglich Kosten für das Lichtpausen, Büromaterial und die Genehmigungsgebühren an.

Hin und wieder besuchte ich meinen Freund Karlheinz in seinem Architekturbüro. Das war richtig professionell ausgestattet und befand sich im „Fränkischen Haus“ in der Stadtmitte. Denn in schwierigen Fällen, wenn gerechnet, gezeichnet oder projektiert werden musste, war ich selbstverständlich bei ihm im Büro. Im Café wären diese Dinge sicherlich „aus dem Ruder“ gelaufen.

Doch nun wieder zurück zur Familie. Meine Frau Magda lebte sich in Marktheidenfeld gut und rasch ein. Auch die deutsche Sprache erlernte sie schnell. Wir wohnten in unserem angemieteten Häuschen und waren unbeschreiblich glücklich. Am Stammtisch, aber auch im Kreise meiner Arbeitskollegen und Freunde wurde Magda freundlich aufgenommen und, genau wie ich mir dies immer gewünscht hatte, sofort anerkannt und respektiert. So wurde aus dem jungen Mädchen aus der fremden Großstadt eine noch sympathischere, junge Frau, die einfach dazu gehörte zu unserem Städtchen Marktheidenfeld. Neben der immer besseren Kenntnis der deutschen Sprache kamen natürlich „sozusagen ergänzend“ fränkische Spezialausdrücke hinzu.

Ich informierte Magda über die bestehenden Bausparverträge und den geplanten Hausbau. Wir besichtigten gemeinsam mit Karlheinz verschiedene Baugebiete und Grundstücke. Magda schloss sich meinem Wunsch an: Ein Grundstück am stadtnahen Dillberg, dem künftigen Siedlungsgebiet, sollte es sein! Von dort hatte man einen traumhaften Ausblick auf den Main und auf die Ausläufer des nahen Spessarts. Also gingen wir gemeinsam zur Stadtverwaltung und beantragten bei der zuständigen Abteilung ein Baugrundstück mit einer Fläche von ca. 700 bis 1000 Quadratmetern.

„Auweia“, meinte der hierfür verantwortliche Sachbearbeiter, „da haben wir aber schlechte Chancen! Sie stehen an 43. Stelle. Grundstücke dieser Größe sind praktisch alle schon vergeben. Aber wie ich gerade sehe, gibt es vielleicht doch noch Hoffnung. Es sind viele alte Anträge dabei, wahrscheinlich „Karteileichen“. Sehr bald, im kommenden Frühjahr (1971) schreiben wir alle Antragssteller an mit der Bitte, sich nochmals zu melden, damit wir den aktuellen Bedarf ermitteln können. Denn wenn wir mit der Zuteilung der Baugrundstücke beginnen, muss binnen vier Wochen nach Bestätigungseingang bezahlt werden, sonst verfällt der Anspruch. Das sind Kosten von 20.000 bis 30.000 Mark pro Bauplatz je nach Größe inklusive Erschließung."

1970 waren 30.000 Mark pro Bauplatz eine unvorstellbar hohe Summe, ja geradezu ein Vermögen! Doch dank Freund Karlheinz wusste ich bereits Bescheid und hatte mit dieser Summe gerechnet.

Im Sommer 1971 war es dann soweit: Die Begehung und Zuteilung der Baugrundstücke am Dillberg durch die städtische Baubehörde stand bevor. Zwischenzeitlich war fast Unfassbares geschehen. Viele hatten wegen der hohen Preise ihre Anträge auf Erteilung eines Bauplatzes bei der Stadt zurückgezogen. Folglich war ich auf der Warteliste von Rang 43 auf Platz 4 nachgerückt. So hatten wir am Dillberg fast freie Auswahl!

Karlheinz, Fachmann und Architekt, begleitete uns bei der Vergabe. Schon tags zuvor suchten wir uns in Ruhe und ohne Behörde die passenden Grundstücke aus. Der Zuschlag am nächsten Tag klappte erwartungsgemäß auf Anhieb. So blieb es bei der geplanten Nachbarschaft. Wir freuten uns auf die Zukunft, den Hausbau und das Leben am Dillberg, Marktheidenfels neuem Siedlungsgebiet. Einige Spötter sahen das ganz anders. Sie sprachen vom „Schuldenbuckel" oder etwas vornehmer ausgedrückt vom „Hypothekenhügel". Die Straße, an der wir bauten, hieß und heißt auch heute noch „Mainleite". Sie wurde von einigen „Experten" umbenannt in „Mainpleite".

Zu unserem großen Freundeskreis zählten neben dem Stammtisch junge Kaufleute, Unternehmer und etliche Studenten, meist angehende Juristen. Auch „Finanzerer", einige kaufkräftige Bankdirektoren, waren dabei. So offenbarte ich meinem Freund und Bankkaufmann Gerhard meine finanzielle Situation. Der schmunzelte und meinte: „Walter, bei deinem Einkommen und den vielen Bausparverträgen brauchst du dir keine Sorgen zu machen! Von wegen „Schuldenbuckel" oder „Mainpleite". Ich denke, die wollen euch nur ärgern."

Als Bauernbub kamen bei mir natürlich noch zwei Pluspunkte für den Hausbau hinzu: Schwere körperliche Arbeit war ich gewöhnt. Im Rahmen der Nachbarschaftshilfe hatte ich schon häufig beim Hausbau auf dem Dorf mitgearbeitet. An freien Wochenenden arbeiteten Magda und ich oft auf dem Bauernhof der Eltern mit. Mir machte diese körperliche Tätigkeit viel Freude. Natürlich verrichtete ich auch liebend gerne anfallende Feldarbeiten mit einem unserer beiden roten Porsche-Traktoren!

Meine Magda arbeitete währenddessen im Haushalt von Mutter mit. Dabei erfuhr sie viel über die Lebensweise auf dem Land und wurde mit der fränkischen Küche vertraut. Mein großer Bruder Fritz, der seinerzeit noch Junggeselle war, hatte als Erstgeborener, so wie es alter Brauch war, den Bauernhof samt Häusern und Wald geerbt. Aber ganz leer sollte ich auf Wunsch meiner Eltern als Jüngster doch nicht ausgehen und so erbte ich ein knappes halbes Hektar Wald gleich in der Nähe von Dinkelsbühl gelegen. Da waren etliche schlagbare Bäume dabei. So meinte Freund Gerhard, Finanzexperte der Sparkasse: „Du hast es leicht beim Bauen: hoher Anteil an Eigenleistung, außerdem eigenes Bauholz und vier Bausparverträge!“ Dazu kam noch ein BfA-Darlehen, das ich zwischenzeitlich beantragt hatte und das mir zu günstigen Konditionen zugesagt wurde.

Der „Langohrenhof“ um 1980. Im Vordergrund August Langohr mit Dackel „Susi“.

Logischerweise beschlossen wir, möglichst viel Holz für unser Haus zu verwenden. Das kostete mich nichts! Lediglich die Kosten für das Sägewerk und für den Transport von Dinkelsbühl nach Marktheidenfeld fielen an. So wurde beim nächsten Stammtischabend mit Karlheinz eine Holzdecke anstatt Beton für das Haus eingeplant. Gemeinsam mit dem Sinbronner Zimmermann „Pepi Plobner“ und meinem Bruder Fritz suchten wir im eigenen Wald im Herbst die passenden Bäume aus und kennzeichneten alle für unseren Bau. Im Dezember 1971 fällten wir diese. Auch für die Holzfällarbeiten hatten wir die nötige Erfahrung. Traktoren und die benötigte Motorsäge wurden uns von unseren Eltern gestellt.

Zwischenzeitlich hatte Karlheinz, der Architekt, nach unseren gemeinsam ausgearbeiteten Grundriss- und Querschnittskizzen in seinem Architekturbüro saubere Pläne erstellt. Diese legten wir der Baubehörde zur Genehmigung vor. Karlheinz hatte höchst professionell gearbeitet. Unsere beiden Bauanträge wurden relativ rasch genehmigt. Dank der detaillierten Planungen konnte Pepi, mein Zimmermann, den endgültig genauen Holzbedarf für Dach und Decke erstellen und er fertigte eine übersichtliche Stückliste an.

Übrigens, der Pepi war trotz seiner jungen Jahre ein erfahrener Zimmermann. Mitten im historischen Teil der Stadt Dinkelsbühl, in der Pfluggasse, hatte er seine gut gehende Werkstatt. Wir kannten uns seit Jahren und hatten gemeinsam schon manchen Jugendstreich ausgeheckt. Einmal hatten wir sogar den Burschen aus dem Nachbardorf, den „Illenschwangern“ den Maibaum umgesägt. Das brachte uns natürlich Ärger ein, doch solche Erlebnisse verbinden! Pepi war ein richtiges Original! Ich mochte ihn wegen seiner offenen und unverblümten Art. Außerdem war er ein enger Verwandter vom Hellers Karl, meines Freundes in Sinbronn.

Voller Stolz hatte ich seinerzeit Magda, meine junge Frau, nachdem sie endlich ausreisen durfte, in Sinbronn vorgestellt – zunächst natürlich bei den Eltern und Geschwistern, danach bei meinen Freunden im heimatlichen Dorf samt Pepi. Der schaute Magda zunächst prüfend an, dann umfasste er ihre Taille. Schließlich meinte er grinsend zu mir: „Walter, du muscht zum Doktor gehen, ich glaub’, du bischt lauter!“ („lauter“ = hd. „unfruchtbar“). Magda und ich blickten den Schlawiner ganz entsetzt an. Doch der grinste nur noch breiter. Dann meinte er: „Ja, wenn man schon in Budapest heiratet und noch dazu so ein rassiges, hübsches Mädchen, dann kann es doch nur eine „Feuerwehrhochzeit“ sein!“

“Nein“, sagte ich, „zwar geht dich das nichts an, Pepi, aber mit dem Nachwuchs wollten wir warten, bis meine Magda in Deutschland ist und die deutsche Staatsbürgerschaft bekommen hat. Aber was kümmert dich das, du bist doch ein alter Büchsenmacher!“ Das saß …

Da schnappte selbst der Pepi vernehmlich nach Luft. Denn schließlich hatte er drei Töchter, aber immer noch keinen Sohn. So zog mein Spezi den Kopf ein und ging ärgerlich von dannen. Ja, auf dem Dorf ist der Umgangston etwas rauer, aber herzlich, getreu dem Spruch unseres Sinbronner Wetterpfarrers, dem Josef: „Auf einen groben Klotz gehört ein grober Keil!“

Ein gutes Jahr später kam die Retourkutsche vom Pepi. Mittlerweile hatte wir ein gesundes Töchterlein bekommen, das wir stolz „Magdalena“ tauften. Meine Frau besaß seit einiger Zeit die deutsche Staatsbürgerschaft, da das Beantragungsverfahren seinerzeit aufgrund meiner guten Beziehungen zügig und unkompliziert vorangegangen war.

Wir waren glücklich! Als stolzer Familienvater schob ich den Kinderwagen samt Tochter durch das Dorf. Es war Sonntag. Pepi kam lachend und wild gestikulierend auf mich zu. Er gratulierte mir zu meiner Tochter. „Also“, meinte er, „zum Doktor brauchscht net, aber a Büchsamacher bischt fei scho!“ Dann zeigte er mir stolz seinen Sohn, der fast gleich alt wie unsere Magdalena war: „Des is mei Sepperla (Josef), jetz binn i ka Büchsmacha mehr, aber du!“ Wir lachten beide laut und herzlich.

Inzwischen war Pepis Frau, die Irmgard, hinzugekommen. „Walter“, grinste sie, „da hast du damals meinen Sepp an seiner empfindlichsten Stelle getroffen. Der hat sich geärgert! Voller Wut wollte er mit mir und unseren drei Töchtern wegziehen von hier – nach Stuttgart. Doch wie du siehst, hat es jetzt geklappt. Endlich haben wir einen Stammhalter!“ Ich gratulierte der Irmgard und dem Pepi. Aus dem Sepperla wurde ein strammer, blonder Junge. So merkwürdig es auch klingen mag: Das war der Beginn unserer Freundschaft und gegenseitigen Wertschätzung.

Einige Zeit später konsultierte ich den Pepi wegen meines nicht ganz einfachen Bauvorhabens. Ich erzählte vom eigenen Wald bei Dinkelsbühl. Vom Bäumefällen für den geplanten Hausbau, vom Sägen, Bearbeiten und Ablängen, in der Fachsprache „Abbinden“ genannt. Zum Schluss sollte das alles im Sommer 1972 auf einen speziellen Lastzug verladen werden.

„Meine neue Heimat ist Marktheidenfeld am Main, rund 130 Kilometer von Dinkelsbühl entfernt.“ Das alles erzählte ich Pepi, dem Zimmermann. „Kannst du für mich diese Arbeiten übernehmen?“, fragte ich. „Kein Problem, das mache ich gerne für dich und deine Magda. Wie du gesagt hast, handelt es sich um ein normales Einfamilienhaus in Hangbaulage mit Einliegerwohnung. Ich habe drei gute Zimmermannsgesellen.

Das bereiten wir alles im großen Obstgarten deiner Eltern vor. Nach Terminabsprache mit dir verladen wir das Ganze auf einen großen, geeigneten Lastzug. Danach liefern wir alles frühmorgens zu dir an deine Baustelle nach Marktheidenfeld. Innerhalb von einem Tag, darauf kannst du dich verlassen, schlagen wir auf. Erst verlegen wir die großen, schweren Balken für die massive Holzdecke. Dann setzen wir die Sparren für das Dach. Zum Schluss latten wir alles komplett und fachgerecht ein. Am Abend wird alles fertig sein, so dass am Tag darauf schon der Dachdecker kommen kann. Was das kostet, kann ich dir noch nicht genau sagen, nur grob schätzen. Ich berechne alles nach Aufwand, aber zu einem günstigen Preis – das verspreche ich dir! Die An- und Rückreisekosten für meine Leute sowie die Gebühren für Maschinen und Geräte übernehme ich - aus Freundschaft zu dir!“

„Weißt du, Pepi“, antwortete ich. „Da fällt mir ein Stein vom Herzen, wenn du die gesamten Zimmermannsarbeiten übernimmst. Es ist nicht allein wegen des Geldes. Für mich ist es ein „heimeliges Gefühl“, wenn das gesamte Holz für das neue Haus aus meiner alten Heimat und noch dazu vom eigenen Wald kommt. Auch ziehe ich eine warme Holzdecke mit starken Balken kaltem Fertigbeton vor. Das ist natürlicher und gibt bestimmt ein gutes Raumklima.“ So waren wir uns einig. Ich war froh, denn auf Pepi war Verlass.

Stolz konnte ich beim nächsten Stammtisch im „Café Behringer“ dem Karlheinz, meinem Architekten, davon berichten. Der war sehr zufrieden mit mir! Nun war noch der Zeitablauf für den Hausbau zu klären:

Bauaushub, Grundmauern, Bodenplatte, Keller mit Einliegerwohnung und Wohngeschoss. Eben ein richtiges Einfamilienhaus im Bungalowstil. „Denn weißt du, Walter, wenn das mit der Finanzierung nicht so klappt, wie du denkst, dann hast du eine Sicherheitsreserve. Dann vermietest du die Einliegerwohnung und kannst durch die zusätzlichen Mieteinnahmen deine Hausschulden bezahlen.“ Das leuchtete uns ein.

Bei den nächsten Stammtischsitzungen legte ich mit Hilfe von Bier und einigen guten Schoppen Frankenwein gemeinsam mit Karlheinz die Termine fest. „Walter“, meinte er, „du musst taktisch klug vorgehen. Jetzt im Januar, also in der ruhigen Zeit, verhandelst du mit den Baufirmen. Hol die günstigsten Preise raus! Lass dir Angebote machen. Handeln und fuggern kannst du, das weiß ich! Schließlich hast du alles von deiner Mutter und den vielen Viehhändlern, die zu euch auf den Bauernhof kamen, gelernt.

Kauf alles auf Abruf zu Festpreisen! Dann kannst du auf Terminverzögerungen beim Hausbau besser reagieren. Jetzt im Januar bestellst du möglichst die Steine, den Zement, die Kellerdecke und die Abflussrohre. Und natürlich auch die Heizung, Installation, Fenster, Rollos und die Dacheindeckung. Du brauchst eine zuverlässige Baufirma, die den Aushub macht und dir solide Handwerker für die Betonarbeiten und zum Mauern stellt.“

Diese Problematik kannte ich bereits. Schließlich hatten wir im heimatlichen Dorf in meiner Jugendzeit ganze Häuser, Scheunen und Stallungen in Nachbarschaftshilfe erbaut. Die wenigen Maurer, die wir auf der Baustelle hatten, arbeiteten „in Regie“ und wurden nach Stunden und dem tatsächlichen Aufwand bezahlt. Wir selber stellten die Hilfsarbeiter.

Schwere körperliche Arbeit war für mich kein Problem. Im Gegenteil, sie erinnerte mich an Jugendzeiten und machte Freude, auch wenn es manchmal recht mühsam war. Nach längerem Suchen fand ich eine geeignete Baufirma. Das war nicht einfach, denn um 1972 herrschte ein regelrechter „Bauboom“. Firmen aus Marktheidenfeld und den umliegenden Dörfern hatten reichlich Aufträge. Sie waren lediglich bereit, zum Pauschalpreis zu bauen. Doch ich wollte Kosten sparen, nur Maurer in Regie anheuern und selber durch Verwandte und Freunde die Hilfskräfte stellen.

Das Ganze lief recht mühsam, doch planmäßig Anfang März an. Der Grund wurde maschinell ausgehoben. Die Bodenplatte betonierten mein Bruder, Freunde und ich in „Handarbeit“. An den Samstagen hatten wir alle Zeit, das war der Hauptarbeitstag, da besuchte uns auch Karlheinz, der Architekt. Er überprüfte unsere Arbeit und gab wichtige Hinweise für den weiteren Baufortschritt. Die eigentlichen Facharbeiten sollten drei Maurer in Regie durchführen, um den Keller, die Einliegerwohnung und das Wohngeschoss hochzuziehen. Leider glänzten alle drei durch Abwesenheit!

So besuchte ich notgedrungen abends den zuständigen Bauunternehmer, hier in einem nahen Spessartdorf. Der druckste verlegen herum. Schließlich schenkte er mir nach längerem Zögern reinen Wein ein: „Wissen Sie, ich habe viel zu viele Aufträge für dieses Jahr angenommen. Denn im Januar wusste ich noch nicht, wie sich die Konjunktur für 1972 entwickeln würde. Nun haben alle Hausbauten, die ich zum Pauschalpreis angenommen habe, Vorrang – denn da verdiene ich mehr. Ob ich Ihr Bauvorhaben dieses Jahr durchziehen kann, ist fraglich.“

Nun grinste mich der Bauunternehmer halb „schlitzohrig“, halb vertraulich an. „Aber ich mache Ihnen einen Vorschlag: Maschinen, Gerüste und sonstige Gerätschaften, sowie die offizielle Bauaufsicht stelle ich Ihnen zum regulären Preis. Für die jeweiligen Samstage „leihe“ ich Ihnen drei gute Maurer aus, die Sie nach Aufwand bezahlen. Ich schicke meinen Kapo abends bei Ihnen vorbei, der soll sich Ihre Baustelle mal ansehen. Vielleicht werdet ihr euch einig! So haben wir zwei Fliegen mit einer Klappe geschlagen“, meinte der Bauunternehmer. „Meine Leute verdienen an den arbeitsfreien Samstagen zusätzliches Geld und Sie kommen mit Ihrem Wohnhausbau doch noch planmäßig voran.“ Diesem Vorschlag stimmte ich sofort zu. Was blieb mir denn Anderes übrig?

Am nächsten Abend kam Franz, der Maurerpolier, an dieser Stelle „Kapo“ genannt. Als er Magda und mich an der Baustelle arbeiten sah, grinste er – das gefiel ihm … Wir vertrauten uns ihm an und waren gleich per du. „Walter“, meinte er, „das kriegen wir hin, wir müssen uns nur Zeit lassen. Ich komme jeden Samstag zu dir, morgens um sieben Uhr. Zwei gute Maurer bringe ich mit. Der eine heißt Reinhold, der andere Otto, genannt „Bassgeiger“, weil er im Dorf die Bassgeige spielt. Das sind zwei ganz brave und fleißige Kerle, die mauern gut! Ihr Beide stellt kostenlos genügend Essen und Trinken zur Verfügung, damit wir bei Kräften bleiben, denn die Arbeit ist schwer! Zum Trinken wollen wir kein Billigbier vom Supermarkt, wir wollen „Martinsbräu Pils“. Stundenlohn verlangen wir zehn Mark pro Mann. Das Geld ist jeweils am Samstagabend nach Beendigung der Arbeit bar auszuzahlen! Ist das so für euch in Ordnung?“

Magda und ich überlegten nicht lange. So grinste ich den Franz an und sagte: „Jawoll, Kapo!“ Der nickte sehr zufrieden, klopfte mir auf die Schulter und meinte: „Wirst schon sehen, Walter, spätestens im August sind wir mit dem Mauern fertig. Noch im Dezember könnt ihr wie geplant in euer Haus einziehen.“

Das war für uns eine klare Angelegenheit. Nun konnte ich endlich das bestellte Baumaterial, zunächst für den Keller, beim Baustoffhändler abrufen. Pünktlich am darauf folgenden Samstag erschienen die drei Maurer: Franz, Reinhold und Otto, „der Bassgeiger“. Es war eine Freude, ihnen beim Mauern zuzusehen, denn jeder Handgriff „saß“. Magda, meine Frau, mischte nach Anweisung vom Kapo Mörtel. Sie als „gebürtige Großstädterin“ bewältigte diese schwere Arbeit äußerst geschickt!

Für unseren Hausbau hatte ich schon im Januar eine neue Mörtelmaschine und mehrere luftbereifte Schubkarren gekauft, dazu reichlich Werkzeug, Schaufeln, Eimer und Bottiche. Freund Fredi und ich schleppten Steine und brachten Mörtel mit den Schubkarren heran. Es klappte hervorragend, wir kamen gut voran. Am Samstagabend waren wir alle sehr müde, aber stolz auf das Erreichte! Franz, unser Kapo, wies mich an, was ich alles bis zum nächsten Samstag zu besorgen und vorzubereiten hätte.

Dann sagte er: „Noch zwei Samstage, dann könnt ihr die Fertigdecke auflegen. Teilt bitte euerem Baustoffhändler mit, dass er rechtzeitig liefern muss! Deine Decke aus Bimsformsteinen und den speziellen Stahlbetonträgern kannst du mit deinen Helfern ganz allein verlegen, dazu brauchst du uns Maurer nicht. Lass dir vom Architekten, dem Karlheinz, erklären, wie das geht. Auch das Verlegen der Stahlmatten und das Aufbringen des Betons auf diese Fertigdecke kannst du mit deinen Freunden ganz alleine machen. Wie das geht, steht ganz genau in der Aufbau- und Montageanleitung deines

Deckenlieferanten. Wenn du aber auf der sicheren Seite sein willst, dann nimm die Stahlmatten eine Dimension stärker als angegeben! Und noch etwas: Achte beim Beton, den ihr ja selber mischen wollt, darauf, dass genug Zement drin ist, zur besseren Stabilität! Merk dir: Lieber eine Schaufel Zement zu viel als eine zu wenig!“

Ja, es war eine schwere Zeit. Abends, nach Ende der Bürostunden, arbeitete ich oft bis zum Einbruch der Dunkelheit am Bau. Magda stand mir treu zur Seite und half tatkräftig mit. Es gab viel vorzubereiten. Manchmal war aber auch etwas einzuschalen oder gar auszustemmen. Nach zwei weiteren Samstagen war der gesamte Keller nebst kleiner Einliegerwohnung fertig gemauert! Dank bester Verpflegung, also deftiger Brotzeit und schmackhaftem Mittagessen, blieben alle gut bei Kräften.

Meine Frau Magda war für die Verpflegung der gesamten Maurer- und Helfertruppe zuständig. Das war nicht gerade einfach, denn Hunger und Durst waren immer groß. Magda löste diese Aufgabe mit Bravour. Wenn „Not am Mann“ war (in diesem Falle „an der Frau“), mischte sie Mörtel oder schleppte Steine. Das gute Bier vom „Martinsbräu“, das am Bau gerne von uns getrunken wurde, sorgte für die nötige Kraft und den richtigen Schwung.

An manchen Samstagen, wenn die Sonne am Himmel stand und unbarmherzig brannte, gab es schon mal „Ausfallerscheinungen“. Doch was machte das! Es war ohnehin schon später Nachmittag. Schließlich lagen wir gut im Zeitplan und „Bier am Bau“ war in den 70er Jahren noch eine Selbstverständlichkeit. Doch einige bevorzugten seinerzeit schon alkoholfreie Getränke. So gab es natürlich auch bei Langohrs Fruchtsäfte, Sprudel und Kaffee.

Erfreulicherweise hatten wir bei uns auf dem Bau keinen nennenswerten Unfall. Doch einmal wäre beinahe etwas ganz Schlimmes passiert. Es war so: Die Kellerdecke sollte am darauf folgenden Samstag betoniert werden. Um dies sorgfältig vorzubereiten, hatte ich schon vorher an einigen Werktagabenden mit meinen Marktheidenfelder Freunden Gerhard und Fredi die Fertigdecke verlegt. Auch Magda half dabei. Es waren stabile Stahlbetonträger, die wiederum mit Bimsbetonsteinen der Firma „Opas“ (Ochsenfurt) ausgekleidet wurden. Nach dem Verlegen dieser Fertigdecke über Keller und Einliegerwohnung mussten einige Zentimeter Aufbeton genau nach Anleitung und die dafür vorgeschriebenen Stahlmatten zur Stabilisierung sorgfältig aufgebracht werden.

Karlheinz, Freund und Architekt, besprach mit mir noch zuvor am Stammtisch im „Café Behringer“ minutiös die einzelnen Arbeitsgänge. So hatten wir für den darauf folgenden Samstag als so genannten „Großkampftag“ alles sorgfältig vorbereitet. Es waren genügend Zement, Sand und Kies da. Betonmischer und luftbereifte Schubkarren warteten auf ihren Einsatz. Um 1972 gab es zwar schon Fertigbeton, doch wir wollten alles selber mischen, weil es billiger war und wir wegen der besseren Stabilität mehr Zement beimischen wollten.

So waren Samstag früh um sieben Uhr alle zehn oder elf Freunde pünktlich erschienen. Es klappte wunderbar! Ein Justizassessor mischte Beton! Mehrere Studenten der Mathematik, der Justiz und ein Buchdrucker fuhren Schubkarren und brachten den Beton zu mir. Ich hatte mir eine spezielle Richtlatte aus Aluminium besorgt. Dazu fertigte ich nach Rücksprache mit Karlheinz „Lehren“ an, um genau in der vorgeschriebenen Höhe den Aufbeton über die Fertigdecke abziehen zu können. Was ich nicht berücksichtigt hatte, war, dass meine lieben Freunde zwar gute Sportler oder auch Schachspieler waren, aber an keinerlei körperliche Arbeit gewöhnt. So erlahmten bereits am späten Vormittag die Kräfte. Es bildeten sich Blasen an ihren Händen vom ungewohnten Schaufeln und Schubkarren fahren.

Da konnten eine kräftige, fränkische Brotzeit und gutes Märzen- oder Pilsbier nur vorübergehend Abhilfe schaffen! Besonders arg hatte es unseren Freund John erwischt. Nein, der John war kein Engländer, das war nur sein Spitzname. Denn fast jeder am Stammtisch im „Café Behringer“ hatte seinen Spitznamen. Bei mir hatte man am Anfang gedacht, „Langohr“ wäre mein Spitzname. Deswegen hatten die Freunde es gerne dabei belassen. John war ein Gemütsmensch, ein gebürtiger Hädefelder und somit „Lorbser“. Was wirklich außergewöhnlich war, er sprach fließend Englisch. Das war sensationell, ich bewunderte den John dafür sehr. Er fuhr jedes Jahr nach England in den Urlaub. Denn in London hatte er eine bildhübsche Freundin. „Ja, die Liebe“, so dachte ich mir, „sie ist eben doch die beste Sprachlehrerin!“

So meinte der alte Caféhausbesitzer Behringer, genannt „Joffa“, ganz bedächtig grinsend: „So langsam wer'mer in Hädefeld international! Der Langohr hat ne Ungarin, der John eine Engländerin und der „Käs" (wegen seiner weißen Gesichtsfarbe so genannt) eine Österreicherin. Wer weiß, was da noch so alles auf uns zukommt ...!"

Doch nun wieder zurück zum Hausbau. Wir waren beim Betonieren stehen geblieben. Trotz schmerzhafter Blasen an Händen und Füßen, trotz allen Keuchens und Schnaufens: Meine Freunde gaben ihr Bestes! Denn schließlich musste bis zum Abend, spätestens vor Anbruch der Dunkelheit, alles fertig betoniert sein. Zudem sollte bei der Kellerdecke wegen der besseren Stabilität alles „aus einem Guss" sein, wie Karlheinz, der Architekt, zu sagen pflegte. Das leuchtete uns allen ein. Ich als selbsternannter „Meister" hatte das Ganze sauber abzuziehen. So hatte ich fest daran zu tun, die fleißig angekarrten Betonmengen mit meiner Richtlatte und Kelle korrekt und sauber zu verteilen.

Vom Gehsteig aus führte über den gut zwei Meter tiefen Graben eine Auffahrrampe aus stabilen Holzbohlen zur Kellerdecke. Freund John hatte wieder mal viel zu viel geladen. Nein, nicht Bier, sondern viel zu viel Beton in seiner Schubkarre. Müde von der ungewohnt schweren Arbeit, verlor er samt seiner Schubkarre das Gleichgewicht, gerade als er sich auf der Auffahrtrampe befand. Beide, nein, alle drei fielen in den schmalen, knapp zweieinhalb Meter tiefen Graben: Schubkarre, Beton und hinterher mein treuer Freund John!

Bestürzt kümmerten wir uns alle um den Ärmsten. Mit vereinten Kräften zogen wir ihn aus dem Graben heraus. Ja, das hätte schlimm ausgehen können! Doch der John hatte sich geistesgegenwärtig zusammengerollt – wie eine Katze. Gott sei Dank war er fast unverletzt! Doch hatte er einige kleinere Prellungen und Kratzer am Rücken, die leicht bluteten. Außerdem waren sein ganzer Körper, vor allem aber Haare und Ohren, mit Beton verschmiert. Er sah schlimm aus!

„Ach, was", meinte er verschmitzt lächelnd, „mach doch ke Getu (hd. „kein Getue") um mich, es iss ja gut gegange!" Wir brachten den bedauernswerten John gemeinsam mit dem Auto nach Hause. Am nächsten Abend saß er schon wieder, wenn auch noch etwas „ramponiert", mit unseren Freunden

am Stammtisch.
Ja, dort, im altehrwürdigen „Café Behringer“ in Hädefeld in der Mitteltorstraße. Manch wehmütige Erinnerungen sind mit diesem Kaffeehaus, das längst nicht mehr existiert, verbunden. Bei unserem Freund war schon nach wenigen Tagen die ganze leidige Angelegenheit vergessen. Kratzer, Blasen, Muskelkater und sonstige Blessuren waren verschwunden. Die englische Freundin hatte ihren Besuch in Marktheidenfeld angekündigt. Darauf wollte der John sich geistig und moralisch vorbereiten. Schließlich sollte das hübsche Londoner Mädchen Marktheidenfeld, den Spessart und den Main nur von der schönsten Seite kennen lernen. Unsere Baustelle hier am Dillberg, direkt in der Main(p)leite, hat er ihr damals vorsorglich nicht gezeigt …

Übrigens, nach dem Sturz unseres Freundes hatten wir eine längere Arbeitspause am Bau eingelegt. Doch schließlich arbeiteten wir weiter. Letztendlich musste die Kellerdecke unseres Hauses „aus einem Guss“ sein. Vor Eintritt der Dunkelheit wurden wir mit unseren Arbeiten fertig. Diesen Tag werde ich nie in meinem Leben vergessen! Im Nachhinein betrachtet, hatte ich an der falschen Stelle gespart! Heute würde ich solche Arbeiten auf jeden Fall von einer Fachfirma ausführen lassen!

Noch etwas muss der Vollständigkeit halber erzählt werden. Meine Freunde Fredi, Goli, Gerhard, „Fetzer“ und der „gute Mo“ wollten nach des Tages Müh’ bei mir am Bau abends noch tanzen gehen. So hatten sie es wenigstens ihren Freundinnen versprochen. Doch daraus wurde nichts mehr. Sie gingen zwar mit ihren Mädchen ins schöne „Tanzcafé Geis“ nach Hafenlohr, gleich hier in der Nähe von Marktheidenfeld, doch dann schliefen die Guten am Tisch vor Müdigkeit ein! Deswegen erntete ich den Zorn der jungen Damen, denn ich galt als Verursacher dieser Misere.

Und die Moral von der Geschicht’: „Decke betonieren und dann Tanzen gehen, das funktioniert einfach nicht.“

Dank des hohen Zementanteils im Aufbeton und der extrem starken Stahlmatten wurde die Kellerdecke besonders stabil. Auch härtete sie rasch aus. So konnte ich nach wenigen Tagen schon alles zum Hochziehen der Außen- und Innenwände vorbereiten. Ich schichtete Bimshohlblocksteine und Hohllochziegel auf. Danach ließ ich vom Baustoffhändler wieder Sand und Zement sowie Mauerkalk anfahren.

Am Vorabend stellte ich alle möglichen Gerätschaften bereit. Für Samstag war wieder ein „Großkampftag“ eingeplant. Da kamen meine drei Maurer wieder, Franz, der Kapo, Otto, „der Bassgeiger“, und Reinhold. An diesem Tag sollte das eigentliche Wohngeschoss hochgemauert werden. Zu diesem „Behufe“ hatte auch mein Bruder Fritz ausdrücklich sein Kommen zugesagt. Er war mir stets eine große Hilfe! Jawohl, er arbeitete tüchtig mit und half, wo „Not am Mann“ war.

Es war eine Freude, den erfahrenen Handwerkern zur Hand zu gehen. Ich schleppte Steine. Freund Gerhard, ein erfahrener Bankkaufmann mischte Mörtel und mein Bruder mauerte die Innenwände. Meine Frau sorgte für Getränke und für stärkende Speisen am Bau, natürlich auch für leckeren Kaffee und Kuchen. Es gab so unendlich viel zu tun!
Bereits nach wenigen Samstagen konnte ich den Ringanker als oberen

Richtfest im Jahre 1972
Von links: Fritz, Magda, Walter, Tochter Magdalena, Lothar, Pepi, Jackl, Dieter, Goli, „gute Mo“, Gerhard, Fredi.

Abschluss zur künftigen Holzbalkendecke einschalen und ausbetonieren. Freund Pepi, Zimmermann (und ehemaliger „Büchsenmacher“), kam höchstpersönlich von Dinkelsbühl nach Marktheidenfeld angefahren. Er lobte unsere saubere Arbeit. Vorsorglich nahm er die tatsächlichen Maße am Bau ab. Nun konnte er alles, was den Bereich „Holz“ betraf, genauestens vorbereiten, einschließlich der Holzdecke und des Dachstuhls. Natürlich war ich mächtig stolz, weil jeder Balken, jedes Brett und jede Latte aus Baumstämmen vom eigenen Wald geschnitten war. „Das ist Heimat“, meinte ich, „das Haus in meiner neuen Heimat Marktheidenfeld gebaut und das Holz von dort, wo ich geboren wurde und meine Kindheit verbracht habe!“

„Nächsten Samstag kommen wir zu euch, Magda und Walter!“, sagte Pepi, der Zimmermann. „Passt euch das? Da legen wir die Holzbalken für eure Decke und richten den Dachstuhl auf. Danach latten wir ein und bereiten alles für den Dachdecker vor. Ja, und dann feiern wir am Abend Richtfest, so wie es Brauch ist. Walter, schau, dass es was G'scheit's zum Essen und Trinken gibt, du alter Geizkragen!“

Das mit dem „Geizkragen“ nahmen wir dem Pepi nicht übel, denn wir kannten und schätzten seine drastische Ausdrucksweise. Natürlich waren wir mit dem vorgeschlagenen Termin einverstanden. Wohlweislich hatten wir im Jahre 1972 fast jeden Samstag für den Hausbau reserviert. Schließlich wollten wir, insbesondere aus steuerlichen Gründen, noch im Dezember ins neue Haus einziehen.

„Samstag früh um sechs Uhr sind wir da“, fuhr Pepi fort, „meine zwei Gehilfen und dein Bruder Fritz. Der ist sehr geschickt und geht mir als Zimmermann zur Hand. Ich habe schon mit ihm gesprochen, so sparen wir Kosten! Du stellst sechs Hilfsarbeiter, deine Freunde und Spezl. Aber sag ihnen, dass sie abends nicht mehr zum Tanzen gehen können. Ich lasse die alle schon tagsüber am Bau tanzen – mit Balken, Brettern und Latten ... Da ist es dann vorbei mit dem samstagabendlichen Gehopse wie Samba, Rumba, Calypso oder gar Rock'n Roll!“ „In Ordnung, Pepi“, versprach ich gehorsam.

„Egal, wie spät es am Abend ist, wir feiern auf jeden Fall Richtfest im alten Haus, das wir gemietet haben. Da gibt es einen großen, schönen Garten. Bei schönem Wetter feiern wir im Freien, ihr seid alle eingeladen! Das ist doch Ehrensache! Auch die Maurer sowie meine Freunde und deren Mädchen kommen. Weißt du, Pepi, da habe ich noch etwas gutzumachen wegen „entgangener Tanzfreuden“ im „Café Geis“!

„Gut, das ist euere Sache. Noch etwas Anderes habe ich dir zu sagen“, meinte er. „Ich habe nach Rücksprache mit deinen Eltern einen Lastzug bei einer erfahrenen Spedition bestellt. Dein Bauholz muss von mir und meinen Leuten am Vortag sorgfältig verladen werden, es darf nichts fehlen! Es muss spätestens um sechs Uhr früh bei dir sein, direkt vor der Baustelle. Der Transport kostet dich ungefähr 600 Mark, aber billiger geht's nicht.

Wir treffen zur gleichen Zeit bei dir ein und laden gemeinsam ab. Dann fährt der Lastzug gleich wieder zurück in deine alte Heimat, nach Dinkelsbühl.“ Mir fiel ein Stein vom Herzen. Meine Eltern hatten vorsorglich schon wegen des Holztransportes und den damit verbundenen Kosten Rücksprache mit mir gehalten. Auch der Termin stand fest!
Nun freuten wir uns beide auf das bevorstehende Richtfest. Magda und ich hatten für die große Feier am Abend Etliches eingekauft: Fassbier, Himbeergeist, echte fränkische Bratwürste und jede Menge Koteletts. Dazu natürlich auch Sprudel und Apfelsaft, denn einer der Maurer und einige meiner Freunde tranken keinen Alkohol, weswegen die Ärmsten immer wieder von den anderen gehänselt wurden. So war nach menschlichem Ermessen alles für den großen Tag wohl vorbereitet. Auch Petrus war wohl gesonnen, er schien mit unserem Richtfest voll und ganz einverstanden zu sein. Die Wetterprognosen waren gut.

Vorsorglich waren meine liebe Magda, die mir in jeder Hinsicht hilfreich zur Seite stand, und ich schon morgens um fünf Uhr auf der Baustelle. Zu unserem Erstaunen stellten wir fest, dass der riesige Lastzug mit meinem Bauholz bereits vor Ort war. Ich war erleichtert! Nun konnte die Arbeit beginnen! Fahrer und Beifahrer des Lastzugs, zufällig frühere Schulkollegen, freuten sich sehr, mich nach so langer Zeit wieder zu sehen. Es gab so viel zu erzählen!

Pünktlich um sechs Uhr kam Freund Pepi, der Zimmermann, mit seinem kleinen LKW und allen erforderlichen Gerätschaften. Im Schlepptau, wie versprochen, meinen Bruder, Zimmermannsgesellen Jackl und den Gehilfen Lothar. Letzterer war ein besonders origineller und lustiger Mensch. Er nannte sich spaßeshalber „Lothar von Lothringen". Auch meine Freunde Goli, Gerhard, Fredi, Dieter und der „gute Mo", der eigentlich Helmut hieß, waren pünktlich zur Stelle. Für mich war es eine große Freude, alle gesund und munter bei uns am Bau zu sehen. Die Sonne lachte vom Himmel! Pepi übernahm sofort das Kommando. Seine treffenden und trockenen Kommentare gaben immer wieder Anlass zur Heiterkeit.

Zunächst luden wir die schweren Balken, Bretter und Latten ab. Dann begann die eigentliche Arbeit am Haus. Erst verlegten wir die Balken für die Holzdecke, dann wurden die Sparren für das Dach gesetzt. Zum Schluss latteten wir gemeinsam ein. Wir arbeiteten, schwitzten und lachten den ganzen Tag. Es klappte alles „wie am Schnürchen". Ich bewunderte den Fleiß und auch die gute Laune meiner Zimmerleute. Am Abend waren wir fertig. Natürlich waren die Helfer wegen der ungewohnten und schweren körperlichen Arbeit extrem müde. Am Schluss hatten wir sogar alles eingelattet und für den Dachdecker fertig vorbereitet!

Nun durfte das Richtfest beginnen. Pepi kletterte auf das Dach – agil wie eine Katze! Gekonnt hielt er seinen Richtspruch. Er wünschte Gottes Segen, stieß auf Magda und mich an und ließ uns schließlich hochleben. Die Gläser ließ er natürlich, so wie es Brauch war, zerschellen, denn Scherben bringen bekanntlich Glück! Jetzt konnte der rustikale Richtfestschmaus im großen Garten unseres angemieteten Häuschens beginnen. Dazu hatte ich natürlich auch die Maurer und viele andere Helfer einschließlich des Architekten Karlheinz eingeladen. Schon am Vortag hatten wir für diesen Anlass riesige Tische und Bänke im Garten aufgestellt und bunte Lampions aufgehängt. Es war prächtig anzusehen!

Die Speisen schmeckten ausgezeichnet! Erstmal gab es eine delikate ungarische Gulaschsuppe als Vorspeise, das war die richtige „Grundlage". Dann folgten Salate, Koteletts und grobe fränkische Bratwürste. Die stillten den Hunger bestens! Magda war schon immer eine ausgezeichnete Köchin, sie hatte alles alleine zubereitet. Ich musste mich nur um die Getränke kümmern. Es gab reichlich Fassbier, Sprudel und Säfte. Allerdings hatte ich einen großen Fehler gemacht: Es war viel zu viel Schnaps da. Den hatte ich auf einem Extratischchen mit kleinen Gläsern bereitgestellt. Vor allem der Himbeergeist hatte es mir und auch vielen Gästen angetan. Den pries ich in meiner Begeisterung fortlaufend an und trank selber oft davon.

Unser selbsternannter Adeliger „Lothar von Lothringen“, Pepis fleißiger und durstiger Zimmermann, war nicht mehr zu bremsen. Die vielen leckeren Speisen hatten es ihm angetan. Es folgten Bier und Schnaps, danach wieder ein Himbeergeist oder Bier. Ja, die lange Anreise von Dinkelsbühl nach Marktheidenfeld, die schwere Arbeit tagsüber und die Hitze – das alles forderte des Abends seinen Tribut …!

Die Beine vom Lothar versagten zu fortgeschrittener Stunde ihren Dienst. Erstaunlicherweise ging aber das Mundwerk des „Adligen“ zunehmend besser. Er erzählte lustige Geschichten und Anekdoten aus Dinkelsbühl. Am Ende redete er nur noch vom „Hohwart“. Das war sein Stammlokal, ein uriger Gasthof, mitten im alten, romantischen Dinkelsbühl gelegen. Begeistert schwärmte er von der „Hohwart-Wirtin“.

„Pepi“, meinte er zu seinem Chef, „jetzt hammer gegessen und getrunken, jetzt fahren wir heim. Ich will heut’ noch zur Wirtin vom „Hohwart“. Die wartet auf mich. Das angebrochene Fläschchen Himbeergeist vom ‚Langohra Walter’ nehmen wir mit für uns als Wegzehrung, denn die zwei Stunden Fahrt machen durstig!“

So war also die Zeit des Aufbruchs für die fleißigen Zimmerleute gekommen. Lothar war nicht mehr aufzuhalten. Er wankte mit weit ausholenden Schritten, ähnlich dem Gang eines Seemannes, zum Gartentor. Fast wäre es ihm gelungen, dieses unbeschadet zu erreichen, doch dann „riss“ es ihm förmlich die Füße weg. Er donnerte mit dem Gesicht an die Hausmauer. Ja, ja, der Himbeergeist! Vorbei war es mit dem Besuch bei der schönen Wirtin in Dinkelsbühl!

Lothar, der Zimmermannsgehilfe blutete und schimpfte heftig! Seine rechte Gesichtshälfte war von der rauen Hausmauer abgeschürft. Die noch zur Hälfte gefüllte Flasche Himbeergeist war auf den Boden gefallen und zerschellt. Es duftete intensiv und fein nach Himbeeren und deren „Geist“ …

Freund Pepi und der Zimmermannsgeselle Jackl hakten den „Lothar von Lothringen“ unter und brachten ihn fürsorglich, aber dennoch laut schimpfend, zum Auto. Am liebsten wären sie noch da geblieben, um mit uns weiter zu feiern, aber der Lothar hatte ihnen „einen Strich durch die Rechnung“ gemacht.

Ein anstrengender, aber schöner Tag ging zu Ende! Bleibt noch anzumerken, dass alle gut in Dinkelbühl ankamen. Lothars Gesicht verheilte rasch. Noch lange schwärmte er vom gelungenen Richtfest und dem guten Himbeergeist beim „Langohra Walter“ und seiner Magda in Marktheidenfeld. Doch seinem Freund und Meister, dem Pepi, verzieh er nie! Denn steif und fest behauptete er, sein Chef hätte ihn an die Hauswand geworfen. Dass es der „gute Himbeergeist“ war, das wollte Lothar einfach nicht glauben.

Nach dem Richtfest ging es in Riesenschritten am Bau voran. Nur keine Zeit verlieren, denn noch vor Weihnachten wollten wir einziehen. Mindestens einmal pro Woche traf ich mich abends weiterhin mit Freund Karlheinz am Stammtisch im „Café Behringer“. So viel Zeit musste sein! Auch Magda war manchmal dabei. Da besprachen wir die weitere Vorgehensweise.

Auch alle künftigen Samstage sollten weiterhin als Arbeitstage genutzt werden. Schließlich hatte ich unter der Woche meiner regulären Arbeit im Büro nachzugehen. Auch musste ich zahlreiche Geschäftsreisen unternehmen, die viel Kraft kosteten.

Am kommenden Samstag kam Peter, der Dachdecker aus Altfeld. Es klappte prima, wir halfen tüchtig mit. So hatten wir schon am Abend alles eingedeckt. Das war wichtig, denn unser Haus war nun vor Regengüssen geschützt. Tagelang, aber vor allem nach Feierabend, klopfte ich nun Schlitze. Teilweise schnitt ich diese auch mit meiner großen, neuen Flex ein. Den Rest stemmte ich mit dem Meißel heraus, denn Monteur und Heizungsmonteur hatten ihr Kommen angesagt. Beide zeichneten mir die erforderlichen Schlitze, Aussparungen sowie Decken und Mauerdurchbrüche sorgfältig an. So konnte ich auch weiterhin vieles in Eigenregie ausführen und somit Kosten sparen.

Meine Frau Magda und ich besuchten einige Wochen nach dem Richtfest Freund Pepi in seiner Werkstatt in Dinkelsbühl und im Anschluss natürlich

auch meine Eltern und den Bruder in Sinbronn. Inzwischen war bei uns im Haus schon die gesamte Wasserinstallation samt Ölheizung fertig montiert. Das alles, seinerzeit schon mit modernsten Kupferrohren ausgeführt, funktionierte bestens und somit zu unserer vollsten Zufriedenheit. Pepi Plobner war nicht nur Zimmermann, sondern auch
Fachmann für den Innenausbau von Häusern und Wohnungen. Er hatte sich auf Trockenputzarbeiten, also auf das Verlegen von Rigips-Platten spezialisiert. Nach Rücksprache mit meinem Architekten, dem Karlheinz, erhielt er von uns den Auftrag für sämtliche Trockenputzarbeiten im Haus.

So kamen im Oktober nach vorheriger Terminabsprache Pepi, Jackl und der „kampferprobte“ Lothar zu uns. Den großen Heizungskeller suchten sich die Drei als Quartier aus, denn da war es warm! Zwei uralte Bettgestelle aus Großmutters Zeiten samt neuen Matratzen hatten wir noch. Die stellte ich auf. Meine drei erfahrenen Handwerker fackelten nicht lange, sie fragten auch nicht. Schließlich brauchte man noch eine dritte Schlafgelegenheit für Lothar – den nahmen sie einfach in die Mitte. Sie rutschten die beiden alten Bettgestelle auf etwa einen Meter seitlichen Abstand zusammen. Dann holten sie Latten, Bretter und Vierkanthölzer als Querverbinder. Binnen zwanzig Minuten war Lothars Bett zusammengezimmert! Somit hatten die Drei ihr Schlafgemach. Die noch fehlende Matratze lieh ich mir von einem Freund aus.

Nun konnte es losgehen: Alle Innenwände des Hauses wurden mit Gipskarton-Platten (Rigips) ausgekleidet. Die Außenmauern auf der Innenseite kleideten wir damals schon zwecks besserer Wärmedämmung mit Rigips-Platten, die eine zwei Zentimeter starke Styroporbeschichtung hatten, aus. „Denn“, so meinte Karlheinz vorausschauend, „jetzt hast du dein Heizöl noch für knapp zehn Pfennig pro Liter eingekauft. Irgendwann kostet es aber eine Mark und mehr! Dann wirst du über eine gute Wärmedämmung in Verbindung mit einem vorbildlichen Raumklima dankbar sein!“

Auch die gesamte Holzdecke kleideten wir mit verstärkten, Feuer hemmenden Gipskarton-Platten aus. Darauf kamen auf Anraten von Karlheinz sieben Zentimeter starke Styroporplatten, zusätzlich legten wir darüber Wärme isolierende Steinwollmatten. Ganz oben auf die Balkenoberseite nagelten wir Bretter. Die bildeten den Lauf- bzw. Dachboden. Das hört sich zwar alles schrecklich kompliziert an, ist es aber nicht. Pepi war auch auf diesem Sektor

ein Meister seines Faches. Binnen einer Woche (sechs Arbeitstage) waren wir mit den gesamten Trockenputzarbeiten fertig!
Diese für 1972 recht aufwändige und energiesparende Bauweise bewährte sich von Anfang an. Unser Haus war schon im ersten Winter kuschelig warm und trocken. Nun ging es mit Riesenschritten weiter!

Vor Eintritt der Kälte ließen wir unser Haus außen verputzen. Dann wurde, ebenfalls von einer Fachfirma, der Wärme dämmende Estrich für den Fußboden verlegt. Anschließend kamen die Teppichböden. Im Anschluss arbeitete der Fliesenleger viele Tage bei uns. Es flieste den gesamten Keller, das Bad, die Diele und die Küche.

Nachdem auch noch die Holzfenster und Türen eingebaut waren, brauchten wir nur noch einen Raumausstatter. Der sollte uns Gardinen und Vorhänge in Maßanfertigung liefern. So beauftragten wir einen anerkannten Fachmann aus Marktheidenfeld damit, den Ewald. Er besuchte uns zwecks Aufmaß, Beratung und Angebot. „Vor Weihnachten werdet ihr nicht in euer Haus einziehen, das sehe ich jetzt schon! Kinder, es ist nicht zum Fassen, das schafft ihr nie! Meine Vorhänge liefere ich im Januar oder Februar. Vorher braucht ihr die keinesfalls!“

Da nahm ich den Ewald ernsthaft ins Gebet, wir kannten und schätzten uns seit Jahren. Außerdem hatten wir schon mehrfach bei ihm und seiner Frau Resi feuchtfröhliche Feste gefeiert. Erstmal holte ich eine große Flasche von Ewalds Lieblingsschnaps aus dem Keller, um die Ernsthaftigkeit meines Anliegens zu unterstreichen. Dann schenkte ich ihm und auch mir reichlich davon ein. Magda trank keinen Schnaps, sie nippte nur an meinem Glas und bevorzugte ansonsten Wasser. Wir tranken auf gutes Gelingen und prosteten uns lachend zu.

„Ewald“, sagte ich im Brustton der Überzeugung, „mach dir um unsere Termine keine Sorgen. Wir tapezieren jetzt erst einmal alles in Eigenleistung. Gute Freunde, Fredi und der „Öchs“, helfen uns dabei. Du lieferst und montierst deine Vorhänge und Gardinen in der Woche vor Weihnachten, egal wie! Um meiner Glaubwürdigkeit nochmals Nachdruck zu verleihen, goss ich für uns beide gleich noch mal einen großen Schnaps ein. „Es ist nicht zum Fassen“ war des braven Fachmanns Lieblingsspruch. Es war gleichzeitig

Ausdruck seiner tiefsten Bewunderung. „Walter, Magda, es ist nicht zum Fassen! Aber nehmt mich beim Wort! Ich liefere rechtzeitig, darauf könnt ihr euch verlassen! Aber wenn ihr wirklich noch vor Weihnachten fertig seid, dann spendiere ich eine Flasche Schnaps!“

Es war wirklich „nicht zum Fassen“. Trotz aller Mühen, Plagen und sonstigen Hindernisse zogen wir am 22. Dezember 1972 in unser neues Haus ein – total gestresst, aber glücklich! Freund Ewald hatte wie versprochen am 21.12., also rechtzeitig, geliefert. Die Vorhangstangen hatte er schon vorher montiert. „Es ist nicht zum Fassen“, meinte er. Dann überreichte er uns wie versprochen die Flasche Schnaps. Er wünschte uns Glück und Gesundheit im neuen Heim.

Dank der hohen Eigenleistung, aber auch wegen der guten Zusammenarbeit mit grundsoliden Geschäftsleuten und Handwerkern waren wir mit unserem Finanzbudget gut zurechtgekommen. Es reichte noch für eine neue Küche samt Geschirrspülmaschine. Wir blickten hoffnungsvoll in die Zukunft und auch ansonsten waren wir guter Hoffnung …

Gut neun Monate später wurde als zweites Kind nach unserer Tochter Magdalena unser Sohn Christian geboren. Ein strammer, blonder Junge! Bei unserer nächsten Reise nach Dinkelsbühl und Sinbronn besuchten wir meine Eltern und dann den Pepi und seine Frau Irmgard. Stolz präsentierte ich im Kinderwagen meinen Sohn Christian. „Siggscht“ (hd. „siehst du“), „etz bin ich ka Büchsenmacher mehr! Auch die ‚Langohren’ haben jetzt einen Stammhalter!“

Irmgard und Pepi gratulierten, sie freuten sich mit uns. Zum Schluss erkundigte ich mich nach dem Wohlbefinden von Pepis Mitarbeiter, dem „Lothar von Lothringen“. „Ja, der Schlawiner“, so sagte Pepi, „der ist immer noch Stammgast bei der Wirtin von der „Hohen Wart“ in Dinkelsbühl. Aber Himbeergeist trinkt er keinen mehr, den fürchtet er wie der Teufel das Weihwasser!“

Vater und sein Dackel

Schon lange wollten wir uns einen Hund zulegen. Am liebsten einen Dackel, denn die schauen so treuherzig, machen aber doch, was sie wollen. Also selten gehorsam, aber lieb und so richtige Individualisten. Das gefiel.

Gerne fuhr ich auf dem „Langohrenhof“ mit einem unserer beiden Porsche Traktoren und verrichtete dort Feldarbeiten!

Der „Alfred“ aus Hausen besuchte uns öfter mal in Marktheidenfeld. Er erzählte von seiner Dackelzucht, die er als Hobby betrieb. „Im Moment habe ich einen Wurf wunderschöner Welpen, schaut sie euch an!“ Also fuhren wir am darauf folgenden Sonntag gleich mit dem Auto über Waldzell nach Hausen.

Es waren wirklich wunderschöne Dackelwelpen, die noch von der stolzen Dackelmama gesäugt wurden. Unsere Tochter Magdalena war kaum noch zu trennen von den goldigen Hundekindern. „Also“, sagte der geschäftstüchtige Alfred, „sucht euch zwei von den Kleinen aus, denn zu zweit überstehen die Welpen die Umgewöhnung viel besser, haben weniger Langeweile und gewöhnen sich schneller bei euch ein. Über den Preis werden wir uns schon einig.“ So entschloss sich unsere Familie für ein prächtiges

Langhaardackelchen namens „Susi“ und einen kleinen, mittelbraunen Kurzhaardackel-Rüden. Diesen nannten wir „Ferdinand“.

Rund zwei Wochen später durften wir die beiden ungleichen Geschwister abholen. Der Preis war wirklich günstig, so freuten wir uns sehr. Damals wohnten wir noch mitten in Marktheidenfeld in einem kleinen Häuschen zur Miete. Dieses war wiederum idyllisch in einen großen Garten eingebettet und ringsherum fachmännisch vom „Draht-Brehmer“ eingezäunt. Dadurch, so dachten wir wenigstens, könne es bei der Hundehaltung gar keine Probleme geben. Eine schöne Holzkiste polsterten wir mit alten Decken und Kissen aus, damit sich die zwei putzigen Dackelchen wohl fühlen und es warm haben würden.

Auch besorgten wir spezielles Hundefutter, dazu Haferflocken und reichlich Milch.
Damit die Kleinen nicht froren, durften diese natürlich im Hause bleiben. So stellten wir die Hundekiste in den Flur. Das war ein Fehler! Kleine Dackel sind liebenswerte Zeitgenossen; doch wenn sie zu zweit sind, kommt der so genannte „Mächtigkeitsfaktor“ hinzu. Dann werden Untaten ausgeführt, die ein Dackel allein nie wagen würde. Hinzu kommen natürlich noch das Eingesperrtsein und die Langeweile.

Schließlich ist Müßiggang aller Laster Anfang. Familie Langohr ging einkaufen. Wohin mit den quicklebendigen kleinen Hundchen? Im Garten einsperren, das ging nicht.

Der Maschendrahtzaun war zwar dicht und dem direkt daneben befindlichen Knallerbsenstrauch würde das bestimmt nichts ausmachen. Doch die Ritzen oder zum Boden hin die kleinen Abstände - da könnten die Dackelwinzlinge doch noch durchschlüpfen. Das war zu gefährlich! So sperrten wir den frechen kleinen Ferdinand samt Schwesterchen Susi in den Flur. Wir beeilten uns mit dem Einkaufen, es war Samstag.

In unserem Städtchen trafen wir rein zufällig den Otto, dann den Ernst. Später den Rolf, schließlich den Josef und die Margarethe. Jeder wusste das Neueste. So brauchten wir keine Zeitung, waren bestens informiert über Kommunalpolitik und andere Dinge. Auch die Gerüchteküche brodelte wieder

Vater und sein Dackel

mal heftig. Manches erfuhren wir unter dem Siegel der Verschwiegenheit. Gerade diese delikaten Dinge erzählten wir sofort anderen Freunden weiter. Dies natürlich vertraulich, denn so genau wussten wir's ja auch nicht, aber wahrscheinlich war es doch so, dass ...!

Zum Schluss fielen uns die beiden kleinen Dackel wieder ein. Also schnell nach Hause. Haustür auf. Magda, die „Dame des Hauses", ließ einen Schrei des Entsetzens los. Der Flur und die Küche nebenan waren und sahen aus wie ein Schlachtfeld. Dazwischen fetzten und tollten die beiden Jungdackel Ferdinand und Susi begeistert herum. Der große Abfalleimer war umgekippt. Papierfetzen, Kaffeesatz, Eierschalen, Plastiktüten, Orangenschalen, alles war gleichmäßig in Flur und Küche auf dem Boden verteilt.

Doch das Schlimmste kam noch: Über ein Quadratmeter Putz fehlte an der Wand. Das Haus war alt, der Putz biologisch (fast aus reinem Sand). Da hatten die Dackel ihre scharfen Zähne erprobt. Erst rissen sie die schöne, von uns hellblau gestrichene Raufasertapete weg. Dann hatten die Schlawiner den weichen Sandputz bis auf die darunter befindlichen Kalksandsteine weggenagt.

„Da ist nur der böse Ferdinand schuld daran. Die Susi würde so etwas bestimmt nicht allein machen! Der freche Kerl muss sofort aus dem Haus!“ Das war unsere Meinung. Doch wohin mit so einem kleinen Hundchen und dann noch am Wochenende? So konnte ich als Hausvater doch noch in zähen Verhandlungen mit meiner Frau eine Bewährungsfrist von vier Wochen für den kleinen, goldigen Kurzhaardackel namens Ferdinand erwirken.

Doch es kam noch viel schlimmer: Unser Nachbar hatte nebenan eine Hobby-Geflügelzucht. Er züchtete wunderschöne, farbenprächtige Zwerghühner. Ein beeindruckender Zwerggockel namens Heinrich, der täglich begeistert krähte, vermittelte uns „ländliche Gefühle“. Er ersetzte auch den Wecker. Heinrich hatte es unseren beiden Dackeln angetan. Unbemerkt, gleich hinter dem Schuppen und neben dem Knallerbsenstrauch, buddelten die beiden unter dem stabilen Maschendrahtzaun ein Loch. Jungdackel Ferdinand schlüpfte eines Nachmittags durch und holte sich den frech krähenden Zwerggockel, der ihm schon lange in die Augen stach und ihn stets provozierte.

Mit dem winzigen Gockel namens Heinrich im Maul, der nur noch klägliche Laute von sich gab, schlüpfte Ferdinand wieder unter dem Maschendrahtzaun durch auf unser Grundstück. Dort präsentierte er ihn stolz seiner Herrin und erwartete Lob.

Doch Magda brüllte vor Entsetzen. Schließlich lebten wir mit den Nachbarn in bestem Einvernehmen und bewunderten fast täglich dessen schönes Geflügel. Sie riss den prächtigen Zwerggockel aus Ferdinands Maul und gab dem Hund einen Klaps. Dann holte Magda rasch einen Eimer kaltes Wasser. Damit unternahm sie erfolgreich Wiederbelebungsversuche, indem sie den Kopf des kleinen Gockels mehrfach ins Wasser tauchte. Unsere Dackel wurden ausgeschimpft. Heinrich, entschied sich wieder fürs Leben. Er schwankte und torkelte aber noch bedenklich.

Heimlich brachten wir abends den Zwerggockel wieder zurück auf das Nachbargrundstück. Am nächsten Tag meinte unser netter Nachbar und Hobby-Geflügelzüchter, dass ihm sein Heinrich gar nicht so recht gefalle. Er krähe nicht mehr und lasse die Flügel hängen. Scheinbar hätte er etwas Ungutes oder gar Giftiges gefressen! Wir stimmten sofort zu, Ferdinands Attacke verschwiegen wir schamhaft.

Inzwischen hatten wir mit dem Bau unseres Hauses am Dillberg in Marktheidenfeld begonnen. Abends kamen zu uns die Zimmerleute ins alte Haus. Peppi, der Meister, mit seinen Gehilfen Jackl und Lothar. Natürlich waren während des gemeinsamen Abendessens im Wohnzimmer die beiden goldigen Dackel Mittelpunkt des Interesses. Geschmeichelt postierten sich Susi und der „jägerische Ferdinand“ jeweils an den Enden des großen roten Teppichs im Wohnzimmer.

Doch plötzlich und unerwartet setzte der Dackel Ferdinand ein Häufchen auf die Teppichecke. Bevor wir reagieren konnten, tat dies auch die Susi. Das alles ging blitzschnell. Freund Peppi, der Zimmermeister, ein Liebhaber der barocken Ausdrucksweise und des handfesten Humors, brüllte vor Begeisterung. Er klopfte sich vor Freude auf die Schenkel und feuerte die Dackel noch an. Wir lachten etwas betreten mit.

Im Wohnzimmer stank es. Magda, die Hausfrau „wütete“. Sie holte Besen und Kehrschaufel und räumte den Hundekot vom Teppich. Dann fing sie geistesgegenwärtig den flüchtigen Ferdinand, steckte dessen Schnauze in seine „Hinterlassenschaft“ und versohlte dessen Hinterteil.

Das Gleiche wiederholte meine Frau bei Dackeldame Susi. Ab sofort war Susi stubenrein. Und, wie wir später erfuhren, Ferdinand auch. Nun war die Bewährungsprobe bei Ferdinand abgelaufen, er musste aus dem Haus. So besuchte ich in meiner Not den Kollegen namens „Dietrich“ in Trennfeld. Er wohnte in einem Häuschen mit Garten, direkt am Main, äußerst romantisch gelegen.

Dem brachte ich den kleinen Dackel Ferdinand, der wieder mal ganz unschuldig dreinblickte. Von seinen Untaten erzählte ich lieber nicht. Doch Dietrich und seine Frau hatten den Ferdinand sofort ins Herz geschlossen. Auch der Name gefiel. Dort verbrachte unser Kurzhaardackel ein erfülltes Hundeleben. Er durfte ungestört am Main entlang „stromern“, manches Federvieh und manchen Hasen erschrecken.

Auf Grund unserer leidvollen Erfahrungen musste kurz darauf auch unser Dackel Susi aus dem Haus. Magda bestand darauf: „Denn ins neue Haus kommt mir kein Hund mehr rein, es reicht!“ So fuhren wir an einem

Wochenende die rund einhundertdreißig Kilometer in meine alte Heimat Sinbronn, Stadtteil von Dinkelsbühl. Dort, auf dem Bauernhof meiner Eltern und bei Bruder Fritz war der richtige Platz. Wir schenkten unsere Susi den Eltern. Vater, Mutter und Fritz freuten sich sehr. Susi war beim Melken, Füttern und dem Kälbertränken dabei. Ja, selbst beim Ausmisten war unser Dackel unentbehrlich.

Auch auf den beiden Porsche-Traktoren, die Fritz und ich abwechselnd fuhren, hatte Susi ihren Stammplatz. Ja, auf einen richtigen Bauernhof gehört ein Hund und vieles andere Getier, das ist doch selbstverständlich. Doch als wir einige Tage später wieder zurück nach Marktheidenfeld fahren wollten, saß unser braver Dackel schon im Auto und blickte uns mit großen Augen ganz treuherzig an. Er war traurig. Mir tat das Herz weh. Doch ich trug Susi zu meinem Vater zurück, der sie fortan vergötterte. Wochen darauf besuchten wir wieder die Eltern. Vater, mittlerweile um die 70 Jahre alt, war so richtig glücklich. Auch Mutter und der Bruder verwöhnten gemeinsam den herzigen Dackel nach Strich und Faden.

Morgens ging es schon los. Wenn Mutter die Kälber im Kuhstall tränkte, leckte Susi den Kälbern die Milchreste und den verbliebenen Milchschaum vom Maul ab. Diese staunten zwar, ließen sich es schließlich gefallen, ja, gewöhnten sich sogar daran. Es gehörte bald zur täglichen Prozedur. So sparte man auch die Serviette oder einen Putzlappen.

Nach dem Melken bekam der Dackel Milch in seine Schüssel geschüttet. Doch Susi soff nur davon, wenn Vater kam, mit dem Zeigefinger in der Milch rührte und dem Dackel freundlich zuredete. Von unserem guten, hausgebackenen Schwarzbrot fraß Susi nur, wenn Vater vorher die Rinde abgeschnitten hatte. Schließlich hatte mein geliebter Papa keine Zähne mehr. Ein „Krankenkassengebiss“ lehnte er konsequent ab. Folglich schnitt er vom Brot für sich stets die Rinde ab. Alles andere konnte er gut beißen, denn Ober- und Unterkiefer verhärteten sich mit der Zeit. Mithin hatte sich auch der Dackel, nach Vaters Logik, an Brot ohne Rinde zu gewöhnen!

„Unsere“, besser gesagt, Vaters Susi war nun ausgewachsen und hatte sozusagen „den Himmel auf Erden“. Nun sollte sie Junge kriegen. Natürlich reinrassige, so wünschten wir uns das. Im schönen, romantischen

Dinkelsbühl lebte ein bekannter Dackelzüchter. Zu dem brachten Fritz und ich die Susi, nachdem diese wieder mal läufig war. Der Züchter hatte einen wunderschönen, reinrassigen Rüden. Dort ließen wir unsere Dackeldame decken und bezahlten 50 Mark Gebühr. Wir malten uns schon in Gedanken aus, wie viele Welpen wir bekommen würden.

Doch nichts war's! Es musste auf Dackelnachwuchs verzichtet werden. Als Wochen später Susi wieder läufig war, meinte unser Herr Papa, dass auch sein „Susele" Recht hätte auf ein erfülltes Liebesleben. Sie bekäme ja doch keinen Nachwuchs, wäre ohnehin unfruchtbar. Doch weit gefehlt! Vater öffnete das Scheunentor, sein Dackel stürzte sich ins ländliche Liebesleben. Die Hunde des Dorfes, allesamt Promenadenmischungen, warteten schon lange und ungeduldig auf den reinrassigen Dackel. Da war was los auf den Dorfstraßen!

Nach Wochen sah man es, Susi blickte Mutterfreuden entgegen. Fritz und ich beschimpften unser Dackelvieh. Wir dachten an die 50 Mark Deckgebühr, die wir umsonst ausgegeben hatten. Ja, die Straßenköter und deren freie Liebe waren da doch fruchtbarer als ein reinrassiger Rüde. So warf Vaters Dackel, als es an der Zeit war, hässliche Welpen. Diese wurden rasch größer, aber mit jedem Tag noch hässlicher. Zwei von Susis Jungen gingen schließlich ein. Das Dritte überlebte es, wurde aber Monate später auf der belebten Dorfstraße, eben dort, wo es gezeugt wurde, von einem großen Traktor versehentlich überfahren.

Susi jaulte gottserbärmlich, sie trauerte lange um ihr Junges und tat uns sehr Leid. Doch die Zeit heilt so manche Wunden. Wenn Vater sonntags auf die Felder ging, um die Flur zu besehen, nahm er den Dackel mit. Die beiden waren ein goldiges und vor allem freundliches Gespann. Auch wenn es ins gemütliche Dorfwirtshaus ging zum Tarock- oder Schafkopfspielen, war Susi brav dabei. Sie lag zu seinen Füßen unterm Tisch. Vater, aber auch Mutter, waren glücklich. Ein treuer Hund verschönt halt das Alter und bringt Lebensfreude.

Langohr – die Hasen und der Hasenstall

Vom Osterhasen ist hier nicht die Rede, nein, aber von zwei wunderschönen Zwerghäschen, die sich rasch und in beängstigender Weise vermehrten. Das war so:
Genauer gesagt, war die „Viecherei“ bei uns im Haus schon mit zwei Dackeln losgegangen. Doch das hatte ungeahnte Schwierigkeiten gegeben, wie Sie als aufmerksamer Leser der voran gegangenen Geschichte bereits wissen. So mussten diese „netten Hündchen“ rasch aus dem Haus.

Das Dackelmännchen, in der Fachsprache Rüde genannt, hatte Walter auf den schönen Namen Ferdinand getauft. Den bekam die Familie Koven, die seinerzeit direkt am Main in Trennfeld wohnte. Das Dackelweibchen, ein wunderschöner Langhaardackel, hörte auf den Namen Susi. Den schenkten

Zwerghäschen bei Langohr im selbstgebauten Stall.

wir den Eltern in Sinbronn. Dort auf dem Bauernhof konnte sich die Susi so richtig austoben. Vater und der Dackel waren ab sofort ein wunderschönes Gespann. Doch davon erzählte ich Ihnen bereits.

Fürderhin gelobte Walter seiner Frau Magda, „viehlos“ zu leben und keine Tiere mehr, weder im Haus noch im Garten, zu halten. Doch dann kam alles ganz anders.

Freund Philipp war auf Besuch. Das hatte weitreichende Folgen! Ja, es kam uns letztendlich teuer zu stehen. Nicht dass der Philipp bösartig wäre, nein, im Gegenteil! Er war ein weit gereister Mann, ein galanter Plauderer und ein Liebhaber unseres geschätzten Frankenweines, der hier fast vor der Haustüre wächst. So ergänzten sich Walters Rotweinkenntnisse mit dem profunden Wissen Philipps über die fränkischen Weißweinsorten.

Der Philipp hatte seinen wunderschönen Cockerspaniel mitgebracht. Mit diesem spielten unsere Kinder Magdalena (damals etwa neun Jahre alt) und Christian (fünf Jahre) stundenlang mit viel Freude. Der Spezi meinte im Brustton der Überzeugung, dass, egal ob Bub oder Mädchen, ein Haustier einfach dazugehöre, ja es wäre wichtig für die Entwicklung eines Kindes! „Ein Hund oder überhaupt ein Vieh kommt mir nicht ins Haus, basta!“ Das war die kategorische und abschließende Meinung von Magda, der Hausherrin.

„Wie wäre es mit Hasen, die könnten wir im Garten halten. Papa, du könntest einen richtigen Hasenstall mit Dach bauen. Den stellen wir in den Garten, gleich neben unsere Kinderschaukel und den Sandkasten.“ So argumentierten die Kinder, und „wenn wir schon ‚Langohr’ heißen, gehören doch Hasen einfach dazu“, meinte unser Sohn Christian ganz logisch!

Das alles klang recht einleuchtend. So wurde am Tag darauf im Familienrat beschlossen, in einem hiesigen Zoogeschäft zwei noch junge Zwerghäschen zu kaufen. Um sich später nicht noch mit Nachwuchsproblemen zu belasten (denn die vermehren sich bekanntlich wie die Karnickel), sollten es vorsorglich zwei Häsinnen, möglichst Schwestern, sein. So glaubten wir, uns gegen jeden Ärger gewappnet zu haben.

Magda kaufte gemeinsam mit den beiden Kindern im hiesigen Zoogeschäft zwei ganz kleine, goldige weiße Zwerghäsinnen. Ja, die waren recht putzig anzusehen und gar nicht teuer. Doch „wer A sagt, muss auch B sagen“. Man orderte dort im Fachgeschäft noch Futterautomaten, Tränken, Futter und einen großen transportablen Kaninchenkäfig mit stabilem Kunststoffboden. Frisches Gras und Heu gab es genug im eigenen Garten. Die Kinder waren geradezu begeistert. Sie spielten mit den beiden Häsinnen, fütterten, tränkten und misteten sogar aus. Leider aber nur die ersten Tage. Feierlich wurden die beiden Zwerghäsinnen auf die Namen „Mucki“ und „Muschi“ getauft.

So waren knapp zwei Wochen die Hasen bei Langohrs der Mittelpunkt. Doch dann wurde es für die Kinder zu langweilig. Von den übernommenen Pflichten, Füttern, Tränken, Ausmisten und die Beiden im Garten herumhoppeln zu lassen, wollten Christian und Tochter Magdalena nichts mehr wissen. Auch die Nachbarskinder ließen sich nicht mehr sehen.

Mucki und Muschi, die beiden Häsinnen, wuchsen und gediehen prächtig. Der Käfig wurde langsam zu klein. So beschloss der Familienrat, dass Walter, der Hausvater, nun einen richtigen Hasenstall zu bauen hatte, mit Auslauf und allem Drum und Dran. Holz vom Hausbau her war noch genügend übrig. Die erforderlichen Drahtgitter und Türverschlüsse bekam man günstig vom „Draht-Bremer“. Auch mit einem richtigen Dach sollte der kleine Stall ausgestattet werden. Dieser wurde wiederum mit Dachpappe eingedeckt. Die beiden Kinder versprachen: „Papa, wenn der Hasenstall fertig ist, wird es viel leichter. Dann füttern und tränken wir Mucki und Muschi wieder, ja dann misten wir sogar aus. Da entlasten wir die Mama, das machen wir alles selber!“

So fertigte Walter eine Skizze an und zimmerte an zwei Wochenenden einen richtigen Hasenstall zusammen. Auch die Nachbarn und deren Kinder kamen staunend herbei. Mucki und Muschi, die beiden (vermeintlichen) Häsinnen gediehen prächtig und tollten so richtig umher.

Doch von einem Tag auf den anderen wurden die beiden unkeusch. War es der Frühling? „Das gibt es doch nicht, sind die lesbisch? Gibt es das bei Häsinnen?“ So fragten wir uns. Ja, die Natur ist rätselhaft. Es wurde im Hause Langohr heftig diskutiert. Auch manche Nachbarn diskutierten mit und schmunzelten hintergründig. Dann geschah das Wunder: Im Hasenstall war eines Morgens ein flauschiges, weißes Knäuel aus Hasenhaaren zu sehen, das sich bewegte. Man schaute nach und siehe da, es waren vier winzige Häschen, die anfangs natürlich noch blind waren.

Mucki war also demzufolge männlichen Geschlechts und der stolze Hasenvater. So hatten wir dem Zoofachgeschäft blindlings vertraut, ohne auf geschlechtstypische Merkmale zu achten beziehungsweise nachzusehen. Ja, man freute sich letztlich doch über den nicht eingeplanten Hasennachwuchs. Nach zwei Wochen waren die vier kleinen Zwerghäschen schon kräftig gewachsen und putzig anzusehen. Da geschah das zweite Wunder: Es lag schon wieder ein kleines, weißes, haariges Knäuel im Hasenstall. Auch dieses bewegte sich. So hatte die fruchtbare Zwerghäsin Namens Muschi nochmals drei winzige Jungen geworfen. In der Fachsprache heißt das „überschwängert“.

Nun hatten wir binnen weniger Wochen statt zwei Häsinnen insgesamt neun Zwerghasen. Immer nach dem biblischen Motto: „Seid fruchtbar und vermehret euch.“ Die Kinder Christian und Magdalena samt Nachwuchs aus der Nachbarschaft staunten! Magda und Walter fluchten! Wir rechneten aus, in wie viel Wochen sich im Garten 60 oder 100 Häschen tummeln würden.

Magda sprach und diskutierte über Empfängnisverhütung. Alle, selbst die Kinder, waren böse über den unkeuschen Mucki, das (um)triebige Hasenmännchen (im Fachjargon ohnehin „Rammler“ genannt). Dieser ließ auch weiterhin die Muschi nicht in Ruhe. Walter, der Hausvater, kündigte an, den Mucki zu kastrieren oder „um die Ecke zu bringen.“ Die Zeit drängte, der selbstgebaute Hasenstall drohte zu klein zu werden. Alle Möglichkeiten wurden ausgelotet, Nachbarn, Freunde und Arbeitskollegen wurden angesprochen. „Wollt ihr keine Zwerghasen von uns, ihr kriegt sie geschenkt!“ Doch jeder lehnte dankend ab.

Man hatte inzwischen von der sagenhaften Fruchtbarkeit der Langohrschen Hasen gehört. Doch das mit der Überschwängerung, meinte Josef, ein erfahrener Hasenzüchter aus Bischbrunn, das käme zuweilen vor. So wurde Mucki von seiner Muschi mittels eines Drahtgitters getrennt. Er sollte künftig enthaltsam, sozusagen im Zölibat, leben. Wenige Tage später war das Gitter verbogen und Mucki zu seiner Häsin durchgeschlüpft. Ja, ja, die Liebe! Nun war Eile geboten, denn neuer Nachwuchs war zu befürchten.

Regelmäßig am Freitagabend ging man in die Sauna, ins „Maradies“ nach Hädefeld. Stammgäste und richtige Saunafreunde (auch heute noch) sind dort der „Bananen-Dieter“ und dessen Freund Karli. Beide wohlbeleibt, gut informiert und stets freundlich lächelnd. Eben richtige Würzburger Originale! Dieter aß häufig Bananen, so hatte er rasch seinen Spitznamen weg. Walter klagte dem „Bananen-Dieter“ und Karli sein Leid. Er berichtete von den Problemen durch überreichlichen Zwerghasennachwuchs. Sogar über das

Problem der „Überschwängerung“ wurde diskutiert. Die beiden Würzburger Freunde schmunzelten hintergründig.

„Da gehst du am besten zum „Vochl-Beder“ (hd. „Vogel-Peter“). Der hat in Würzburg gleich neben der alten Mainbrücke ein Tiergeschäft. Der nimmt deine Zwerghasen!“ So antwortete Dieter milde lächelnd. Da fiel dem in der Sauna schwitzenden Walter ein Stein vom Herzen, denn das Marktheidenfelder Zoogeschäft wollte die Zwerghasen nicht einmal geschenkt.

So fuhr am darauf folgenden Tag, also Samstag früh, die ganze Familie Langohr nach Würzburg zum „Vogel-Peter“. Alle neun Hasen hatte man im Kofferraum des geräumigen Ford 20 M. Der freundliche Tierhändler nahm alle Hasen ab. Verständlicherweise bezahlte er nichts dafür. Er gab aber, weil die Tierchen sehr sauber gepflegt waren, den Kindern (Christian und Magdalena) vier Mark Trinkgeld. Wieder zu Hause in Marktheidenfeld angelangt und nun „viehlos“, sah man täglich den leeren Hasenstall, der still und traurig im Garten vor sich „hindümpelte“. Das erinnerte die Kinder an Mucki und Muschi und die ganze „Hasenmannschaft.“
Wochen später fehlten uns die Hasen schon. Nun wollten allen Ernstes Magdalena und Christian zum „Vogel-Peter“ fahren und „ihre Hasen“ besuchen. Doch die waren bereits längst weiterverkauft. „Hättet ihr sie gefüttert, getränkt und ausgemistet und nicht den Eltern die Arbeit überlassen, dann wären die Hasen vielleicht heute noch da.“

So belehrten wir die Kinder übereinstimmend. Nun musste der Hasenstall weg. „Das ist ganz leicht“, meinte Walter, der Hausvater. „Den setzen wir ins „Bröstler Anzeigenblatt“: „Hasenstall zu verschenken bei Langohr! Halt, das geht nicht, sonst meinen die Leute, das ist ein verspäteter Aprilscherz.“

Also ließen wir vorsorglich den Namen weg. So stand im Bröstler Blatt: „Schöner Hasenstall zu verschenken“, dazu die Telefonnummer. Es kamen einige Anrufe. Doch als wir uns mit „Langohr“ meldeten, brüllten die Leute vor Lachen, meinten, das wäre der Witz des Tages und legten wieder auf. So wollte kein Mensch den Hasenstall.
Da traf Walter im Spessart beim Wandern den Hasenzüchter Josef aus Bischbrunn. Dem bot er den kleinen Stall schmunzelnd an. Der Sepp meinte: „Weißt du was, morgen komme ich zu dir, samt Auto und Anhänger. Wenn

mir der Hasenstall gefällt, dann nehme ich ihn gleich mit. So geschah es dann. Doch geschenkt haben wollte der Hasenspezialist und Wanderfreund den Stall nicht. So brachte er im Herbst darauf für Magda und Walter einen schönen Stallhasen, schon geschlachtet und bratfertig zugerichtet, als Geschenk.

Leider wollten die Kinder nichts davon essen. Beide trauerten immer noch um Mucki und Muschi.

Im Garten: Die Kinder und der selbstgebaute Hasenstall.

Das wiedergefundene Ochsengeld

Es geschah in einem Dorf, irgendwann und irgendwo zwischen Marktheidenfeld und Karlstadt, also auf der fränkischen Platte gelegen.

Nach zähen und langwierigen Verhandlungen wurden der „Stuffelbauer" und Hugo, der Viehhändler, sich endlich einig. Ja, schließlich verkaufte der Stuffelbauer seinen schönsten und fleischigsten Ochsen namens „Max" an den Hugo zum stattlichen Preis von genau 1000 Mark! Als Zugochse war der Max nicht mehr nötig. Schließlich hatte der Landwirt beim Landmaschinenhändler Lutz in Remlingen einen schönen roten Traktor gekauft. Der sollte in den nächsten Tagen geliefert werden.
Darum musste Max, der arme Ochse vom Hof zum Metzger, denn einen unnützen Fresser konnte man sich bei aller Tierliebe nicht leisten.

Die 1000 Mark, sauber gebündelt in 100- und 50-Markscheinen trug der Stuffelbauer wohlverwahrt in seiner Westentasche. Banküberweisungen oder Schecks waren damals, Anfang der 50er Jahre, noch unüblich. Folglich regierte das Bargeld, vorausgesetzt, man brachte es gut nach Hause.

Doch so ein vorteilhaftes Geschäft musste erstmal im Dorfwirtshaus ausgiebig begossen werden. Viehhändler, Landwirt und „Schmuser" (so hieß derjenige, der das Geschäft zwischen Käufer und Verkäufer vermittelt hatte), saßen einträchtig zusammen. Man rauchte Stumpen und Zigarren, schnupfte ausgiebig den schwarzen Schnupftabak der Marke „Schmalzler Franzl".

Dazu tranken die Drei Bier und Schnaps aus der heimischen Region. Der „Schmuser" schwärmte vom neuen Zeitalter der Technik und den Traktoren. Der Stuffelbauer stimmte heftig zu, schnäuzte sich geräuschvoll und nieste (wegen des starken Schnupftabaks) häufig dazu. Regelmäßig griff seine Hand unauffällig, wie er meinte, zur Westentasche um sich seiner 1000 Mark zu vergewissern. Doch die waren noch da. Alles ehrliche Leute, so dachte er sich, und war zufrieden.

Kurz nach Mitternacht gingen die Drei nach Hause. Das heißt, der besorgte Wirt geleitete den schon etwas bezechten Landwirt zu seinem Fahrrad, das an der Hauswand lehnte. Dieser stieg schwungvoll auf sein Rad, das Licht

Ein wunderschöner Lanz Traktor in blauer Farbe aus den 50er Jahren. (Genannt der blaue Heinrich). Produziert bei Heinrich Lanz AG Mannheim

brannte sogar. So fuhr der Stuffelbauer geradewegs nach Hause. Gut auf dem Hof angelangt, schlich er schnell ins Wohnzimmer, doch zu so später Stunde ruhte seine Frau Gemahlin bereits. Also begab sich unser Freund leise und fast unbemerkt ins eheliche Schlafgemach. Dort schlief er seinen Schwips aus.

Am nächsten Morgen gleich nach der Stallarbeit kam das böse Erwachen. Da fragte doch die bessere Ehehälfte nach dem Verbleib der 1000 Mark. Der Stuffelbauer ging siegessicher zu seiner Jacke, langte in die Jackentasche, prüfte nochmals, doch das Geld war weg. Der Arme wurde leichenblass. Gemeinsam suchte man nun im Wohnzimmer, im Schlafgemach, dann in der Remise, wo das Fahrrad stand. Doch oh Jammer, das Ochsengeld war weg!

“Du und Deine Saufkumpanen”, schimpfte die Frau Gemahlin. “Sicher hast du das Geld verloren oder man hat es dir gestohlen, oh weia, ihr Männer, einmal, wenn man euch allein lässt!” Der Stuffelbauer entfloh ganz schnell dieser Schimpftirade. Rasch schwang er sich, aber diesmal ganz nüchtern, auf sein Fahrrad. Er fuhr genau den Weg der vergangenen Nacht nochmals zurück, um zu prüfen, ob vielleicht noch etwas vom Geld am Wegesrand läge. Ja, sogar die Stelle hinter der Hecke inspizierte er, wo er des Nachts noch seine Notdurft verrichtet hatte. Leider alles vergebens!

Auch in der Dorfwirtschaft, wo man noch abends vorher so fröhlich gezecht hatte, war nichts aufzufinden. "Alles ehrliche Leute, da kommt nichts weg", meinte der Wirt besorgt. Deprimiert setzt sich der unglückliche Stuffelbauer zu Hause an den großen Tisch im Wohnzimmer. Er stierte trübsinnig vor sich hin. Dann sah er auf das grobleinene weiße Tischtuch. „Sakrament", schrie er seine Frau nervös und fluchend an, „das Geld muss da sein!" Er hieb mit geballter Faust und voller Wut auf den Tisch. Doch der Fausthieb wurde merkwürdigerweise abgefedert, die Tischdecke war komischerweise ausgepolstert. Man sah nach und siehe da, unter dem Tischtuch lagen jede Menge 50- und 100-Markscheine. Es waren genau die 1000 Mark „Ochsengeld" - fein säuberlich unter der Tischdecke versteckt! Nun fiel es unserem Stuffelbauer wieder ein: Genau da hatte er das ganze Geld des Nachts verborgen, damit es keiner wegnähme.

Ebenfalls ein Lanz Traktor. Gebaut wurde dieser von Hermann Lanz/Aulendorf. Um Verwechslungen vorzubeugen wurde dieser Traktor grün lackiert und erhielt den Namen „Hela". Doch im Jargon war es der „grüne Hermann".

Ja, der Alkohol und das Vergessen! Nun kam doch noch alles in die Reihe und der neue rote Traktor konnte pünktlich anbezahlt und geliefert werden.

Hoch und heilig versprach der Bauer seiner besorgten Frau, künftige Geldeinnahmen erstmal zu Hause bei ihr abzuliefern und dann erst im Wirtshaus zu feiern. Immer wenn ich Ochsenfleisch mit Meerrettich esse, muss ich an diese Geschichte denken.

Schwer und hart war das Leben auf dem Lande in den vierziger Jahren. Man sieht es an den sorgenvollen Gesichtern und dem alten Stallgebäude!

„Lichtmess, die Herren bei Tag ess!“

Auf Lichtmess freuen sich viele. Die Tage werden länger, die Nächte kürzer. Kurzum, es geht „nauswärts”, genauer gesagt, mit Riesenschritten auf den März, auf die Frühlingszeit zu. Doch was weiß man heute noch von „Lichtmess“? Oft erstaunlich wenig. Viele sagen nur noch: „An Lichtmess, die Herra bei Dach äss“, ein echt fränkischer Spruch.

„Maria Lichtmess“ ist die volkstümliche Bezeichnung für das am 2. Februar (40 Tage nach Weihnachten) gefeierte Fest - bis 1969 offiziell „Maria Reinigung“ genannt. Die Bezeichnung „Lichtmess“ leitet sich von der Lichter-Prozession und Kerzenweihe ab. Den an Lichtmess in der Kirche geweihten Kerzen wurde besondere Schutzkraft zugemessen. Auf dem Lande galt dieser Tag gemeinhin als Bauernfeiertag, egal ob die Dorfbewohner katholisch oder evangelisch waren. Genau genommen war es der Feiertag für das Gesinde. Also für die zahlreichen Knechte und Mägde, die auf den Bauernhöfen lange Jahre für wenig Geld arbeiteten. Denn vor 50, 80 oder gar 100 Jahren gab es noch viele Herrenbauern.

Man konnte es sich leisten, Knechte und Mägde einzustellen. Selber gingen die Bauern gerne, wenn es sich um größere landwirtschaftliche Betriebe handelte oder Gutshöfe, zur Jagd oder erfüllten kommunalpolitische Aufgaben. Für die schwere und grobe Arbeit auf den Feldern gab es genügend landwirtschaftliche Hilfskräfte. Diese wurden als Knechte und Mägde bezeichnet. Sie arbeiteten für wenig Geld, doch Kost und Logis waren frei. Die Unterkünfte, meist erbärmlich eingerichtete Dachkammern, waren im Winter oft kalt und zugig. Doch das Gesinde war abgehärtet. Mit zusätzlichen Pferdedecken (meist aus kratzigem Rosshaar) schützte man sich nachts einigermaßen vor den Unbilden der Witterung.

Ja, die damaligen Landarbeiter vor 60 oder 100 Jahren waren die Ärmsten der Armen. Es handelte sich meistens um nachgeborene Bauerntöchter und Söhne, die ansonsten keinen Arbeitsplatz bekamen, nichts geerbt hatten und auf keinen anderen Hof einheiraten konnten. Sie waren zu arm, um eine Familie gründen zu können. Demzufolge gab es auf den Bauerndörfern viele uneheliche Kinder. Denn die Nächte waren lang und kalt, die Sehnsucht nach Liebe, Wärme und Geborgenheit groß.

Doch am Lichtmesstag war alles anders. Der Bauer und die Bäuerin mussten arbeiten, die Knechte und Mägde hatten diesen ganzen Tag frei. Sie bekamen ihren, wenn auch kärglichen, Jahreslohn bar auf die Hand ausbezahlt. Wenn Sie tüchtig waren, schenkte der Dienstherr noch eine Arbeitshose, eine blaue Schürze oder ein Paar Schuhe dazu. Auf Lichtmess, ihren Feiertag, freuten sich alle. Man fuhr mit dem Fahrrad, falls man eines hatte, trotz Eis und Schnee ins Städtchen. Dort kaufte man ein, was schon dringend lange gebraucht, denn endlich hatte man Geld.

Dann ging es frohgemut ins Wirtshaus. Die anderen waren meist schon da. Man kannte sich, fast alle kamen: die Dienstboten aus dem heimatlichen Ort, von den Nachbardörfern. Vor allem aber die aus den einsam gelegenen Einödhöfen und den Weilern. Essen, Tanzen, Musik und Lebensfreude waren angesagt. Bier, Wein und Schnaps flossen in Strömen. Auch Bauern selbst durften bei diesen Lustbarkeiten zugegen sein. Aber nur, wenn sie spendabel waren und die Zeche ihrer Knechte und Mägde übernahmen. Laut Überlieferung traf man sich in Hädefeld im „Alten Löwen“ beim „Fleischmann“. Eine urige Kapelle spielte auf. Auch hier wurde getanzt, geflirtet, getrunken, gelacht. Es war üblich, zum Lichtmesstag, wenn überhaupt, den Arbeitsplatz zu wechseln. Das alles wurde im Dienstbuch jedes Einzelnen sorgfältig aufgeführt.

Wer einen neuen Arbeitsplatz antrat, bekam ein „Handgeld” vom künftigen Bauern. Das bäuerliche Arbeitsjahr begann und endete an Lichtmess. Unterhalb dieser Zeit zu kündigen und woanders als Magd oder Knecht zu beginnen, galt als unschicklich. Man begegnete solchen Leuten mit Misstrauen.

Nach damaliger Einschätzung war an Lichtmess die Hälfte des Winters vorüber. Man konzentrierte sich nach diesem Tag auf alle Vorbereitungsarbeiten für den kommenden Frühling. Es wurden Weidenkörbe geflochten, Besen gebunden. Außerdem die Bäume im Obstgarten ausgeschnitten sowie die Hecken gestutzt. Je nach Witterung versuchte man zu deuten, wie in den kommenden Wochen das Wetter würde. Es galt damals schon die Wetterregel: „Wenn die Tage langen, dann kommt der Winter gegangen.“ Oder: „Wenn’s an Lichtmess stürmt und schneit, ist der Frühling nicht mehr weit.“ Schnee gab es am 2. Februar fast immer genügend.

Besonders sorgfältig gingen damals Bäuerin und Bauer mit den Vorräten um. Gerade in Kriegs- und Nachkriegsjahren, wo Mensch und Tier häufig hungern mussten, war eine kluge Vorratshaltung wichtig. Überleben war alles!

An Lichtmess (oder wenige Tage später) wurden der Heustock gemessen, die Lagerbestände an Stroh, Rüben, Kartoffeln und Getreide sorgfältig geschätzt. Es durfte nicht mehr als die Hälfte der Vorräte verbraucht sein. Das galt sogar für den Inhalt des Krautfasses! Man musste haushalten, um für den restlichen Winter und fürs Frühjahr nicht hungern zu müssen.

Kaufen konnte man zur Kriegszeit so gut wie nichts. Nur tauschen, in Naturalien, versteht sich. Mancher Landwirt sah bang zum Fenster hinaus, wenn es im März noch stürmte und schneite und somit der Beginn des eigentlichen Frühjahrs, der Vegetationsperiode, sich verzögerte. Bei falscher Einteilung reichte das Futter fürs Vieh nicht, es musste hungern. Folglich gaben die Kühe keine Milch mehr. Manche kippten vor Entkräftung um, konnten nicht mehr aufrecht stehen. Ja, das war die so genannte „gute alte Zeit", besonders während der Kriegsjahre oder nach Dürreperioden so um 1946.

Da gab es „Schwanzvieh", das muss auch mal berichtet werden: Halb verhungerte Kühe und Jungrinder, die wegen Schwäche nicht mehr aufstehen konnten, wurden im Jargon vielerorts als „Schwanzvieh" bezeichnet. Diese bedauernswerten Kreaturen wurden, sobald etwas Gras wuchs, am Schwanz aus dem Stall zur nahen Wiese gezogen. Dort schnupperten sie am frischen, duftenden Grün. Die Lebensgeister erwachten wieder und das Vieh war manchmal gerettet. Es war der Ehrgeiz jedes Bauern, möglichst kein „Schwanzvieh" zu haben! Für den Landwirt bedeutete das nicht nur einen großen wirtschaftlichen Verlust, man wurde darüber hinaus noch im Dorfwirtshaus gehänselt. Also war auch hier Lichtmess ein wichtiger Orientierungspunkt für eine fachgemäße Vorratshaltung. Man wollte gut und ohne Verluste durch den Winter kommen.
Aus den nahe gelegenen Wäldern holte man getrocknetes Laub und Fichtennadeln als Ersatzeinstreu für den Kuhstall. Das knapp gewordene Stroh wurde verfüttert. Im Spessart war seinerzeit die Not besonders groß. So wurde in Röttbach (im Dialekt „Röttwi"), aber auch in vielen anderen

Orten, im Frühjahr das junge, zarte Grün von den Laubbäumen „gestrupft“ (hd. „gestreift“), dann in Säcke gestopft. Man verfütterte dieses Laub an das hungernde Vieh, das in altmodischen engen Stallungen gehalten wurde.

Frühlingslieder wie: „Nach grüner Farb’ mein Herz verlangt“ oder „Nun lässt der Lenz uns grüßen, von Mittag weht es lau“ wurden damals mit ganz besonderer Inbrunst gesungen!

Leider sind heutzutage unsere alten deutschen Volkslieder bei der Jugend kaum noch gefragt. Sie werden nur noch selten gesungen. Es sind alle fränkischen Schulen samt Lehrern gefordert, den jungen Leuten unser wertvolles Liedgut sowie Sagen und „Gschichtli aus Mainspessart“ nahe zu bringen.

Die Kenntnisse um unsere frühere Lebensweise, Bräuche und Lieder gehören zur Allgemeinbildung. Wir müssen diese an die heranwachsende Generation weitergeben.

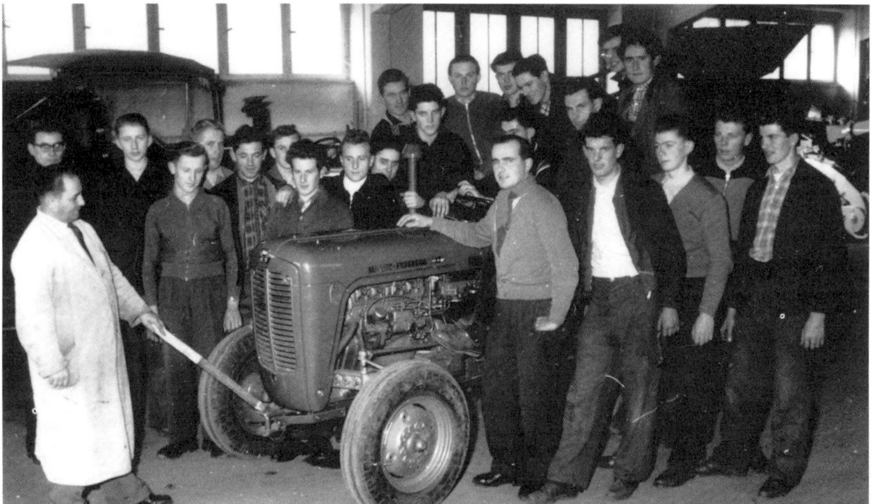

Die neue Landtechnik brachte Aufschwung. Die Erträge stiegen! Hier ein Landmaschinen Lehrgang in Triesdorf.
3. von rechts: Walter Langohr

Langohr Junior mit dem kleinen Traktor Porsche „Junior".

Der „Porsche-Junior" und die Rotkehlchen

Dr. Wolfgang Porsche hat einen Sohn namens „Ferdinand". Er ist der eigentliche „Porsche-Junior", genau genommen.

Es gibt aber auch einen Porsche Diesel-Traktor, Typ „Junior", mit 14 PS. Von diesem ist in einem wunderschönen Kinderbuch mit dem Titel „Ferdinand, der kleine rote Traktor" die Rede.

Die Porsche-Dynastie beginnt mit Professor Dr. Ferdinand Porsche, dem genialen Konstrukteur und Stammvater des Hauses Porsche. Viele wissen es heutzutage nicht mehr: Porsche konstruierte nicht nur den legendären VW Käfer und baute nicht nur wunderschöne Sport- und Geländewagen.

Nein, denn bis 1963 wurden unter dem Namen „Porsche-Diesel" in Friedrichshafen am schönen Bodensee mehr als 120.000 Traktoren konstruiert und gebaut. Natürlich in leuchtend roter Farbe, in bekannt guter Porsche-Qualität und in einem wunderschönen Design.

Heutzutage sind Traktoren nur noch pure Arbeitsmaschinen, schauen meistens plump und langweilig aus. Der Zweck heiligt angeblich die Mittel.

Wenn wir von „Formschönheit“ und „edlem Design“ reden, sind wir in Gedanken oft bei Porsche. Oldtimerfreunde aus ganz Europa, insbesondere aber aus den USA, sind stolz darauf, so einen roten Traktor zu besitzen. Sie verkünden: „Hurra, wir haben einen Porsche!“

Unser Traktorenfan Eugen wohnt in seinem kleinen, romantischen Haus, fast am Main gelegen, mitten in einer Wiese eingebettet. Hier frönt er seinem Hobby. Er sammelt die Porsche-Traktoren, manche restauriert er. Besonders schön sind die kleinen roten Schmalspurtraktoren für Sonderkulturen, wie beispielsweise für Weinberge oder den Hopfenanbau. Manche gab es sogar mit einer stromlinienförmigen Verkleidung. Diese wurden für den Export gebaut und auf Kaffeeplantagen in Brasilien eingesetzt.

Stolz leuchten Eugens Augen, wenn er wieder einen „Porsche-Diesel“ zu neuem Leben erweckt hat. Schließlich war und ist ein Porsche unter den vielen Traktorenfabrikaten aus den 50er und 60er Jahren doch etwas ganz Besonderes!

Manchmal ist der Eugen im nahen Spessart unterwegs. Nein, er wandert nicht nur! Häufiger fährt er mit dem Bulldog durch die romantischen Spessartdörfer und Wälder. Zuweilen tuckert er ganz gemütlich mit seinem „Porsche-Super“ am Main entlang. Viele Leute, darunter aber auch manch’ hübsche Dame in den besten Jahren, schauen dem flotten Eugen auf seinem blitzend rot lackierten Traktor verträumt hinterher.

Neulich, das heißt vor einigen Jahren, entdeckte unser besagter Fan einen „Porsche-Junior“ Einzylinder, Baujahr 1959, 14 PS, und kaufte ihn gleich. Für 300 Mark, denn 1999 hatten wir noch die gute alte D-Mark. Dieser Porsche dümpelte in einer uralten fränkischen Fachwerkscheune still und verlassen vor sich hin.

Nein, es war nicht irgendwo in einem Kuhdorf. Man befand sich in einer Stadt, denn „Bergrothenfels“, mit eigener Burg hoch über dem Main und wunderschön gelegen, bildet gemeinsam mit dem darunter befindlichen „Rothenfels“ die kleinste Stadt Bayerns.

So hatte die kleinste Stadt Bayerns den kleinen „Porsche-Junior“ nach

roten „Ferry“. Dieser war durch die vielen Beulen und die lange Standzeit noch recht lädiert und blickte schüchtern drein.

Eugen stellte beim Probefahren fest, dass der kleine Traktor nicht mehr die volle Leistung brachte. Fachmännisch schraubte er den Motor auseinander und fand rasch die Ursache: Der Zylinderkopf aus Alu hatte einen Riss. Dies bedingte Kompressionsverlust und somit Leistungsabfall. So wurde der Zylinderkopf ausgebaut und der Riss in einem Fachbetrieb sauber verschweißt und ausgeschliffen. Nun erneuerte Christian die Kolben und Kompressionsringe, dann wurden die Ventile eingepasst. Zum Schluss stellte Christian geduldig und fachkundig das Kompressionsspiel auf den Idealfall von 0,9 mm ein.

„Ferry“, der kleine rote Traktor vom Typ „Junior“, schnaufte dankbar auf. Nun konnte er endlich tief durchatmen, fühlte sich wie neugeboren und durfte endlich seine 14 PS wieder voll zur Entfaltung bringen.

Christian, der „Pate“, fuhr den „Ferry“ voller Freude auf den üppigen, blühenden Mainwiesen spazieren. Abends, als es dunkel wurde, kam der kleine, brave Traktor in die kleine Garage, hoch über dem Main gelegen, um sich „auszuruhen“. In den nächsten Tagen sollte der Ferry einen richtigen Mähbalken angebaut bekommen, um endlich das saftige Gras auf den Wiesen mähen zu können. Anschließend wollten die drei Freunde die Motorhaube, Schutzbleche und Sonstiges ausbeulen. Dann sollte alles in einer Fachwerkstatt und natürlich im echten „Porsche-Rot“ neu lackiert werden.
Die auf dem Main vorbeifahrenden, noblen Hotelschiffe einschließlich des Kapitäns, des Steuermannes und der Passagiere sollten den Kleinen im Vorbeifahren gebührend bewundern. Doch daraus wurde vorläufig nichts.

Eine brave Rotkehlchenmutter hatte vertrauensvoll und fast über Nacht in der Garage ein Nest gebaut, gleich neben der Motorschutzhaube vom „Ferry“. Dem kleinen, neugierigen Traktor gefiel das. Schließlich hatte er nun täglich Unterhaltung, es war nicht mehr so langweilig wie früher. Die junge, sehr schöne und eifrige Rotkehlchenmama namens „Desirée“ erzählte dem staunenden „Ferry“ von den Eiern, die sie nun gelegt hatte und in den nächsten Wochen auszubrüten gedenke. Ja, sie schwärmte geradezu von den

süßen kleinen Rotkehlchenkindern, die sie nun erwartete.
„Ferry“, der kleine Porsche, als Tierfreund und Kavalier, sicherte der Desireé generös zu, mit weiteren Ausfahrten zu warten und auch nach Rücksprache mit seinen Chefs (Christian, Walter und Eugen), keine Karosseriearbeiten an sich vornehmen zu lassen.

Erstmal sollte die brave Vogelmama ihre Kinderchen ausbrüten und aufziehen. Ja, man wartete ab, bis die vier Vogelkinderchen, die dann ausschlüpften, größer wurden und ausfliegen konnten.

So verschoben die drei Freunde die weiteren vorgesehenen Reparaturen- und Instandsetzungsmaßnahmen. Öfter, aber nicht zu oft, sah man nach Desirée und ihren reizenden Vogelkinderchen. Auch der kleine rote Traktor namens „Ferry“ wartete geduldig. An einem sonnigen Tag Ende Mai (oder war es Anfang Juni?) war es dann endlich soweit.

Die Vögel im nahen Wald jubilierten. Desirée, die stolze Rotkehlchenmama, bedankte sich bei „Ferry“ und unternahm mit ihren vier putzmunteren Kinderchen die ersten Flugübungen. Es klappte wider Erwarten gut.

So durfte bald darauf unser kleiner roter Traktor wieder laut lärmend starten und so richtig kräftig durchatmen. Rasch wurde der Mähbalken angebaut. Munter fuhr er die breite, geteerte Straße entlang. Die Spaziergänger und Radfahrer bestaunten ihn nur so. Dann tuckerte er weiter auf seine geliebten Mainwiesen, die herrlich dufteten.
Doch wer Wochen rastet, der rostet. Die „Schalterei“ funktionierte nicht mehr, denn die Kupplung war total verklebt.

Was tun, ohne in die Werkstatt zu müssen? Na klar, Eugen als alter Hase kannte die Tricks: Motor abstellen, großen Gang rein, dann starten. Hoppelnd wie ein Hase auf der grünen Wiese, so sah es aus: Vollgas geben, bremsen, wieder mit Vollgas fahren, stark abbremsen, kuppeln, wieder Vollgas. Das Ganze wiederholen: bremsen, Vollgas usw.

Plötzlich gab es einen leichten Schlag. Der „Ferry“ schrie vor Schmerzen auf. Doch dann trennte die Kupplung wieder, das Schalten der Vorwärts- und Rückwärtsgänge funktionierte wieder bestens. So konnte das üppige

Gras auf den Mainwiesen rund um den Hof bei Triefenstein nun endlich gemäht werden. Man durfte Heu machen und für den Winter in die Scheune einbringen.

Vorsorglich beschlossen nun die drei Freunde, den Ferry noch einmal auf Herz und Nieren zu prüfen, Motor, Getriebe, Lager durchzusehen und Etliches, vor allem die Kleinteile wie „Simmerringe“ erneuern. Später sollte das alles in einem speziellen Betrieb sandgestrahlt werden, um alle alten Lackreste zu entfernen. Zum Schluss musste noch alles grundiert und lackiert werden.

Ja, „Ferry“, „der Porsche-Junior“ sollte nicht nur technisch, sondern auch optisch gesehen, schöner denn je werden! So wurde alles planmäßig bedacht. Denn einige Monate darauf, im September, war das große Treffen für Traktoren angesagt. Eugen wollte dort den großen „Porsche-Super“ fahren, Walter fotografieren. Christian als Pate und Junior, würde „Ferry“, den roten „Porsche-Junior“ fahren.

Aller Augen glänzten, selbst die Scheinwerfer vom „Ferry“ funkelten unternehmungslustig. Eugen verkündete voller Stolz, das Treffen finde auf dem nahen „Haidhof“ statt. Kein geringerer als Dr. Wolfgang Porsche würde extra anreisen und die Schirmherrschaft übernehmen.

Da leuchteten die Augen (Scheinwerfer) des kleinen roten Traktors noch mehr auf, ja sie strahlten geradezu! Tapfer versprach er den drei Freunden, ohne Jammern die schmerzhaften Torturen, die gesamten Reparatur-, Lackier- und Wartungsarbeiten, über sich ergehen zu lassen. Auch Operationen kosmetischer Art wolle er hinnehmen.

Schließlich wollte er doch nur allzu gerne im feinen Gewand und mit bester Kosmetik seinem obersten Herrn und Meister, dem Dr. Porsche, begegnen. Und wer weiß, vielleicht bekäme er ja sogar noch eine Trophäe?

Denn Vorfreude ist die schönste Freude. Das Gefühl, geachtet und gebraucht zu werden, gibt Kraft – ja, es erfüllte den kleinen „Porsche-Diesel Junior“ mit Stolz.

G’schichtli aus Hädefeld

Neulich war ich wieder mal beim Friseur. Nicht nur, um mir die Haare schneiden zu lassen. Nein, denn beim lieben „Peter“ gibt es Nostalgie pur und Information.

Nostalgie deswegen, weil die Friseurstube samt Einrichtung aussieht wie vor etwa 70 Jahren. Das gefällt. Nur die Haarschneidegeräte entsprechen natürlich dem neuesten technischen Stand. Mehr braucht es ja eigentlich auch nicht.

Während des Haarschneidens erzählt Peter, in welcher Kneipe zurzeit das beste Pils gezapft wird, wann und wo er demnächst wieder seinen Urlaub verbringt. Auch sind wir uns einig, dass die bewährte Marktheidenfelder Gasthauskultur unbedingt weiter gepflegt und noch ausgebaut werden muss. Ein knuspriges „Schäufele“ mit schöner Soße (natürlich aus dunklem Bier von der „Martinsbräu“) oder auch die wohl schmeckenden groben Bratwürste finden dabei stets lobende Erwähnung.

Nach dem Haarschneiden übernimmt dann Peters nette Frau, selbst Friseurmeisterin, das Ausrasieren. Denn mit solchen Kleinigkeiten befasst sich der Peter nicht. Sie erzählt, dass sie aus Lengfurt stammt und der „Bolle-Sepp“ ihr Vater ist. Dieser arbeitete vor Jahren als Zaunmonteur beim „Draht-Bremer“ in Hädefeld. Dabei war er, wie bei Monteuren üblich, viel unterwegs. Da gab es viel zu erzählen, er riss seine „Bollen“. Sein Vorname lautete „Joseph“. Schon hatte er seinen Spitzennamen „Bolle-Sepp“ weg. Leider ist der Arme schon verstorben.

Neben dem Pils trinken wir natürlich gerne Frankenwein, der hier fast vor der Haustüre wächst - und zwar am „Kreuzberg“. „Aber“, meint Peter, „zuviel darf man nicht trinken, sonst schadet der viele Alkohol der Leber.“ „Jawohl“, sage ich, „neulich stand in einer Zeitschrift, dass eine gesunde Männerleber pro Tag nur 60 Gramm reinen Alkohol verträgt, das sind rund zwei Schoppen. Die Frauenleber verträgt dagegen nur die Hälfte.“

„Des is nit wohr“, schaltete sich Peters Mutter von nebenan, vom Frauensalon aus, ganz energisch ein. „Ich drink jed‘n Taach mei Flasche Hädefelder

Gräuzberg, scho seid Johre, un mei Laawer is dipdop, fröööch dan Dogder Witzany!“

Peters Mutter heißt mit Vornamen Evi, ist als resolute Frau bekannt und trägt ehrenhalber den Titel „Fahrgassebürchermesteri“. Das spricht, so musste ich kleinlaut zugeben, für die Qualität unseres Hädefelder Kreuzbergs und für die Gesundheit der Evi oder, besser gesagt, ihrer Leber.

Vor ein paar Jahren wurde die Fahrgasse neu gepflastert. Bei Kanalarbeiten und den dafür erforderlichen Ausgrabungen vor und neben dem Friseurgeschäft stieß man auf Widerstand. Peters Mutter, der bekanntlich nichts entgeht, erspähte dies nämlich sofort.

Sie erkannte, dass dieser im Boden liegende Sandsteinquader ein früherer, kleiner Hausbrunnen war, der vor gut 50 Jahren noch vor dem damals elterlichen Friseurgeschäft gestanden war. Nach den besonders vorsichtigen Ausgrabungsarbeiten bestätigte sich Evis Vermutung. In ihrer Eigenschaft als „Fahrgasse-Bürchermesteri“ alarmierte sie den eigentlichen Bürgermeister. Dieser erschien auch pflichtschuldigst und schnell am Ausgrabungsort. „Dan schenk ich äuch“, versprach die örtliche „Bürgermeisterin“ großzügig. „Awer bloß, wenn des klänne Brünnle in unserer Gass widder uffgstellt wird!“

Vorsorglich fügte sie noch hinzu: „Wenn sich awer des Brünnle irchend ‚n Brominende unnern Nagl reißt oder gar‘n Hädefelder Stadtrad nau sein Garte stellt, griecht der‘s awer mit mir zu tue!“

Die Evi hatte Recht, denn sie kannte ihre „Pappenheimer“. Die Fahrgasse wurde fertig ausgebaut und schön zur Altstadt passend gepflastert. Der besagte uralte und kleine Sandssteinbrunnen plätschert nun stillvergnügt vor sich hin, gespeist mit Quellwasser aus dem Heubrunnen. Selbstverständlich steht „des Brünnle“ in der Fahrgasse nicht weit weg vom Friseurladen. Die Einheimischen, die Zugereisten, aber auch unsere verdienstvolle Evi können sich täglich daran freuen.

Sollte dieser Brunnen einmal einen Namen erhalten, so schlage ich heute schon vor, diesen auf „Evi-Kirchgässner-Brunnen“ zu taufen.

Das „Drahtzieherlokal" und die „Traube"

Nicht nur die Pfarrer, auch unsere heimatlichen Politiker und sogar die Polizisten haben wir ins Herz geschlossen. Voraussetzung hierfür ist jedoch in unserem toleranten Städtchen, dass diese Persönlichkeiten kleine menschliche Fehler und
Schwächen aufweisen, mit denen wir uns identifizieren können.

Außerdem sollte unsere Obrigkeit mitten im Leben stehen, unseren guten Frankenwein schätzen und die „Martinsbräu" durch Bierkonsum (natürlich „in Maßen") unterstützen. Was wäre Mainfranken ohne Weinkultur, ohne Weinberge?
Was wäre Marktheidenfeld ohne Brauerei, ohne unseren Kreuzberg, den Main und die schönen nachbarlichen Weinorte wie „Homburg" oder „Erlenbach"? Wo würden wir denn unsere Weinfeste feiern? Darum Freunde, warum denn in die Ferne schweifen, wenn das Gute liegt so nah! Wenn wir mal verreisen, dann nur deswegen, um hinterher festzustellen, dass es zu Hause doch am gemütlichsten ist.

Da stimmt auch der „Ganoven-Paule", ein echter Hädefelder, zu. Vor ein paar Jahren waren wir in Griechenland und haben die drei bekanntesten Meteora-Klöster besichtigt. Wen trafen wir da im Innenhof eines Klosters? Den lieben Paul mit Kolleginnen und Kollegen aus Würzburg. Die braven Polizisten aus dem Raum Unterfranken hatten mit dem Bus eine Pilgerreise unternommen. Der Paul und sein Freund Horst waren beide jahrelang in Würzburg am Polizeipräsidium tätig, hatten dort wichtige Funktionen inne. Nun sind sie in Pension, aber unserem Hädefeld immer treu geblieben. Ja, die beiden waren jahrelang Pendler.

Abends, wenn Horst und Paul nach Hause fuhren, sind sie – besonders wenn „Schlachtschüssel" war – gerne in Erlenbach eingekehrt. Damals gab es dort noch die „Traube", ein uriges altes Gasthaus. Markus, der Wirt, und Emma, die Bedienung, sorgten für Gemütlichkeit und Wohlbefinden. Unsere beiden Freunde hatten hier natürlich streng dienstlich zu tun. Sie hielten ihre Abschlussbesprechung, die oft wegen der vielen Probleme, die anlagen, Stunden dauerte. Beim „Erlenbacher Krähenschnabel", der von Markus zu volkstümlichen Preisen ausgeschenkt wurde und dem, Jahre später noch bekannten und geschätzten „Zwiebelfleisch" fühlten sich alle wohl. Ganze Familien oder Freundeskreise pilgerten am Samstag oder Sonntag zu Fuß von Marktheidenfeld über den Mühlenweg nach Erlenbach zur „Tante Emma". Dadurch gab es keine Promilleprobleme und die Gendarmerie, hier vertreten durch den Paul und seinen Spezi Horst, musste nicht ihres Amtes walten.

Doch einmal gab es im „Drahtzieherlokal" eine haarige Situation. Kurz für die weniger gut Informierten: Die „Baumhoftenne" in Marktheidenfeld, also beim „August", hatte seinerzeit diesen Spitznamen – wie wir finden, zu Recht. Etliche Stadträte, der damalige Bürgermeister und dazu viele Hädefelder, die als „wohl informiert" gelten wollten, saßen am Stammtisch oder an den Nachbartischen als „Kiebitze". Oft wurde beim August Kommunalpolitik gemacht oder, besser gesagt, es wurden „die Fäden gezogen".

Das machte natürlich durstig. Einer kriegte beim Heimfahren die Kurve nicht mehr; die Müdigkeit hatte ihn „gepackt" und der Arme landete nicht nur in „Morpheus Armen", sondern anschließend samt Auto beim „Kaufhaus Aull" im Schaufenster. Aber das ist schon Jahrzehnte her und tut keinem mehr weh. Es war Winter. Schnee und Eis lagen vor der Tür. Die Freunde saßen wieder gemütlich im gut beheizten „Drahtzieherlokal" beim „August". Einige spielten lautstark Karten und am Nachbartisch wurde wieder Kommunalpolitik, natürlich streng geheim für die nächste Stadtratssitzung, beschlossen.

Etwa um Mitternacht musste „Burk", der schon immer zum Stammtisch gehörte, nach Hause. Aber die Beine wollten nicht mehr so recht. Die guten Schoppen, die Müdigkeit und das Alter, alles kam zusammen. Für solche Fälle hat man ja sein Auto, so dachte der Burk wenigstens. Eine gute halbe Stunde war der Arme draußen in der Eiseskälte. Der viele Schnee hinderte ihn, das Auto, einen alten Opel Olympia, in Gang zu bringen. Halb erfroren kam der Burk zurück in die gut geheizte Gaststube.

Paul und Horst (auch „Mafiosi" genannt), waren nicht nur als „ordnende Hand" bekannt, sondern auch wegen ihres stets freundlichen Wesens und ihrer Hilfsbereitschaft geschätzt. Die beiden erbarmten sich seiner, schaufelten den alten Opel vom Schnee frei, fuhren den Wagen rückwärts vom Parkplatz heraus und stellten ihn in Richtung Stadtzentrum. Während unsere beiden noch im Gasthaus einen Chauffeur suchten, war unser Burk schon samt Auto verschwunden. Heimlich hatte er sich in den Opel gesetzt und war vorsichtig im Schritttempo die rund zwei Kilometer nach Hause gefahren. Bleibt noch anzuerkennen, dass der Burk gut zu Hause ankam. Derlei wäre in der heutigen Zeit unvorstellbar, aber damals waren noch bis 1,3 Promille erlaubt und es gab weniger Autos auf den Straßen.

Marktheidenfeld, idyllisch am Main gelegen! Ein Fotot aus den 50er Jahren. Hier wächst ein guter Frankenwein, der „Hädefelder Kreuzberg"

Der Herr Bestattungsrat

Die Ärzte hatten es schon schwer in der guten alten Zeit! Kurierten sie einen Patienten rasch und zu erfolgreich aus, so verlor man diesen für lange Jahre als Kunden. Andererseits, falls mal ein Kranker nicht mit der nötigen Aufmerksamkeit oder genügend Medikamenten behandelt wurde, so starb dieser rasch hinweg!
Dies war nicht nur ungut für die Reputation des Onkel Doktors. Nein, es entfiel dadurch ein Kunde und man hatte eine Einnahmequelle weniger.

Also war es doch besser, seine Patienten möglichst „in der Schwebe" zu halten. Einerseits sollte er nicht ganz gesunden, andererseits auch nicht sterben. Doch die wenigsten Mitbürger hatten in den 40er und 50er Jahren eine Krankenversicherung. Einen Arztbesuch konnten sich viele einfache Leute nicht leisten. Es war eine teuere Angelegenheit und nur für den Notfall gedacht!

So ging mein Großvater, wenn er krank war, zum Apotheker und ließ sich dort beraten, um Arztkosten zu sparen. Doch die meisten besuchten den Bader. Dieser schnitt nicht nur die Haare und rasierte, er zog auch notfalls die Zähne. Manchem Kranken konnte er mit einfachen Hausmitteln helfen!

Neben der Friseurstube befand sich eine richtige Badestube mit allem Komfort. Man hatte sogar eine große Badewanne mit richtig heißem Wasser! Manche gönnten sich den „Luxus" und badeten einmal in der Woche beim Bader, denn ein richtiges Badezimmer hatten damals nur die Reichen und Vornehmen! So konnten sich in den fränkischen Städtchen nur wenige Ärzte halten. Oftmals hatten sie Existenzsorgen. Doch der Bader war wichtig, denn damals gab es noch keine Bestattungsinstitute. So war dieser zuständig für das Rasieren, Frisieren, Waschen und Umkleiden der Verstorbenen. Eine ebenfalls bedeutende und bekannte Person war der Totengräber. Unserer hieß Eustachius, genannt „Eustach" oder ganz einfach im Dialekt „Schtachas".

Gramgebeugt ging der Eustach wieder mal durch unser Städtchen, idyllisch am Main gelegen - gebeugt auch von der schweren Arbeit des Gräberschaufelns. Denn diese mussten seinerzeit noch mit Schaufel und Pickel in mühevoller Handarbeit ausgehoben werden. Auf dem Gottesacker stieß man bei dieser

Tätigkeit nicht nur auf Steine, sondern auch immer wieder auf Gebeine von früher „Verblichenen“, die vor Jahrzehnten oder gar Jahrhunderten hier bestattet worden waren. Als kleiner Bub sah ich manchmal dem Totengräber zu. Dabei sinnierte ich über die Vergänglichkeit und den Sinn des Lebens. Traurig war unser Eustach nicht nur von Berufs wegen.

Nein, der Hauptgrund war, dass nach seiner Meinung viel zu wenige Leute im Ort starben. Dadurch hielt sich sein Einkommen, genauer gesagt das Honorar für die Grabarbeiten, stark in Grenzen. Demzufolge musste er noch anderen Erwerbsquellen nachgehen.

Der Eustach hielt Hasen, Hühner, „Eisenbahnerkühe“ (Milchziegen) und ein paar Schweine. Außerdem hatte er einige kleine Äcker, Wiesen und eine Kuh. Dadurch war das Überleben für sich und seine Familie gesichert. Doch es war ein „Gefrett“! Schuld an der schlechten Auftragslage des Totengräbers war die gute Luft, die vom nahen Spessart herüber wehte. Andererseits, so Eustach, waren die beiden Ärzte schuld, die durch ihre übertriebene ärztliche Kunst kaum noch jemanden sterben ließen!

So ging der Totengräber wieder einmal missmutig und sorgenvoll durch unsere kleine Stadt. Er setzte sich gerade in Gedanken mit dem Thema „Zusatzeinkommen“ oder gar „Umsatzsteigerung“ auseinander. Da sah er doch in der mittleren Torstraße den allseits bekannten Arzt, Doktor Dagobert, auf sich zugehen. Was oh Wunder! Dieser rief ihm freundlich und ausgesprochen jovial zu: „Grüß Gott, Herr Bestattungsrat!“ Unser dermaßen titulierter Eustach war total überrascht. Erstmal dachte er an den alten Spruch: „Auf einen groben Klotz gehört ein grober Keil!“

Dann sah er den Arzt hintergründig lächelnd an und sprach seelenruhig: „Grüß Gott, Herr Lieferant!“ Böse Zungen behaupteten, dass sich künftig der „Bestattungsrat“ und der „Lieferant“ aus dem Wege gingen. Doch am Stammtisch (im Jargon „Lügentisch“ genannt) wurde der Eustach wie ein Held gefeiert. Schließlich hatte er es „denne da oben“ gegeben.

PS: Den „Bestattungsrat“ und den „Lieferant“ hat es wirklich gegeben. Um keine Schwierigkeiten mit den Nachfahren zu bekommen, habe ich die Namen abgeändert!

Die fröhliche Schafkopfrunde

Jeden Freitagabend ging es bei „der Tante“ im „Café Nägler“ hoch her. Unter Vorsitz unseres Pfarrherrn traf sich hier die illustre Kartenrunde und spielte den ganzen Abend Schafkopf. Der Geistliche Rat war zwar streng, aber auch verständnisvoll zu seinen Schäfchen. Ob katholische oder evangelische Bürger unseres liebenswerten Städtchens Hädefeld, er hatte für jeden ein gutes – und falls erforderlich – auch ein tröstendes oder strenges Wort parat. Eben wie ein guter Vater zu seinen Kindern!

Auch Schoppen, Schwartenmagen, Zigarren und Schafkopf genoss der lebensfrohe Pfarrherr und Dekan Franz Hegmann. Somit war der „Schafkopf“ am Freitagabend alles andere als traurig. Es wurde herzhaft gelacht, aber auch mal geflucht oder ein bisschen geschwindelt, wenn das Spiel mal „dumm gelaufen“ war. Doch das sind alles lässliche Sünden, unser volkstümlicher Pfarrherr wurde dadurch noch beliebter.

Aber ein Problem gab es: Die vier Stammtischfreunde und Honoratioren der Stadt waren nicht mehr die Jüngsten. Die guten Schoppen oder das „Martinsbräu-Bier“ zeigten mit zunehmendem Alter ihre Wirkung und das Kartenspiel musste immer häufiger unterbrochen werden.

Mit anderen Worten, man brauchte einen „Brunzkartler“! Nein, das ist nichts Ordinäres oder Unanständiges, sondern in Franken durchaus üblich, wenn mehrere ältere Herren zusammen Karten spielen und ihre Schoppen „pfetzen“. Den geeigneten Mann hierfür zu finden, war im „Café Nägler“ kein Problem, denn man hatte seinerzeit Zimmer zu vermieten, die recht preisgünstig waren.

Häufig wohnten Junglehrer bei der „Tante“. Diese saßen abends oft mutterseelen-allein an den Nachbartischen. Gebannt, aber manchmal auch aus Langeweile, sahen diese jungen Lehrer dem Schafkopfspiel zu und ergötzten sich an der barocken Ausdrucksweise der humorigen Kartenrunde. Emil, der Alteisenhändler, warb Erwin, den Junglehrer, an und weihte ihn in das umfangreiche Aufgabengebiet des „Brunzkartlers“ ein. Dieser musste, wenn einer der vier Schafkopffreunde die sanitären Anlagen aufsuchte, währenddessen die Spielkarten übernehmen und bis zur Rückkehr für diesen weiterspielen oder genauer gesagt, dessen Interessen im Kartenspiel wahrnehmen.

Das war manchmal eine etwas undankbare Aufgabe. Je nach Temperament wurde der „Stellvertreter“ mal gelobt, wenn er gewann oder auch mal ausgeschimpft, wenn er verlor. Doch fortan waren die langweiligen Freitagabende des jungen Lehrers gerettet. Er gehörte dazu, sein Bekannten- und Freundeskreis wurde dank der fröhlichen Kartenrunde rasch größer. Gerne blieb er später, nach Ende seiner Ausbildung, in unserem gastlichen Marktheidenfeld. Ab und zu, an manchen Freitagabenden, denkt er schmunzelnd an die originelle Kartenrunde im „Café Nägler“ und an sein damaliges „Aufgabengebiet“ zurück.

Das Franckhaus, Kulturzentrum von Marktheidenfeld! Dieses barocke Kleinod ließ einst ein betuchter Weinhändler erbauen.

Die Tante („Die Dande“)

Leider ist das „Café Nägler“ nun schon seit einigen Jahren geschlossen! Im Jargon ging man nicht ins „Café Nägler“, sondern zur „Dande“. Mit Wehmut denken wir zurück:

Generationen waren bei der „Dande“ zu Hause. Nicht nur wir Älteren, sondern auch unsere Kinder, die heute so zwischen 20 und 30 Jahre alt sind. Was, ihr kennt die Tante, auf hädefelderisch ausgesprochen „Dande“ nicht? Das „Café Nägler“, gleich neben der Laurentiuskirche, gehört dem Dieter Nägler schon seit Jahrzehnten.

Dessen Tante, die Schwester seiner Mutter, bediente dort etwa vierzig Jahre treu und brav. Die Tante war immer sehr lieb. Doch ab und zu hatte sie sich mit ihrer Schwester, ihr wisst schon, dem Näglers Dieter seiner Mutter, in den Haaren. Lautstark stritten sich die zwei, wie dies öfter mal unter Schwestern vorkommt, um nichtige Dinge. Sehr zum Amüsement der Jugend, die gerne im schönen Kaffeehaus zuhörte und heimlich, ohne sich jedoch einzumischen, die Partei der „Dande“ ergriff.

Die Gute hatte, wie wir auch, menschliche Schwächen, aber sie war immer lieb und nett. Das zählte und sonst nichts. Um hübsche oder, besser gesagt, gut aussehende junge Männer (aber auch solche in den besten Jahren) ist sie häufig „rumscharwenzelt“ und hat ihnen jeden Wunsch von den Augen abgelesen. Jawohl, diese Herren wurden besonders aufmerksam und liebevoll bedient. Das verpflichtete zum Wiederkommen.

Ihre „Fan-Gemeinde“ war treu und vergrößerte sich zusehends. Für die Jugend war es geradezu chic, „nei die Dande“ zu gehen. Sie war vergesslich, was Vor- aber auch Nachteile mit sich brachte. Der Vorteil war, dass sie auch mal vergaß, ein Getränk auf dem Bierdeckel aufzuschreiben. Darüber war natürlich die Jugend - die auch schon zu unserer Zeit unter chronischem Geldmangel litt - nicht gerade böse.

Nachteilig war, dass sie häufig Bestellungen verwechselte. Es kam schon öfter mal vor, dass die Brave statt „kaltem Kaffee“ (Spezi) heißen Kaffee brachte oder umgekehrt. Auch Biersorten (natürlich von der „Martinsbräu“)

verwechselte sie liebend gerne. Doch das gehörte zu ihrem Markenzeichen, man reklamierte nur selten und betrachtete es als Sonderbehandlung, die sie einem Gast „angedeihen" ließ. Trotz dieser kleinen Unzulänglichkeiten hatte die Tante ein enormes Langzeitgedächtnis. Gäste, die schon fünf oder acht Jahre nicht mehr im Kaffeehaus Nägler waren, erkannte sie auf Anhieb und erkundigte sich nach deren Wohlbefinden und den Verwandtschaftsverhältnissen. Das schmeichelte und verpflichtete gleichzeitig, die „Dande" wieder häufiger zu besuchen.

Es war eine Eigenart der „Dande", sich nie im Leben fotografieren zu lassen. Erst im hohen Alter war sie damit einverstanden, abgelichtet zu werden. Vor einigen Jahren hat unser bekannter und gebürtiger Marktheidenfelder Fotograf Christian Schmid stimmungsvolle Fotos von Persönlichkeiten dieses Städtchens angefertigt und im „Franckhaus" ausgestellt. Hier ist, so wie dies sich auch gehört, unsere „Dande" verewigt und somit für künftige Generationen im Stadtarchiv dokumentiert.

Marktheidenfelder Altstadt – vom Main aus gesehen (Ölgemälde von Magda Langohr)

Der Pantillion – Josef Lermann – in Aktion!

Der Pantillion

Eigentlich hieß er Josef Lermann. Doch „Liebler“, „Lermann“, „Väth“, „Väthjunker“, „Fertig“ oder gar „Schwerdhöfer“ heißen hier in unserem schönen mainfränkischen Städtchen viele!

So suchte man gerne nach Hausnamen oder Spitznamen. Damit sollten die Betreffenden nicht verärgert oder gar beleidigt werden. Nein, man wollte dadurch ganz einfach Verwechslungen vermeiden. Die Verwendung dieser Spitznamen führte oft so weit, dass der reguläre Vorname vergessen wurde. Erinnern wir uns an Hädefelder Persönlichkeiten wie den John, den Donald oder an Gauli, Bimbo oder gar an den legendären Kaffeehausbesitzer Joffa! Wie heißen diese mit den eigentlichen Vornamen? Ja, da tun wir uns schwer!

Auch zu mir sagte ein Hädefelder, als ich vor gut 40 Jahren hierher kam: „Na, Walter, dir haben sie ja einen schönen Spitznamen verpasst, Langohr! Dabei hast du doch gar keine langen Ohren!“ „Nein“, sagte ich zu meinem Stammtischfreund. „Das ist kein Name, um mich zu ärgern. So heiße ich wirklich! Es ist ein echt mittel-fränkischer Name aus der Hesselberg-

Gegend.“ Der Spezi schaute mich etwas mitleidig an und meinte: „Na, da brauchen wir keinen Spitznamen zu geben, den hast du schon!“

Doch nun zurück zu unserem allseits beliebten Pantillion! Er war klein von Statur, etwas untersetzt. Was ihn auszeichnete, waren seine Freundlichkeit und Gutmütigkeit. Beruflich war er in jungen Jahren für das Paidi-Werk tätig, in späteren Jahren für die Kommune. Er kehrte, säuberte Straßen und Gehsteige. Somit stand er im Dienste der Sauberkeit für die Stadt Marktheidenfeld. Stets trug er seine überdimensionierte, orangefarbene Schildmütze samt riesiger Jacke mit grellen Querstreifen.

Was diese tolle Dienstmütze erst so richtig interessant machte, waren Josefs große, blumenkohlartig geformte Ohren. Diese „dominierten“ das ganze freundlich lächelnde Gesicht. Sie sorgten gleichzeitig dafür, dass die zu große Kappe bei der Arbeit nicht über die Stirn rutschte, denn sonst wäre sein Augenlicht verdeckt worden.

Wegen seiner merkwürdigen Ohren wurde der Arme am Stammtisch oft gehänselt. Besonders heftig ging es beim sonntäglichen Frühschoppen im Gasthaus „Zur Schwane“ her. Die Freunde spotteten wieder mal über die „Blumenkohlohren“ des verlegen lächelnden Josef. Ja, die Stammtischstrategen waren sich einig. Bei solch außergewöhnlichen „Löffeln“ müsse man auch einen besonders eindrucksvollen Spitznamen haben. Doch da war guter Rat teuer, keinem fiel etwas Passendes ein!

Aus dem Radio ertönte gerade eine Sondermeldung. Man berichtete, dass Italien schon wieder mal eine neue Regierung habe (es war noch in den 50er Jahren). Der neue Regierungschef (oder Außenminister?) heiße Pantelione. Da war das Stichwort gefallen. Alle waren sich sofort einig: „Du heißt ab sofort „Pantillion“!“ Was blieb da dem armen Josef übrig? Seufzend ergab er sich in sein Schicksal und akzeptierte die neue, für ihn auserkorene Bezeichnung. Ja, im Leben muss man auch hin und wieder Kompromisse schließen!

Denn, ehrlich gesagt, für seine Stammtischfreunde ging der Pantillion durchs Feuer! Er mochte sie alle, auch wenn sie hin und wieder über ihn spöttelten oder gar lästerten. Dafür stand er im Mittelpunkt! Dies genoss er sichtlich.

Das war eine willkommene Abwechslung zum ansonsten recht grauen Alltag. Jawohl, das war doch mal etwas ganz anderes als Papierkörbe auszuleeren, Straßen zu kehren und Gehsteige sauber zu halten! Pantillion galt hinfort als Markenzeichen unseres weinseligen Städtchens am Main.

Auch heute noch erinnert man sich gerne an den liebenswürdigen Josef. Inzwischen meinen aber einige heimische Experten, die des französischen mächtig sind, Pantillion käme nicht aus dem Italienischen. Nein, sagen sie, es wäre Französisch. Denn „Hose“ heißt auf Französisch „pantalon“. Weil der Pantillion stets weite, recht auffällige Hosen trug, hätten diese „pantalons“ zu seiner Namensgebung beigetragen. Doch was soll's – man amüsierte sich mit ihm. Selbst beim sonntäglichen Gottesdienst in der stilvollen Laurentiuskirche erregte der Arme Aufsehen. So saß Onkel Melchior hinter dem Josef. Dadurch war sein Blick auf den Altar versperrt. Melchior tippte lachend mit dem Finger auf den Rücken und sagte: „Hey, Pantillion, lech mol dei Ohre ab und klapp se zamm. Ich will aach was sehe!“

Jahre später kam es noch dicker: Armin Grein war schon Bürgermeister, allseits bekannt und beliebt. Da bekam der Pantillion eine Vorladung! Nein, nicht schriftlich von der Stadtverwaltung. Es geschah mündlich. Man saß dieses Mal zum sonntäglichen Frühschoppen im „Bräustüble“. Wein und Bier flossen wieder mal in Strömen. Etliche Honoratioren der Stadt waren dabei. Es ging hoch her. Mangels anderer Themen musste wieder mal der Pantillion wegen seiner außergewöhnlichen Ohren herhalten. Man traktierte ihn mit viel Bier und Schnaps, die Freunde waren äußerst spendabel! Doch das geschah nicht aus reiner Nächstenliebe, man führte etwas im Schilde …

„Pantillion, morgen, also Montag früh um neun Uhr, musst du dich beim neuen Bürgermeister, dem Armin Grein, vorstellen. Nachdem du für die Reinigung der Straßen und Gehsteige zuständig bist, möchte der Armin dich persönlich kennen lernen!“ „Sou“, meinte der Pantillion geschmeichelt, „was soll ich denn da anziehe?“ „Ja“, antwortete einer der selbsternannten Experten: „Der neue Bürgermeister wünscht ausdrücklich, dass du so erscheinst wie du zur Arbeit gehst. Also mit deiner Schildmütze, großen Arbeitsjacke und mit Schaufel und Besen. Dass du aber pünktlich da bist! Merk dir, Montag früh neun Uhr im Dienstzimmer beim Bürgermeister im Rathaus!“ So recht wollte der Pantillion das nicht glauben. Doch einige weitere Zwetschgenschnäpse, die man ihm rasch kredenzte, zerstreuten die restlichen Bedenken.

So trat am Montag früh der Josef in voller Montur, auch mit Schaufel und Besen, freundlich lächelnd bei Hädefelds neuem Bürgermeister an. „Sou, Bürchermester, du houst mi gruffa, dou bin i!“ Armin Grein wusste zwar nichts von diesem Streich, erfasste aber blitzschnell die Situation. Er würdigte die Arbeit des braven Mannes und schenkte ihm eine gute, dicke Zigarre. Unser Freund war schon immer ein Fan des jungen und charismatischen Armin Grein. So unterhielten die Beiden sich recht angenehm. Ab sofort hatte der Pantillion bei unserem Bürgermeister und späterem Landrat einen Stein im Brett! Bei festlichen Anlässen ging man gerne aufeinander zu und begrüßte sich.

Pantillion war verheiratet. Seine Frau, die „Baabett“, war viel dicker als er! Sie überragte ihn um Haupteslänge. Ja, die beiden waren ein eindrucksvolles Paar, das man nicht so leicht übersehen konnte. Doch ins Wirtshaus ging der Josef meistens alleine. Viele Marktheidenfelder schwärmen heute noch von der schönen Zeit mit dem originellen und lustigen Pantillion, der leider schon lange nicht mehr lebt.

Unvergesslich bleibt auch die Geschichte mit den grün angestrichenen Füßen. Das, wie mir aus verlässlichen Quellen berichtet wurde, begab sich wie folgt: Samstag, spät nachmittags waren die Spezis wieder mal im urgemütlichen „Bräustüble“. Am Stammtisch wurde gelacht und gescherzt. Karlheinz und Werner, die beiden Brüder, erzählten wieder mal schnurrige Geschichten. Nun kam der Pantillion, setzte sich dazu. Er stellte seine große Schnupftabaksdose vor sich auf den rustikalen Wirtshaustisch. Dann holte er aus dieser Dose einen seiner geliebten Stumpen, zündete diesen recht umständlich an und rauchte. „Ich bin der Josef Lermann, Sonntagskind und Schifferknolle!“ Das war sein Lieblingsspruch.

So stellte er sich den Brüdern vor, die er noch nicht so recht kannte. Doch die Zwei wussten schon längst über ihn Bescheid. Sie waren jedem Schabernack von Herzen zugetan! Nun kam der Pantillion zur Sache. Er verwechselte einen der Brüder mit einem bekannten und renommierten Apotheker aus der Stadt. Schließlich fragte er den vermeintlichen Apotheker um Rat, berichtete vom Fußjucken und ähnlichem. Schließlich zog der Pantillion unaufgefordert seine riesigen Schuhe samt Strümpfen aus. Es duftete nicht gerade fein! Die um ihn herum Sitzenden rümpften die Nase.

Nicht so unser freundlicher „Apotheker“. Er besah sich scheinbar fachmännisch die lädierten Füße des Pantillion und betastete diese schließlich. Dann wiegte unser Spaßvogel sorgenvoll den Kopf, legte die Stirn in Falten und überlegte lange. „Ja“, meinte er nachdenklich, „Josef, da kann nur eines helfen, ein uraltes Hausmittel. Das ist eine grüne Farbe, die ich in der Apotheke habe. Die ist giftfrei. Sie desinfiziert und hilft ganz bestimmt gegen Fußjucken und sogar gegen den Fußpilz. Es kostet dich nichts. Auch die Behandlung mache ich für dich umsonst, weil wir dich kennen und schätzen. Aber das Ganze hat einen Nachteil: Alle befallenen Stellen müssen von mir sorgfältig mit dieser grünen Farbe eingepinselt werden. Damit es auch wirklich hilft, musst du das alles sorgfältig eintrocknen lassen. Du solltest diese Farbe zwei Wochen dran lassen. Während dieser Zeit darfst du keinesfalls deine Füße waschen!“

Das war unserem Freund recht. Denn mit der Hygiene übertrieb er es ohnehin nicht. Hauptsache, es hilft und ist kostenlos, so dachte der Arme heimlich bei sich. „Man muss das Eisen schmieden, so lange es noch heiß ist!“ Das war die Devise der beiden lustigen Brüder. So ging Werner, der vermeintliche Apotheker eiligst heim in die Schreinerwerkstatt seines Vaters. Dort holte er eine harmlose grüne Farbe, Pinsel und eine kleine Wanne für die Füße des Pantillion. Kaum im „Bräustüble“ am Stammtisch angekommen, schritt man zur Tat. Till, der Gastwirt, ging aufmerksam dem „Apotheker“ zur Hand. Man öffnete die große Farbdose, rührte um und brachte Fußlappen. Sorgsam wurden beide Füße bis zum Knöchel mit Farbe bepinselt. Während dieser Prozedur tranken die Beteiligten reichlich „Quetsche“ (hd. „Zwetschgenschnaps“) zur Desinfektion! Natürlich musste unser Freund noch so lange im „Bräustüble“ sitzen bleiben, bis die Farbe angetrocknet war. Das dauerte Stunden!

Erst dann durfte er wieder Strümpfe und Schuhe anziehen. Karlheinz und Werner, die zwei Schlawiner, schärften dem „Patienten“ nochmals ein, 14 Tage lang die Füße von jeglichem Wasser fern zu halten. Ansonsten wäre die Behandlung „für die Katz’“! Till, unser origineller Bräustübleswirt hatte seine helle Freude an dieser humorvollen Aktion. Zum Schluss begleitete er den Pantillion ein Stück des Weges und bat ihn, zwei Wochen später wieder zu kommen. Man wolle dann gemeinsam die Farbe abwaschen, um die Behandlung abzuschließen.

So geschah es dann auch. Genau zwei Wochen später wurde die grüne Schreinerfarbe von den Füßen abgewaschen. Geholfen hat es natürlich nicht, aber soweit wir es wissen, hat es auch nicht geschadet! Alle hatten ihre Freude daran, selbst der Josef, von seinen Freunden „Pantillion" genannt, lachte herzlich.

Es gäbe noch viele lustige Begebenheiten zu erzählen. Man braucht nur ältere, gebürtige Marktheidenfelder zu fragen. Besonders seine früheren Stammtischkollegen! Wenn das Stichwort „Pantillion" fällt, schmunzelt man, schwärmt von damals. Eben von der guten alten Zeit, die im Grunde genommen recht mühevoll war! Doch Jahrzehnte später verklärt sich vieles!

Leben und Leben lassen – das ist die Devise in Marktheidenfeld!
Ein Blick von der Herrengasse zur Laurenzius Kirche. (Ölgemälde von Magda Langohr)

Der „Frühstücksmeier“

Reisen bildet, so sagt man. Außerdem gilt: „Wer eine Reise tut, der kann auch was erzählen.“ Aus geschäftlichen Gründen musste ich öfter mal, meistens mit dem Zug, nach Norddeutschland fahren. Schließlich war ich in der Firma, in der ich mehr als drei Jahrzehnte arbeitete, für die Verkaufsförderung zuständig. Wir bauten seinerzeit Stalleinrichtungen und Silos. Damals, in den 70er Jahren, boomte noch die Landwirtschaft und somit auch die Landmaschinenindustrie! Wir produzierten im Werk I Marktheidenfeld mit rund 100 Beschäftigten sowie im Werk II, Nähe Hannover. Im Sommerhalbjahr fanden damals die stets gut besuchten, landwirtschaftlichen Ausstellungen statt. Dort präsentierten wir Weiterentwicklungen und Messeneuheiten.

Die großen DLG-Ausstellungen wechselten routinemäßig die Standorte, fanden mal in München, Frankfurt oder Hannover statt. Eine bedeutende Ausstellung für den norddeutschen Raum war die NORLA (Norddeutsche Landmaschinenausstellung) in Rendsburg (Schleswig-Holstein). Wer dort gut im Geschäft sein wollte, musste das norddeutsche „Platt“ beherrschen, am besten dort auch wohnen und natürlich trinkfest sein. Darüber hinaus waren exzellente landtechnische Kenntnisse von Nöten. Diese Voraussetzungen erfüllten meine norddeutschen Verkäufer. Sie kamen aus dem Großraum Hamburg, Lüneburg, Hannover und Rendsburg. Bei schwierigen Projekten oder besonders großen Objekten wurde Werksunterstützung verlangt. Dafür war ich wiederum zuständig.

Gerne fuhr ich mit der Bahn nach Norddeutschland. Schon morgens um zwei oder drei Uhr stieg ich in Würzburg in den Zug ein und nahm einen Platz im Liegewagen. So war ich schon vormittags frisch und ausgeruht in Lüneburg, Hamburg oder Rendsburg. Dort holte mich der zuständige Außendienstmitarbeiter ab. Abends, nach erfolgter Planung und Projektberatung, wurde ich wieder zum Bahnhof gebracht. So dauerten die norddeutschen Touren oft nur einen bis eineinhalb Tage. Doch nach Rendsburg zur NORLA waren meistens fünf Tage Messebetreuung durch mich angesagt. Damals gab es noch richtige Originale, die im Verkauf tätig waren. Imposant war zum Beispiel der „Jauche-Müller“ mit seiner stattlichen Figur. Er verkaufte neben unseren Stalleinrichtungen Jaucherohre aus Kunststoff sowie Jauchepumpen. Deswegen sein Spitzname.

Außerdem gab es seinerzeit noch den „Frühstücksmeier“. Das war eine noch imposantere Erscheinung. „Großes ‚M’ und kleine Eier, kurz Meier“, so pflegte er sich vorzustellen. Doch im Raum Lüneburg/Hamburg nannte man ihn „de Gaulle“. Das kam nicht von ungefähr.

Ja, der Meier war ein besonderer Typ: Etwas zwei Meter groß, mit einem riesigen Bauch ausgestattet, lachte er häufig und dröhnend, eben aus vollem Bauch heraus. Das alles ergänzte eine große Adlernase, um nicht sogar „Zinken“ zu sagen. Aus seinen strahlend blauen Augen blitzte der Schalk. Das fliehende Kinn und die mäuseartigen Zähne unterstrichen sein dominierendes Riechorgan. So war die Ähnlichkeit mit de Gaulle, dem großen französischen Staatsmann, auf den ersten Blick doch recht verblüffend. Ob Sommer, ob Winter, Meier trug stets Sandalen, kaum Schuhe. Wir sagten „Jesuslatschen“ dazu. Seine Jacken oder Sakkos trug er stets offen, was seine Leibesfülle noch mehr zur Geltung brachte. Einen Mantel brauchte er nie! Hans-Ludwig, so hieß er mit Vornamen, war erst um die 40 Jahre alt und noch Junggeselle. Wir nannten ihn „Frühstücksmeier“, denn er fürchtete jede körperliche Arbeit - so wie der Teufel das Weihwasser. Dafür war er einem üppigen und lange währenden Frühstück äußerst zugetan, das er gerne mit ein bis zwei Fläschchen Bier oder einem „Köm“ (hd. „Korn“) krönte.

Der Hans-Ludwig war ein begnadeter Verkäufer. Er konnte reden wie ein Buch und mit seinen Argumenten überzeugen. Meist „snackte“ (hd. „sprach“) er Plattdeutsch, zumindest wenn er norddeutsche Kundschaft hatte. Oft hörte ich ihm wie gebannt zu, denn auch Platt verstand ich recht gut. Stets klopfte er Sprüche, erzählte Witze, war galant zu den Damen! Dazu hatte er ein fundiertes Wissen über Land, Leute und die Landtechnik. Hans-Ludwig wohnte noch zu Hause bei seiner Mama, einem kleinen, alten, verhutzelten Weibchen. Sie war mager, ihm aber ansonsten sehr ähnlich (speziell die Nase).

Mit Geld konnte er nicht umgehen. Regelmäßig bekam er von unserem Werk für seine guten Verkäufe bzw. Umsätze Provisionen und Prämien. Dieses Geld verwendete der „Frühstücksmeier“ nur selten zur Schuldentilgung oder zum Abbezahlen von sonstigen Verbindlichkeiten. Am liebsten schmiss er Lokalrunden, um auf sich aufmerksam zu machen. So floss ein Teil seines Einkommens gleich wieder in die „Wirtschaft“.
„Mensch Meier“, sagte ein norddeutscher Kollege namens Jürgen zu ihm:

„Wenn du nicht bezahlst, dann komm ich zu dir und hol' deine letzten Hühner vom Bauernhof. Dann hast du keine Eier mehr zum Frühstück!" Diese Botschaft verstand „de Gaulle" sehr wohl. Überhaupt, gegenüber seinen Freunden hatte er doch einen gewissen „Ehrenkodex", da bezahlte er auch - letztendlich.

Auch ich redete dem „Frühstücksmeier" wie einem lahmen Gaul zu, doch sein Leben wieder in geordnete Bahnen zu bringen. Er nützte nur wenig, er schaffte es einfach nicht!

Einige Jahre später, so berichtete man mir, fand bei ihm zu Hause ein größeres „Fest" statt. Es war schon lange angekündigt worden. Der Hauptgläubiger, eine bekannte Bank, versteigerte den Bauernhof komplett mit Inventar - samt Hühnern! So hatte der „Frühstücksmeier" keine Eier mehr zum Frühstück. Das traf ihn hart, denn die vom Supermarkt schmeckten ihm nicht. Meiers Mutter lebte noch etliche Jahre. Ihr wurde lebenslanges Wohnrecht auf dem Hof eingeräumt. Also wohnte der Schlawiner bei seiner Mama, so änderte sich de facto nichts!

Doch nun wieder zurück zur Ausstellung, zur NORLA in Rendsburg. Diese fand stets Anfang September statt, meistens bei herrlichem Wetter. Da traf sich halb Norddeutschland, zumindest die Agrarfachleute. Die „Hot City Stampers", eine ausgezeichnete Dixieland-Kapelle aus dem idyllischen Rendsburg, spielte auf, das brachte Stimmung und nordisches Flair.

Der „Jauche-Müller" stellte seine Jaucherohre, Güllepumpen und natürlich Produkte aus unseren beiden Werken aus. Müller mit dem seltenen Vornamen Hugobert war in Brekendorf/Nähe Rendsburg zu Hause. Er hatte im dortigen „Dörps-Krog" (hd. „Dorf-Krug") für mich ein Zimmer bestellt. Denn auf dem Lande lebt es sich gemütlicher und vor allem billiger!

Tagsüber war ich die meiste Zeit am Ausstellungsstand vom Hugobert zur Kundenbetreuung und Beratung. Es war viel Betrieb! Doch wenn es mal ruhiger wurde, besuchte ich die Konkurrenz, um deren Verkäufer kennen zu lernen und gar manchen für den Verkauf unserer Produkte zu gewinnen. So wurde ich auch mit dem Jörn bekannt, einem lustigen Dänen, der auf Jütland Fressgitter und Kälberboxen produzierte. Zufällig erfuhr ich, dass er ebenfalls für die Messedauer im „Dörps-Krog“ in Brekendorf wohnte. Hinzu kam noch der Winfried, ein Verkäufer für Heizungsanlagen.

Spät nachmittags, wir ahnten nichts Böses, traf der „Frühstücksmeier“ ein. Er war unter dem Namen „de Gaulle“ in Schleswig-Holstein und Raum Lüneburg bekannt wie ein „bunter Hund“. „De Gaulle“ begrüßte seinen alten Spezi, den „Jauche-Müller“ begeistert. Man setzte sich in den kleinen, uralten Wohnwagen vom Hugobert. Das heißt, Meier wollte das, doch der Türausschnitt des Wohnwagens war zu klein (oder der Bauch vom „Frühstücksmeier“ zu groß?).

Unser Freund machte nochmals einen Anlauf. Er wand sich „korkenzieherartig“ mit diversen Drehungen durch die Öffnung hinein in den Wohnwagen und, siehe da, es gelang! „Jauche-Müller“ brachte freudestrahlend zwei Fläschchen Bier für den Spezi (eine Flasche wäre zu wenig gewesen). Der „Frühstücksmeier“ setzte sich erschöpft, aber erleichtert hin. Schon krachte es! Die Sitzplatte (unter Meier) brach ob der großen Belastung durch! Doch das tat der Wiedersehensfreude keinen Abbruch.

Abends brachte Hugobert mich und den „de Gaulle“ zum „Dörps-Krog“, wo Winfried und der Däne schon auf uns warteten. Der „Dörps-Krog“ war eine urige nordische Gaststätte, noch mit Schilfdach (Reet) eingedeckt und einer rustikalen, großen Gaststube. Marianne, die freundliche Wirtin, und ihr Mann Wilfried begrüßten uns wie alte Freunde. „Wenn ihr heute Abend deftig essen wollt, ich habe Gulasch gekocht!“ „Jauche-Müller“, „Frühstücksmeier“ und ich, der Langohr, stimmten sofort zu, was der Wirtin schmeichelte.

Jörn sprach ab und zu Dänisch mit mir. Diese Sprache hatte ich vor Jahren, während meiner Zeit in Dänemark, gelernt. Doch im Laufe der Zeit hatte ich mangels Training wieder vieles vergessen. „So“, meinte Jörn, „du bist der Langohr - na, da hast du ja einen schönen Spitznamen!“ „Nein“, antwortete ich etwas pikiert, „so heiße ich wirklich!“

Es gab helle, geräumige Zimmer im „Dörps-Krog“ zum günstigen Preis. Offensichtlich fühlten sich hier auch die Spinnen sehr wohl, denn es gab viele Spinnennester. Der Jauche-Müller meinte fachkundig dazu: „Wo es viele Spinnen gibt, ist die Luft gut, da ist das Raumklima in Ordnung!“

Natürlich störten wir Tierfreunde die kleinen Tierchen nicht bei ihrer Arbeit. Sie durften in Ruhe weiter spinnen.

Abends erschienen alle pünktlich zum Gulasch essen. Marianne, die Wirtin, tischte tüchtig auf. Dazu tranken wir reichlich Bier und „Köm“ (den dortigen „Korn“). Durstig sah Wilfried, der alte Wirt, zu. Er war nervös, rauchte ständig. Sein Gesicht war schon ganz grau vom vielen Nikotin. Schließlich setzte er sich zu mir. „Ich bin der Wilfried und wie heißt du?“ „Ich heiße Walter“, antwortete ich. Schon drückte der Wirt mir vertraulich ein Fünfmarkstück in die Hand. „Meine Marianne ist hart zu mir. Sie lässt mich kein Bier und keinen Köm trinken. Wenn mir aber jemand einen ausgibt, dann ja. Also sagst du jetzt zur Marianne, dass ich ein großes Bier und einen doppelten Köm von dir spendiert kriege! Dann darf ich das auch trinken.“ Somit war ich ab sofort in diesem ländlichen Gasthof ein wohlgelittener Gast. Beim Wilfried wegen meiner Gefälligkeit und bei der Wirtin wegen meines offensichtlich spendablen Wesens.

Zu fortgeschrittener Stunde erzählte Hugobert, der „Jauche-Müller“, schmunzelnd die mir schon bekannte Geschichte vom Pastor und dem Pharisäer. Für alle, die diese Geschichte noch nicht kennen, will ich sie vorsorglich nochmals erzählen:

Vor Jahren fand eine große Taufe irgendwo auf dem Land im schönen Norddeutschland statt. Natürlich war der Pastor zum anschließenden Taufschmaus als Ehrengast eingeladen. Bekannt war, dass der Herr Pfarrer ein Gegner des Alkohols war. Lauthals wetterte er oft und zu Recht, wie wir meinen, bei seiner Sonntagspredigt von der Kanzel herunter gegen die seinerzeit weit verbreitete Trunksucht auf dem Lande. So gab es mit Rücksicht auf den Herrn Pastor keinen Alkohol, so hieß es wenigstens. Dafür schenkte man starken, heißen Kaffee aus. Doch je mehr Kaffee getrunken wurde, desto ausgelassener wurde die Stimmung. Erstmals ließ man den strammen Täufling hochleben, schließlich auch geräuschvoll die Mama und den stolzen Papa.

Das verwunderte Hochwürden sehr! Als er wieder einen Kaffee bestellte und davon trank, hellte sich seine Miene auf. Schließlich kannte er seine Schäflein. Ja, er schmunzelte und rief: „Ihr seid doch alle Pharisäer!“, trank aber gerne weiter von seinem wunderbaren und wohlschmeckenden Kaffee. Des Rätsels Lösung: Der Gastgeber hatte wegen des stürmischen und unguten Wetters vorsorglich einen schönen Schluck braunen Rums und viel Zucker in den starken Kaffee gegeben. Um den feinen Rumduft wiederum „unter der Haube“ zu halten, gab es auf jede Tasse eine große Portion Schlagsahne. Versehentlich bekam der Pastor von diesem „speziellen“ Kaffee.

So war eine neue Spezialität des Nordens, der „Pharisäer“ geboren. Dieser hilft, neben dem uns bekannten Grog, vor allem zur Winterszeit, dem manchmal unwirtlichen Klima in Schleswig-Holstein zu trotzen.

Nun zurück zu unserem feucht-fröhlichen Umtrunk mit Gulaschessen. Nach all dem Bier und Köm im „Dörps-Krog“ war uns spät abends nach einem Pharisäer zumute. Hugobert, der „Jauche-Müller“, fragte Marianne, die Wirtin: „Es ist doch alter Brauch, wenn jemand sechs Pharisäer trinkt, dann bekommt er den siebten kostenlos!“

„Selbstverständlich“, meinte Marianne, „das geht klar. Aber Wilfried, mein Mann, bekommt nichts davon“, meinte sie vorsorglich. Der arme Wirt namens Wilfried setzte sich spontan zu mir und drückte mir heimlich einen Fünfmarkschein in die Hand. So wusste ich, was wieder fällig war!

Dem „Frühstücksmeier“ gefiel die Idee vom „siebenfachen Pharisäer“ besonders gut. Er wies jedoch Marianne auf seine Leibesfülle hin und dass er deswegen pro Pharisäer statt einem lieber zwei Rum wolle. So saßen wir sechs in froher und vor allem durstiger Runde zusammen, um alte Bräuche des Nordens zu pflegen. Jörn, der Däne, Winfried, der „Heizungsmensch“, dazu die landwirtschaftlichen Fachleute Hugobert („Jauche-Müller“), „Frühstücksmeier“ („de Gaulle“), einschließlich Klaus Schwarzmann und ich.
Den Klaus kannte ich noch nicht. Er kam im Laufe des Abends erst im „Dörps-Krog“ an, setzte sich sofort zu uns und aß von den Gulaschresten. Er wohnte ebenfalls für die Dauer der NORLA hier im „Dörps-Krog“. Klaus produzierte in einem Vorort von Hamburg gewinnbringend Turbo-Ventilatoren für die Lüftung von Stallungen.

Ja, der Pharisäer schmeckte wirklich ausgezeichnet, diese Spezialität kann ich weiterempfehlen! Doch nach dem vierten hatte ich eigentlich genug! Aber wer wird schon zu nächtlicher Stunde schlapp machen! Keinesfalls durfte ich mich hier als Franke blamieren!

Außerdem wollten wir doch der Wirtin den siebten Pharisäer nicht schenken, den hatten wir uns doch verdient! Durstig saß Wilfried, der Wirt, wieder neben mir. Er bekam nichts mehr, denn seine Fünfmarkscheine bzw. Geldstücke waren ihm mittlerweile ausgegangen. Endlich hatten wir es geschafft! Die Wirtin kredenzte jedem den siebten Pharisäer auf Kosten des Hauses. Doch Wilfried bekam wieder nichts. Hans-Ludwig, der „Frühstücksmeier“, war noch der Munterste von uns allen, trotz doppelter Menge Rums. Er orderte noch ein großes Bier, um, wie er sagte, das Koffein besser zu verteilen.

Natürlich war es mit unserer Nachtruhe schlecht bestellt, die große Menge Kaffee hielt uns wach. „De Gaulle“ hingegen konnte (vermutlich wegen des Bieres) schlafen wie ein Murmeltier. Bleibt noch zu vermerken, dass er zum Frühstück ebenfalls ein großes Bier (statt Kaffee) trank. Mir wurde nach dem Frühstück und nach Mariannes starkem Kaffee ziemlich schlecht. Tee oder Bier wären für mich wohl bekömmlicher gewesen. Lange Zeit ging ich dem „Pharisäer“ aus dem Wege. Denn allzu viel ist eben doch ungesund!

Nach einem anstrengenden Messetag, nach Beratung und Verkauf unserer Produkte am Ausstellungsstand vom Hugobert, sahen wir uns abends wieder im „Dörps-Krog“. Alle waren müde, hungrig und durstig. Marianne, die Wirtin, hatte für uns Labskaus, eine deftige Seemannskost, zubereitet. Mir schmeckte diese norddeutsche Spezialität nicht besonders. Vielleicht waren es aber auch die vielen Pharisäer vom Vorabend, mit denen sich mein Magen noch nicht so richtig versöhnt hatte.

Hugobert, der „Jauche-Müller“, hatte zum abendlichen Umtrunk die Gemeindeschwester Erika mitgebracht und uns vorgestellt. Sie war knapp 40 Jahre alt, gerade frisch und erfolgreich geschieden. Gemäß dem biblischen Motto: „Es ist nicht gut, dass der Mensch alleine sei“ wollte er die Erika mit seinem Spezi, dem Frühstücksmeier, bekannt machen und möglichst gleich verloben. Doch dieser schätzte seine Bequemlichkeit als Junggeselle sehr. Schließlich konnte er nach wie vor kostenlos bei seiner Mutter wohnen. Hans-Ludwig weigerte sich also standhaft.

Schließlich fanden wir einen Kompromiss: Wir einigten uns auf eine Probeverlobung von „de Gaulle“ mit der Erika. Zu diesem Behufe mussten sich die Gemeindeschwester und der Meier an die Ecke des Tisches setzen zum „Probe-Verlobungskuss“. Doch Erika schämte sich vor uns. Auch hatte sie Bedenken wegen der dominanten Nase des Frühstücksmeiers, seines fliehenden Kinns und seiner Mäusezähne. So zogen wir den Vorhang zu, hinter dem beide versteckt waren, um doch eine gewisse Intimsphäre zu gewähren.

Diesen Ford-Granada 6-Zylinder fuhr ich gerne! Er war ideal für größere Geschäftsreisen. Manchmal fuhren wir damit, samt Kind und Kegel nach Dinkelsbühl oder Budapest.

Ja, das nordisch-herbe Bier aus Schleswig-Holstein floss an diesem Abend wieder in Strömen, dazu tranken wir reichlich Köm aus der Region. Den ganzen Abend „snackten“ alle auf Platt. Ich hörte zu und amüsierte mich köstlich. Das mit dem „Frühstücksmeier“ und der Gemeindeschwester Erika wurde dann doch nichts! Es war schließlich doch nur eine Probeverlobung, die sein Freund, der „Jauche-Müller“, mit dem Meier arrangiert hatte. So kümmerte sich künftig unser dänischer Freund Jörn um Erika.

Rasch vergingen die idyllischen Tage in Rendsburg und Umgebung. Ja, ich war bei Freunden, lernte viel über Land und Leute, fühlte mich dort ausgesprochen wohl. Hugobert besorgte für mich zum Abschluss einen ausgezeichneten „Knochenschinken“ aus einer speziellen Katenschinken-Räucherei. Dazu kaufte ich einen Laib Tilsiter Käse von der „Holtseer Meierei“. Beides kannte und schätzte ich vom morgendlichen Frühstück im „Dörps-Krog“. So lernte ich auch diese köstlichen Spezialitäten aus dem Norden kennen und schätzen.

Am Abschiedsabend saßen wir alle in froher Runde nochmals im „Krog“ zusammen. Ich bestellte dieses Mal wirklich auf eigene Kosten für Wilfried, den alten durstigen Wirt, bei Marianne ein großes Bier und einen doppelten Korn. Klaus Schwarzmann schmiss für uns alle eine „Turbo-Runde“. Der Verkauf seiner Turbo-Ventilatoren für Stallungen lief in Rendsburg auf der NORLA besonders gut. Dann setzte sich der Klaus zu mir, brachte mir nochmals Bier und Korn mit. Erst erzählte er mir lang und breit Technisches aus seiner Ventilatorenproduktion in Hamburg-Langenhorn.

„Walter“, meinte er, „du fährst doch morgen mit dem Zug nach Hause und steigst in Hamburg um, ist das richtig?“ „Ja“, bestätigte ich. „Du“, meinte er, „ich habe hier in Rendsburg günstig einen nagelneuen Volvo gekauft. Es ist ein herrlicher, geräumiger Pkw. Könntest du mir den nach Hamburg fahren? Du würdest mir damit einen großen Gefallen tun. Ich selber kutschiere vorneweg, bringe meine Ausstellungssachen samt Ventilatoren zurück. Du fährst einfach hinter mir her. Dann essen wir gemeinsam. Meine Frau kocht sehr gut und dann bringe ich dich mit dem Volvo zum Hauptbahnhof!“

Gesagt, getan. So saß ich am nächsten Mittag schon gemütlich im Intercity von Hamburg nach Würzburg. Über mir im Gepäcknetz lag der Knochenschinken aus Schleswig-Holstein, der herrlich duftete. Im gebührenden Abstand daneben war mein Laib Käse, der still vor sich hin stank. Eine vornehme Frau saß mir gegenüber im Abteil und rümpfte verächtlich die Nase. Sie meinte, ob ich denn einen toten Vogel dort im Gepäcknetz transportieren würde. Doch damals gab es noch keine Vogelgrippe, zumindest war diese als solche noch nicht bekannt. „Nein“, meinte ich, „das ist feinster Käse aus Schleswig-Holstein, ein „Holtseer“ aus einer dort bekannten Käserei, wollen Sie probieren?“
Es waren noch mehr Leute im Abteil, alle wollten davon kosten! Irgendjemand hatte ein Messer. So schnitt ich vom Käse, jeder bekam ein Stück. Alle waren begeistert, selbst die feine Dame äußerte sich anerkennend. Fazit: In der Not

schmeckt guter Käse auch ohne Brot! Nun schnitt ich noch großzügig für jeden vom wunderbar duftenden Knochenschinken ein Stück ab. Es war ein Genuss! So verging die Zeit wie im Flug. Bleibt zu vermerken, dass ich doch noch einen Großteil vom Schinken und vom Käselaib für zu Hause retten konnte.

Meine Frau, Freunde und die Arbeitskollegen waren ebenfalls von diesen nordischen Spezialitäten sehr angetan.

Übrigens, der „Frühstücksmeier“ besuchte mich im Jahr darauf in München auf der großen Landmaschinenausstellung, der DLG. Er war etwas deprimiert. Es regnete und war kalt. Hans-Ludwig hatte wieder seine „Jesus-Latschen“ an, das Wasser lief hinein. Die Jacke war offen, damit der Bauch Platz hatte. Das alles störte nicht. Er war mit seinem alten Renault R 6 von Hamburg-Harburg bis nach München gefahren.

Das Benzin war seinerzeit noch nicht teuer. Auf der Rückseite seines Renault stand in großen Lettern: „Meier, Großdeutschland!“ Gleich daneben parkte

Ländliche Idylle mitten in Budapest! In den 70er Jahren wurde das Sodawasser noch mit dem Pferdefuhrwerk angeliefert – zur Freude unserer Kinder!
Bildmitte: Christian; rechts: Magdalena

ein uralter, klappriger VW Käfer mit noch größerer Aufschrift: „Müller, Europa!“ „Mensch, Meier“, sagte ich, „der ist dir voraus!“ Das ärgerte den „Frühstücksmeier“. Dazu kamen noch die nassen Füße und das schlechte Wetter.

Doch einen exzellenten Verkäufer muss man bei Laune halten, damit er auch weiterhin gute Umsätze bringt. So bewirtete ich den Hans-Ludwig an unserem Ausstellungsstand mit einem üppigen Frühstück. Dazu gab es feinen Frankenwein, den mein Seniorchef und ich besonders schätzten. So schenkte ich erst einmal vom „Erlenbacher Krähenschnabel“ ein. Später gab es „Homburger Edelfrau“. Zum Abschluss schenkte ich für den Seniorchef, den „Frühstücksmeier“ und mich noch einen „Randersackerer Pfülben“ aus.

So fuhr unser Meier wieder zufrieden nach Norddeutschland zurück. Übrigens, die Autoaufschrift änderte er um. Auf seinem Auto stand dann: „Meier, Europa“, denn schließlich muss man mit der Zeit gehen!

Eines der schönsten Thermalbäder in Budapest, das Szecsenyi!

Der verrückte Bèla-Bacsi
(Eine heitere Schelmengeschichte aus dem schönen Budapest)

Jedes Jahr, meistens im August, gleich nach dem „Laurenzifest“ in Marktheidenfeld, fuhren wir nach Ungarn in den Urlaub. Die ganze Familie, also mit Kind und Kegel.
Erst mal blieben wir eine Woche in Budapest, dann eine Woche am Plattensee, auf Ungarisch „Balaton“ genannt.

Fast täglich badeten wir in den wunderschönen Thermalbädern Budapests (Gellert, Szecsenyi oder Palatinusz), die zweite Woche dann natürlich im zu dieser Zeit fast lauwarmen Plattensee. Gab es mal Regentage unternahmen wir Tagesausflüge in das etwa fünfzig Kilometern entfernte Moorbad Hèviz.

Im Budapester Stadtteil Pestszentlörinc wohnten wir bei Freunden und Verwandten. Die Räume waren mit rustikalen Kachelöfen ausgestattet, so dass man es sich auch zur kühleren Jahreszeit gemütlich einschüren konnte. Doch im August spielte sich wegen der großen Hitze das Leben meistens im Freien, in romantischen, schattigen Innenhöfen ab. Szentlörinc heißt übrigens auf Deutsch „heiliger Laurentius“. „Szent“ heißt „heilig“ und „Lörinc“ auf Deutsch „Laurentius“.

Also haben wir dort, genau wie in Marktheidenfeld, den gleichen Schutzheiligen. Von 1945 bis 1989 hatten die Kommunisten dem Armen die Heiligkeit aberkannt. Folglich hieß dieser Stadtteil auf der Pestseite nur noch Pestlörinc. Doch nach dem die Kommunisten seit der so genannten Wende ab 1989 nichts mehr zu sagen hatten, bekam Laurentius auch wieder offiziell seine Heiligkeit zurück. Folglich heißt dieser Stadtteil Budapests nun wieder Pestszentlörnic. Analog dazu wurde die Straße, in der wir wohnten, auch vom Namen her wieder „rehabilitiert“ und somit also alles umbenannt, vom Allerweltsnamen „Marx-ùtca“ (Straße) in „Darànyi-utca“, so wie vor 1945.

Auf der Darànyi- bzw. Marx-utca brausten die großen LKWs und Busse vorbei zum unweit gelegenen Stadtzentrum oder auch in die andere Richtung zum Budapester Flughafen namens „Ferihegy“. Ja, die große weite Welt ist meistens laut!

Die Häuser, oft nur ein- oder zweistöckig, standen mit dem Rücken, also Lärm abweisend, zur Straße. Sie bildeten letztlich, u-förmig angeordnet, idyllische und ruhige Innenhöfe. Ein altmodisches, nachts abschließbares, schmiedeeisernes Tor mit gemauertem Torbogen darüber, bildete den Abschluss zur „großen Welt".

Der Innenhof suggerierte pures Landleben, mitten in der Großstadt. Die sechs oder sieben Familien, die hier in ihren Häusern wohnten, pflegten ihre kleinen Gärten mit viel Liebe. Es wurden Rosen gezüchtet, ja, die „Adenauer-Rosen" aus Budapest dufteten schon immer wunderbar! Darüber hinaus wurde Wein angebaut sowie Gurken, Erdbeeren und anderes.

Abends, nach getaner Arbeit, saßen die Nachbarn meistens im Garten oder auf der Terrasse gemütlich zusammen und plauderten. Man trank dazu Sodawasser, manchmal auch, wenn das Geld reichte, Wein, Bier oder einen „Fekete", den aromatischen, starken ungarischen Espresso-Kaffee. Zuweilen gab es, selbst noch in den späten 70er Jahren, auf der großen Straße draußen, wenn auch selten, Pferdefuhrwerke.
So fuhr alle paar Tage ein junger Mann mit seinem gummibereiften, großen Wagen und einem schweren Kaltblutpferd, das davor angespannt war, gemütlich durch die Darànyi-ùtca. Er saß auf dem Kutschbock, pfiff laut und vernehmlich mit der Trillerpfeife. So wussten alle Leute, es gibt Sodawasser. Sie brachten ihre großen, leeren, gläsernen Sodawasserflaschen in Kisten aufgereiht.

Man bezahlte dafür nur wenige Forinth - so hieß und heißt das ungarische Geld - für dieses einigermaßen passable Getränk. Doch wer etwas Besonderes wollte und das nötige Geld hatte, nahm dazu gut gekühlten, trockenen, ungarischen Weißwein. Diesen mischte man mit Sodawasser zu einem „Fröcs" (auf Deutsch „Gespritzter" oder „Schorle"). Das war ein herrlich erfrischendes Getränk an heißen Sommertagen.

Wenn unsere Kinder die Trillerpfeife hörten, waren sie nicht mehr zu bremsen. Sie rannten sofort durch das schöne, schmiedeeiserne Tor zum Sodawasserfuhrwerk und durften beide auf dem großen Kutschbock Platz nehmen. Dort nahm sie der freundliche, blonde Ungar mit auf eine Runde durch Budapests Straßen, es war herrlich! Stets brachte er die Kleinen wieder wohlbehalten zurück.

Im Innenhof waren zwei malerische, gusseiserne Brunnen mit riesigen Pumpschwengeln zur Wasserversorgung der Gärten. Morgens, an heißen Tagen, wusch ich mich mit Vorliebe an einem dieser Brunnen im Freien. Das klare, kalte Wasser ließ ich so richtig auf meinen entblößten Oberkörper hernieder prasseln. Es erfrischte wunderbar!

Hinter mir bellte plötzlich ein blutrünstiger Fleischerhund. Ich zuckte entsetzt zusammen. Ja, ich fühlte schon fast das scharfe Gebiss dieser Bestie in meinen Waden und hätte am liebsten vor Schmerz laut losgebrüllt. Schließlich drehte ich mich um. Da stand hinter mir ein freundlicher alter Herr, so um die 70 Jahre alt, Zigarettenstummel im Mundwinkel, Baskenmütze auf dem Kopf. Er lachte verschmitzt. Erleichtert lachte ich mit. „Ich bin der Bela-Bàcsi, euer Nachbar“, stellte er sich in gebrochenem Deutsch vor. „Ja“, meinte er, „ich kann bellen wie ein Hund und auch viele andere Geräusche imitieren.

Oft habe ich Langeweile, dann mache ich Blödsinn oder hecke Streiche aus, um die anderen zu ärgern. Doch bestrafen kann man mich nicht dafür“, so meinte der Bela ganz stolz, „denn schließlich habe ich den Jagdschein! (Im Jargon stand das für „geistig unzurechnungsfähig“). Und das ist behördlich bestätigt! Aber keine Angst“, meinte er beschwichtigend, „Walter“ (meinen Namen kannte er bereits), „euch Deutsche mag ich. Ich werde keinen von deiner Familie ärgern oder beleidigen.“

Ja, so kam es, dass ich jeden Morgen während des Waschens am Brunnen im Garten mal mit freundlichem oder mal mit blutrünstigem Hundegebell begrüßt wurde. Es gehörte bald zum morgendlichen Ritual! Daraus entwickelte sich jedes Mal ein gemütlicher deutsch-ungarischer „Ratsch“, denn so blöd wie Onkel Bela tat, war er nicht. Nur war bei ihm, und das war behördlicherseits bestätigt, eine Schraube locker, aber die ganz gewaltig!

Nein, um Gerüchten vorzubeugen, mein Onkel ist der Bela nicht. Wer hat schon gerne Verrückte in der Verwandtschaft? Doch die älteren Herren werden in Ungarn mit „Bàcsi“ (auf Deutsch „Onkel“) höflichkeitshalber angesprochen, ohne zur Verwandtschaft zu zählen. Genau so verhält es sich mit älteren Frauen, die werden generell mit „Neni“ (auf Deutsch

„Tante“) angesprochen.

Bela-Bàcsi hatte mich, meine Frau und die beiden Kinder ins Herz geschlossen. Täglich führte er mir seine neuesten Errungenschaften oder genauer gesagt Verrücktheiten vor. Diese bewunderte ich natürlich ausgiebig, denn heiter lebt es sich einfach besser!

Voller Stolz zeigte der Bela nach dem Frühstück seine selbstgebaute Garage. Diese stand im Garten ziemlich versteckt zwischen Wein und Rosenstöcken, fast zugewachsen. Nur die Einfahrt der Garage war noch nicht überwuchert und wies Richtung Torbogen und Straße. Das Wort „Garage“ war natürlich vollkommen übertrieben. Es war eine totale „Mahination“ (ungarischer Fachausdruck für „Pfusch“, „Provisorium“ oder „Notbehelf“). Das Ganze bestand aus mehreren, krumm gesetzten Holzpfosten und Querbalken. Das Dach dazu und die Seitenwände bildeten alte Zeltplanen, Bitumendachreste, aufgeweichte Spanplatten und Kunststofffolien. Wenn es regnete, war Nachbar Bela stets damit beschäftigt, undichte Stellen dieser Behelfsgarage abzudichten.
So gab es selbst an Regentagen für ihn keine Langeweile. Bela rollte umständlich und stolz die uralte Zeltplane hoch, die vorne, anstelle eines Garagentores fungierte. Da sah ich es, seinen ganzen Stolz, sein „Prachtstück: ein uraltes, russisches Auto Typ Moskwitsch, weinrot, mit mindestens 25 Jahren „auf dem Buckel“.

Bela schaltete stolz das von ihm behelfsmäßig installierte, elektrische Licht ein. Da strahlten mich etwa zehn oder zwölf spärlich bekleidete Pin-up-Girls von riesigen Plakaten an. Es dominierte dabei eindeutig Marilyn Monroe mit ihrer allseits bekannten Pose. Bela-Bàcsi hatte in langen Jahren diese Poster aus Zeitschriften und Herrenmagazinen gesammelt oder zusammengebettelt. Beide Seitenwände, die Stirnwand, ja selbst die Decke dieser „Garage“ waren mit den vielfarbigen Abbildungen von halbnackten, aber recht ansehnlichen Damen „austapeziert“, die uns freundlich anlächelten. Dankbar nahm Nachbar Bela meine verblüfften Blicke entgegen.

Geschmeichelt führte der alte Schlawiner nun sein altes Auto, den russischen Moskwitsch, vor. Er lobte dieses bereits recht bedenklich aussehende Fahrzeug über den grünen Klee. Meinen mir aus Osteuropa bekannten

Einspruch „Traue nie einem russischen Auto“ wischte er mit einer lässigen Handbewegung zur Seite. „Heute“, sprach Bela-Bàcsi, eindrucksvoll gestikulierend, „reinige ich noch den Luftfilter, putze die Düse samt Vergaser aus und fülle etwas Benzin nach. Morgen, gleich nach dem Frühstück, fahren wir beide, Walter, mit diesem russischen Auto hier um den Häuserblock Richtung Zentrum. Du wirst staunen!“

Tatsächlich staunte ich am nächsten Morgen sehr. Kaum fuhren wir durch die Daranyi-ùtca und bogen rechts in die große „Ülloi Ut“ ein, blieb die alte Karre laut schnaufend und stotternd stehen. Da half nur noch Schieben. Schwitzend und stöhnend schoben wir dank der Hilfe einiger mitleidiger Passanten und Nachbarn in der Augusthitze den uralten Moskwitsch zurück in die behelfsmäßige Garage. Gerne vergaßen wir für die nächsten Tage Belas Auto samt den Pin-up-Mädchen.

Leider wurde die darauf folgende Nacht äußerst unruhig. Etwa morgens ab vier Uhr setzte stundenlang ein unwahrscheinliches Katzengejaule ein. Die ganzen „Katzenviecher“ aus der Nachbarschaft schienen Frühlingsgefühle zu verspüren - und das mitten im August! Das erschien allen sehr verdächtig.

Gyuri, ein kluger und netter Nachbar, direkt von nebenan, jammerte am nächsten Morgen sorgenvoll und klagte über arge Kopfschmerzen. „Schlimm“, meinte er, „die Katzen scheinen gleich hier im hohen Nussbaum zu sitzen“. Onkel Bela hörte vergnügt zu, schließlich lachte er aus vollem Halse, es gluckste nur so. Das erschien dem Gyuri und auch mir höchst verdächtig. Des Rätsels Lösung: Bela hatte sich ein Tonbandgerät gekauft und im Gipfel des Nussbaumes einen Lautsprecher installiert.

Dann legte er von der Garage aus, wo sich das Tonband befand, heimlich ein Kabel zum Nussbaum. Somit konnte er alle Anwohner nachts und am frühen Morgen mit Katzengejaule vom Band „drangsalieren“. Nachbar Bela gelobte Besserung, er baute seine Gerätschaften wieder ab. Fortan kehrte wieder Ruhe im idyllischen Innenhof ein.

Doch Gyuri war urlaubsreif, dringend brauchte er Erholung. So fuhr er mit seiner Frau Maria und seinem 26 PS starken, fast neuen Trabant de Luxe, auch „Trabbi“ genannt, nach Balaton Lelle an den Plattensee. Das war seinerzeit für Ungarn noch preisgünstig.

Während dieser Urlaubszeit entwickelte der Bela Bàcsi eine äußerst verdächtige Geschäftigkeit. Er buddelte wie ein Maulwurf an einem großen Graben und verlegte Rohre. Keiner wusste warum und wieso. Ich versuchte, der Sache auf den Grund zu gehen.

Nach meinen morgendlichen Waschungen am Brunnen und dem anschließenden obligatorischen, hundeähnlichen Begrüßungsgebell durch Bela stieß ich auf des Rätsels Lösung. Stolz zeigte der Nachbar seine kleine Wohnung. Eine winzige Abstell- oder genauer gesagt Rumpelkammer baute er um zu einem behelfsmäßigen Bad, bestehend aus WC und einer für die damalige Zeit recht luxuriösen Sitzbadewanne. Dazu verlegte er Abflussrohre, schloss diese, ohne zu fragen an die Abflussleitung des Nachbarn Gyuri an. Dieser wusste nichts davon und weilte, wie bekannt, gerade am Balaton im Urlaub.

Bela triumphierte, konnte er sich doch nun, als Ausdruck eines völlig neuen Lebensgefühls, täglich in einer Sitzbadewanne baden. Auch das alte, von Fliegen umschwärmte Plumpsklo im Garten, gleich neben seinen Gurkenbeeten war überflüssig geworden dank des neuen WCs.

Doch die Freude dauerte nur kurz. Als Maria und Gyuri von der Reise zurückkamen, stank es in deren Bad entsetzlich. Jedes Mal, wenn Bela badete oder sein WC benutzte, stieg in Gyuris Badewanne eine schwarze, undefinierbare, stinkende Brühe auf. Auch der schwarze Gummiabschlusspfropfen konnte in Gyuris Badewanne den Druck von Belas Seite nicht immer Stand halten und flog heraus.

Nachbar Gyuri, groß und stark wie ein Bär, wusste sofort, wo diese „Mahination“ (dt. „Pfusch“) her kam. Denn für so etwas war eindeutig der verrückte Bela-Bàcsi zuständig! Er packte den kleinen zitternden Bela am Kragen. Der winselte um Gnade und gelobte wieder mal Besserung. Aus war’s mit Luxus, dem neuen Lebensgefühl, der Sitzbadewanne und dem WC, denn der erforderliche Anschluss und auch die Genehmigung hierfür fehlten. Bela musste wieder aufs stinkende Plumpsklo im Garten. Doch die daneben wachsenden Gurken gediehen dadurch umso prächtiger.

Nachbar Bela resignierte nicht, denn ein Schlitzohr gibt bekanntlich nie auf! Er kaufte auf dem nahe gelegenen „Piac“ (Markt) in Pestszentlörinc eine wunderschöne Legehenne mit leuchtend rotem Kamm. Ja, der Bela wollte gesünder leben und möglichst täglich ein Frischei aus eigener Produktion verzehren.

Zu diesem Behufe umzäunte er im romantischen Innenhof ein Stück Rasen. Dort sperrte er die Henne in Ermangelung eines Hühnerstalles ein. Fast täglich sprach der verrückte Bela mit der Henne, die er „Bea“ (Abkürzung für Beate) nannte. Er instruierte Bea auf Ungarisch über ihr Aufgabengebiet, nämlich, dass sie künftig pro Tag ein Ei zu legen habe und den Zaun nicht überfliegen dürfe. Bela entwickelte dabei eine engelsgleiche Geduld:

Die Henne wurde vom Bela bestens gefüttert und legte auch fast täglich ein Ei. Doch Bea war eigensinnig. Sie hörte nicht auf Belas Ermahnungen, flog über den Zaun und legte ihr Ei in irgendeinen Winkel des Gartens, da, wo es ihr eben gerade behagte. So musste der arme Bela zwischen Weinstöcken, Tomaten und Zwiebeln fluchend nach dem Ei suchen. Das brachte den Armen in Rage.

Jedes Mal, wenn unser Nachbar das Ei gefunden hatte, fing er seine Henne ein. Er zeigte der Bea das Ei und ermahnte diese freundlich aber bestimmt, künftig im Beet zu bleiben und nicht mehr den Zaun zu überfliegen. Ja, sie sollte gefälligst auch ihr Ei im vorgesehenen Bereich legen. Abschließend bekam die Henne jedes Mal einen Klaps auf den Legesack. Diese Prozedur wiederholte sich fast täglich, es dauerte Wochen. Alle lachten den Bela aus. Doch eines Tages geschah das Wunder. Die Henne namens Bea blieb in ihrem Beet und legte dort pflichtschuldig ihr Ei. Bela triumphierte! Alle Nachbarn bewunderten ihn scheinheilig ob seines Dressurerfolges - auch wir!

Auf der anderen Seite des Innenhofes wohnte die „Grosz-Nèni“. Tante Grosz hegte und pflegte ihren Gemüsegarten besonders liebevoll. Was sie auch anfasste, wuchs prächtig. Sie hatte sozusagen den „grünen Daumen“. Im Gegensatz zu Bela hatte die Nèni großes Ansehen. Wenn Tante Grosz etwas sagte, hatte dieses schon fast amtlichen Charakter und man glaubte ihr. Das fuchste den Onkel Bela gewaltig.
Jedes Jahr hatte die Gute auch die frühesten und schönsten Tomaten.

Doch dieses Mal war der Bela erfolgreicher, er prahlte. Die staunenden Nachbarn, auch wir, sahen es: An den Tomatenstauden des verrückten Bela Bàcsi prangten die schönsten Früchte in leuchtendem Rot. Alle lobten den Nachbarn wegen seiner Gartenbaukünste. Bela genoss es. Tante Grosz war eifersüchtig, ja richtig verärgert. Sie wollte das nicht so recht glauben, zumal alle ihre Tomaten noch grün waren. So ging sie der Sache auf den Grund.

Bei nahem Hinsehen flog der ganze Schwindel auf. Bela hatte auf dem Piac (Markt) wunderschöne, reife Tomaten gekauft und diese mit ganz feinem Zwirn fast unsichtbar am Kraut bzw. Stengel mit den Stauden festgebunden. Alle brüllten vor Lachen. Verblüfft verkündete die Nachbarin namens „Grosz Nèni“, dass der Bela verrückt sei. Doch das wussten bereits alle, es war auch von Seiten der Behörde bestätigt, hatte somit amtlichen Charakter!

„Ist der Ruf erst ruiniert, lebt sich’s völlig ungeniert!“

„Von der Puszta lasst uns träumen!“ (um 1970)

Szene aus Gräfin Mariza im Budapester Operettenhaus „Vigado". (Auf Deutsch Redoute genannt)

Die Welt der Operette

Vorfreude ist die schönste Freude, besonders dann, wenn man in den Urlaub fährt. Dieses Mal sollte es wieder nach Österreich und Ungarn gehen. Guter Wein, würzige Speisen mit viel Paprika, Romantik und Operetten aus der guten alten Zeit, danach stand uns der Sinn. Außerdem wollten meine Frau Magda und ich uns viel Zeit lassen, ganz ohne Termine. Ist das nicht herrlich?

Ja, die Eile ist vom Teufel. Wenn es schnell gehen muss, dann wartet schon irgendwo auf der Autobahn ganz heimtückisch ein Stau oder anderes Ungemach. „Heute fahren wir mit unserem Auto wieder mal mitten durch Wien durch, so wie früher, als es noch keine Umgehung mittels Autobahn gab", so schlug ich vor. „Jawohl", meinte Magda, meine bessere Hälfte, „dann halten wir irgendwo in der Stadt an und bummeln, Zeit haben wir genug!"

Es war abends. Die Innenstadt von Wien war so romantisch, alles festlich beleuchtet! Wir fühlten uns geradezu in die gute, alte Zeit zurückversetzt. Schloss Schönbrunn, der Sommersitz der österreichischen Kaiser mit den prächtigen, weitläufigen Gärten hatte es uns angetan. So parkten wir ganz einfach, ohne zu fragen, vor dem Schloss Schönbrunn und bummelten. Aus dem Schlosstheater gleich nebenan strömte eine Menge festlich gekleideter Menschen. Das interessierte uns.

„Gibt es da vielleicht einen Opernball?“, so fragten wir uns im Stillen. Einen großen, schlanken und festlich gekleideten Herrn sprachen wir dann an. „No kummans doch rein, es ist gerade die erste Pause“, sprach dieser im Dialekt. „Heit is sowieso net viel los.“ Herr Horvath, so stellte er sich vor, war Platzanweiser und anscheinend „Mädchen für alles“ im Schlosstheater von Schönbrunn. Er zeigte uns das wunderschöne, im nostalgischen Stil erbaute Theater aus dem 18. Jahrhundert. Dann führte er uns zur Loge des Kaisers. „Jawohl“, meinte der freundliche Wiener Herr, „hier waren Kaiser Franz Joseph und seine Sissi regelmäßig zu Gast.“

Langsam neigte sich die Pause dem Ende zu. Die Gäste kamen zurück und nahmen ihre Plätze ein. „No kummans doch her, setzen’s eahna. Mia hom no jede Menge Plootz, s’kost ja nix.“ So wurden wir in angenehmer und äußerst freundlicher Weise „genötigt“, uns den Rest der Operette „Wiener Blut“ anzusehen. Das war herrlich! Die kaiserliche Loge war zwar leer, schließlich hatte Österreich bedauerlicherweise schon lange keinen Kaiser mehr. Doch mit ein bisschen Fantasie (Magda und ich „stachelten“ uns gegenseitig dazu an) sahen wir den Kaiser mit seinem Backenbart und die rassige, schwarzhaarige Sissi vor uns sitzen.

Ja, das Wiener Blut! Die Melodien „schmissig“, der Gesang herrlich. Die ganze Operette bezauberte uns. In der nächsten Pause kam wieder der Platzanweiser, Herr Horvath, zu uns. Er nahm sich viel Zeit, plauderte und dann fragte er: „Wo kummans denn her, wo wolln’s denn heit no hin?“

So erzählten wir dem Wissbegierigen, dass bei uns zu Hause, direkt am Main, ein wunderbarer Wein wachse. Unser Heimatstädtchen Marktheidenfeld läge unweit von Würzburg, doch einmal im Jahr führen wir nach Wien, dann ins Burgenland, an den Neusiedler See. Ja, und dann gehe es weiter nach Budapest, Verwandte besuchen und Baden in den dortigen, wunderschönen Thermalbädern.

„Na ja, Sie wissen schon, das Flair von Budapest eben! Abends gehen wir gerne ins Budapester Operettenhaus, ins „Vigado“. Dort gibt es Operettenseligkeit vom Feinsten.“ Das faszinierte unseren Platzanweiser. „Gnädige Frau, sind Sie Ungarin, sind Sie in Budapest geboren?“, so mutmaßte er. „Ja“, bestätigte Magda stolz und lächelte. Ab diesem Moment sprach der Herr Horvath ausschließlich und völlig begeistert Ungarisch mit uns.

Als gebürtiger Franke habe ich mir im Laufe der Jahrzehnte einige Brocken Ungarisch angeeignet, doch ich verstand, so sehr ich mich auch anstrengte, nicht alles. Den Rest übersetzte mir meine Frau Magda etwas später.

Herr Horvath war im romantischen Burgenland bei seinen Großeltern aufgewachsen. Dort leben bekanntlich Österreicher deutscher Abstammung, aber auch viele, deren Vorfahren Ungarn, Kroaten, Serben und Slowaken waren. Man lebt dort schon seit Jahrhunderten friedlich nebeneinander.

Seine Oma, so sprach Herr Horvath, spreche Ungarisch und sein Opa auch, aber als gebürtiger Kroate fluche dieser, wenn schon, dann auf Kroatisch! Ja, die Jugendzeit bei Oma und Opa im sonnigen Burgenland sei herrlich gewesen, so schwärmte unser Platzanweiser. Erst in der Volksschule habe er dann Deutsch gelernt.

Nun sprach er wieder auf Deutsch mit uns. Doch die ungarische Sprache werde er schon zum Andenken an seine Oma weiterhin pflegen. Aber wenn es mal brenzlig werde, so versicherte er uns glaubhaft, fluche er wie sein Großvater anno dazumal auf Kroatisch. „Ja“, dachte ich, „wenn alle guten Willens sind, ist das Zusammenleben verschiedener Nationen gar nicht so schlecht.“

Doch nun war es höchste Zeit, die zweite Pause war zu Ende. Das „Wiener Blut“ und die Welt der Operette ergriff wieder voll und ganz Besitz von uns. Wir schauten und lauschten gebannt bis zum Ende der Vorstellung. Dem Herr Horvath steckten wir zum Abschied noch ein schönes Trinkgeld in die Tasche und bedankten uns. Er war fast beleidigt und wollte das Geld nicht annehmen. Schließlich behielt er es auf unser Drängen hin doch. Magda und ich waren glücklich und beschwingt. Das war ein idealer Start in den Urlaub. Wien, das Burgenland samt Neusiedlersee, aber auch Ungarn und der Plattensee („Balaton“) begeisterten uns stets aufs Neue.

Auch heuer im August, gleich nach dem Hädefelder „Laurenzifest“, fahren wir wieder nach Wien und dann weiter nach Budapest. Doch vorher geht es schon mit Marktheidenfelder Freunden ins Burgenland und zwar nach Mörbisch, das malerisch am Neusiedlersee liegt.

Dort, nahe der ungarischen Grenze, finden die „Seefestspiele“ statt, bekannt als Europas größte Operettenfreilichtbühne. Da sahen wir in den letzten Jahren Operetten wie „Gräfin Mariza“, „Giuditta“ und den „Graf von Luxemburg“. Zwischenzeitlich wurde auch dort die Operette „Wiener Blut“ aufgeführt. Gerne erinnerten wir uns dabei an Wien, Schloss Schönbrunn und den freundlichen Herrn Horvath.

Strauß, Lehár, Kalmann und viele andere namhafte Komponisten „entführen“ uns charmant und galant in die wunderbare Welt der Operette. Zur Musik träumen, dazu ein wenig Romantik und Nostalgie – dies alles verschönert und bereichert unser Leben ungemein!

Eine abschließende Betrachtung

„Schön ist es, auf der Welt zu sein!“ So beginnt ein alter Schlager von Roy Black. Für mich ist diese Zeile Ausdruck eines Lebensabschnittes – ohne Angst und ohne Krieg.
Wir dürfen in einem vereinten Europa leben. Dank dem „Schengener Abkommen“ können wir ohne Visum und ohne Grenzkontrollen nach Ungarn und in zahlreiche andere zu Zeiten des Kommunismus kaum zugängliche Länder reisen.
Träume, die uns unerfüllbar erschienen, sind wahr geworden! Mauern, „Todesstreifen“ und Stacheldraht, der so genannte „Eiserne Vorhang“, sind verschwunden. Dafür sollten wir Gott dankbar sein!
Auch viele andere Träume wurden wahr: Durch mehrere erfolgreiche Bücher (regional, aber auch überregional verbreitet) konnte ich mich als „ländlicher Schriftsteller“ etablieren.

Aus meiner Frau Magda ist eine leidenschaftliche „Hobby-Ölmalerin“ geworden. Sie malt mit viel Freude und auch mit Erfolg Landschaften, Blumen und Stillleben. Ihr großes Vorbild ist und bleibt Carl Spitzweg!

Ein besonderes Augenmerk gilt unseren Kindern und Enkelkindern. Wir freuen uns, miterleben zu dürfen, wie die junge Generation heranwächst.

Der Kreis schließt sich: Meine alte, romantische Heimat Dinkelsbühl/ Sinbronn in Mittelfranken kommt mir wieder in den Sinn.

Ich erinnere mich an liebe, gute Freunde. Mein besonderer Dank gilt dem Hellers Karl und Cousine Jutta, aber auch vielen anderen Freunden aus meinem Heimatort Sinbronn und Umgebung.
Gleichermaßen gilt mein Dank den Freunden aus meiner neuen Heimat Marktheidenfeld, wunderschön am Main gelegen!

Herzlichst, Walter Langohr

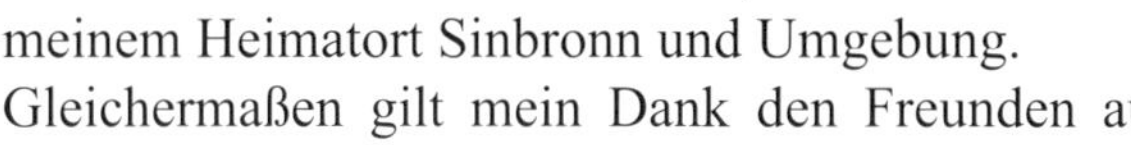

Textzusatz

Karl Heller ist Dorfchronist von Sinbronn. Darüberhinaus Idealist, Dichter und Denker! Außerdem ist Karl seit mehr als 50 Jahren Walters Freund.

Folgendes, von ihm verfasstes Gedicht regt an zum Nachdenken:

Wir werden uns bald wiedersehen.
Wie schnell tut doch die Zeit vergehen.
Wie schnell wir mit der Zeit vergehen,
das werden wir erst später sehen!

Anhang:

Interessante Oldtimer- Traktoren- und Zusatzinformationen
(von Seite 192 – 202)

Der alte Lanz-Bulldog aus der Vorkriegszeit! Heute Kult bei vielen Oldtimertreffen. Der „Lanz", auch „blauer Heinrich" genannt, war anspruchslos! Das Starten war oftmals recht schwierig, ja geradezu eine „Prozedur"!
Wenn während der kargen Kriegszeit kein Diesel da war, gab sich der „Bulldog" auch mit Petroleum, „Ablassöl"oder Speiseöl zufrieden!

Traktoren aus der Vorkriegszeit, hier mit 1-Zylindermotor und riesigem Schwungrad, hatten meist Verdampfungskühlung. Vorteil: robust und einfach; Nachteil: Bei schweren Feldarbeiten im Sommer verdampfte das Wasser rasch! Man musste ein oder zwei Gießkannen Wasser mitführen, um nachfüllen zu können.

Ab 1948/49 kamen kleinere, preisgünstige Traktoren auf den Markt! Sie revolutionierten die Landarbeit.
Hier ein Allgaier mit Kaelble Motor und Verdampfungskühlung (Typ R18 – 18PS)
Die großen Schwungräder dienten gleichzeitig als Antriebsscheibe – zum Beispiel für die Kreissäge!

Von 1950-1956 baute Allgaier in Lizenz die neu entwickelten, luftgekühlten Porsche-Traktoren:
Bezeichnung: Allgaier, System Porsche!

Güldner-Traktoren aus Aschaffenburg, mal rot, mal grün, dürfen auf keinem Oldtimer-Treffen fehlen! Die vielen deutschen Traktorenfabriken, aber auch die Landmaschinenproduktionsstätten sorgten für neue Arbeitsplätze und Vollbeschäftigung!

Die luftgekühlten Deutz-Traktoren waren auf den Dörfern in den 50er und 60er Jahren Kult! Unvergessen der robuste „Deutz-Bauernschlepper"

Eicher Traktoren aus Forstern (bei München), zuverlässig und beliebt!
„Und ist der Bauer reicher, so kauft er sich nen Eicher."
In der Jugendzeit sind Freund Hans und ich gerne mit „seinem Eicher" sonntags über die Felder gefahren!
(siehe mein Erstlingswerk: "Hurra, wir haben einen Porsche", Seite 113)

MAN leistete Pionierarbeit bei der Einführung der allradgetriebenen Traktoren im Nachkriegsdeutschland!

IHC (International Harvester; genannt: „Mc Cormick“)
Produziert wurden diese stabilen Traktoren in Neuß am Rhein!
Ausschlaggebend bei der Wahl des Traktorenfabrikates war meistens der örtliche Landmaschinenhändler und dessen Sortiment.

Fendt-Dieselroß aus Marktoberdorf.
Fendt produziert seit über 80 Jahren Traktoren, auch heute noch! Einschließlich den heutigen Baureihen „Farmer“ und „Favorit“ sind mehr als 600 000 Fendt gebaut worden. Davon rund 75 000 Geräteträger!

Hanomag – Der Inbegriff deutscher Wertarbeit für Traktoren. Der Spottvers: „Ein bisschen Blech, ein wenig Lack, fertig ist der Hanomag" traf keinesfalls zu! Aber es reimte sich halt so schön.
Hanomag baute in der Vorkriegszeit ein Kleinauto, dem dieser Spruch gewidmet war.

Ein wunderschön restaurierter Kramer-Traktor aus den 50er Jahren!
Rein qualitativ waren fast alle Traktoren aus deutscher Produktion gleichwertig!

Ferguson-Traktoren aus England. Revolutionär bei der Einführung der „Regelhydraulik". Dies vereinfachte das Pflügen mittels Traktor wesentlich! Die eingebauten wassergekühlten Perkins-Dieselmotoren waren laufruhig und robust! Sie wurden sogar in Claas Mähdrescher eingebaut. Während meiner Zeit als Landwirtschaftspraktikant in Dänemark fuhr ich häufig einen „Ferguson" mit besonders leisem Benzinmotor!

Fordson-Dexta, der kleine Bruder des „Major". Später wurde dieses robuste Fabrikat in „Ford" umbenannt.

Augenfälliger kann der Fortschritt und die Weiterentwicklung der Landtechnik in Europa nicht demonstriert werden! Bild oben: Ein Traktor aus der Vorkriegszeit, der brav und treu seine Dienste getan hat. Bild unten: Ein Porsche-Diesel Junior. Dieser Tragschlepper in verlängerter Ausführung war Anfang der 60er Jahre hochmodern! Die sogenannte „Wespentaille“ bot Platz zum Anbau von diversen Bodenbearbeitungsgeräten und der Sämaschine.

„Hurra, wir haben einen Porsche!“

Im Erstlingswerk erzählte ich meine Lebensgeschichte. Spannend, einfühlsam und doch voller Humor! Das ländliche Leben in den 50er Jahren, die Aufbruchsstimmung und den Optimismus jener Zeit! Weiter geht es mit der Viktoria-Avanti, einem Leichtmotorrad (1,5PS) von Dinkelsbühl nach Dänemark zum Landwirtschaftspraktikum! Lernen Sie dieses schöne Land mit seinen gastlichen Einwohnern kennen. Begleiten Sie mich beim „Nachtigallenfest“ mit der schönen Kirsten! Weiter geht es zum nicht gerade traurigen Studium der Landwirtschaft in Niederbayern! Nach romantischen Zwischenstationen in Budapest und am Plattensee führe ich Sie zurück nach Franken.

Doch ehrlich gesagt, Traktoren und die Landtechnik faszinieren mich schon immer! Sie ziehen sich wie ein roter Faden durch meine Erzählungen! Aber lesen Sie selbst.

Dabei erfahren Sie viel über Allgaier, Porsche-Diesel und etliche andere renommierte Traktorenfabrikate aus den 50er und 60er Jahren!

Mit dem Porsche Traktor am Main entlang.

Sind es Jugendträume?

Ist es Nostalgie?

Oder Spinnerei?

Warum muss im Leben alles rational sein?
lasst uns unsere Träume Leben!
Oldtimer sind Zeitzeugen!
Die Technik von gestern und vorgestern zu würdigen, zu pflegen und für künftige Generationen aufzubewahren ist eine edle Aufgabe!

ISBN: 978-3-00-029222-4